KB012137

CONTENTS

And you thought
there is Never
a girl online?

DESIGNED BY AFTERGLOW

요."

대학생 아마리 코난
환상세계의

생상 이상으로 웨딩드레스가 어울리는
유감스러운 미소녀. 그 간판을 받남하고,
마침내 현실세계에서도 신부가……?!

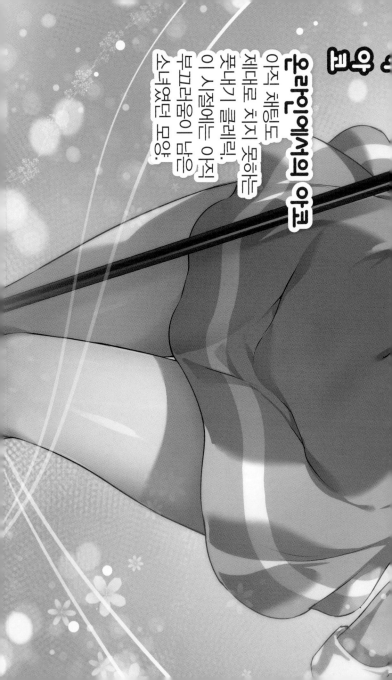

보우

온라인에서의 마크.

아직 채팅도
제대로 치지 못하는
풋내기 클래릭.
이 시점에는 아직
부끄러움이 많은
소녀였던 모양.

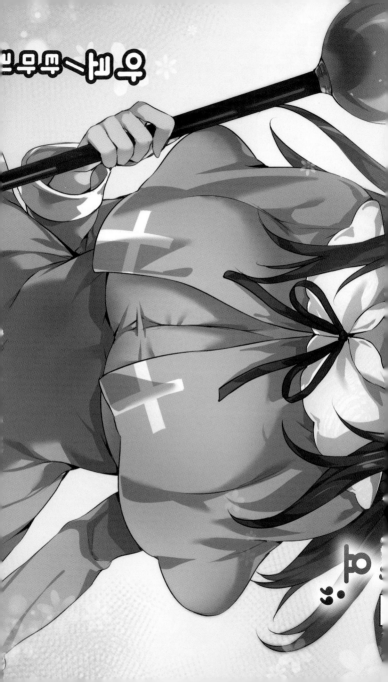

BEFORE

"처음 뵙겠습니다."

◀우리는 처음 이렇게 만났습니다.▶

"불쌍한…… 근사……

온라 오 에 임 신 부

여자 아이 가 아닐라 고

못 생각한 거야?

And you thought there is Never

키네코 시바이 지음

Hisasi 일러스트

이경인 옮김

Lv.22

프롤로그

"이제 곧 세계가 끝난다니"

And you thought there is Never a girl online?

말라붙은 우물에서 두레박의 도르래가 삐걱거리는 거슬리는 소리가 들린다.

돌보는 걸 포기한 밭은 메마른 작물로 뒤덮여 있어서, 이 농원이 방치됐다는 건 누구의 눈으로 봐도 명백했다.

한때 고품질 향신료를 양산하며 유저 마켓에서 명성을 떨쳤던 니시무라 농원의 모습은 이미 흔적도 없이 사라졌다.

언젠가는 꽃밭으로 만들자고 약속했던 이곳은 그저 황무지가 되었다.

유저 하우스인 니시무라 가는 주요 맵에서 멀리 떨어진 외곽 중의 외곽, 사람이 거의 오지 않는 외딴곳에 멀뚱히 지어져 있다.

집 자체는 깔끔하게 유지되어 있지만, 버려진 농원과 인적이 없는 필드에 감싸인 광경은 어딘가 염세적인 느낌이 들었다.

그런 방치된 농원 구석.

나는 낡아빠진 벤치에 앉아 하늘을 올려다보고 있었다.

◆루시안 : 다들 늦네.

나지막하게 중얼거린 채팅에, 옆에서 조용한 목소리가 돌아왔다.

◆아코 : 어쩌면, 다들 이미…….

마찬가지로 벤치에 앉아있던 아코가 표정을 흐렸다.

그녀의 시선 앞쪽, 머나먼 초원 너머에 움직이는 건 아무것도 없고 그저 흩어져서 사라지는 옅은 구름만이 슬픈 분위기을 강조하고 있었다.

◆루시안 : ……그럴 리가 없어. 분명 돌아올 거야.

어딘가에 기도하듯이 말한 직후, 멀리서 엔진 소리가 들렸다.

다들 앵그리 캣 호, 길드 소유의 전차를 타고 갔다. 분명 그 소리인 게 틀림없다. 아아, 무사히 돌아오는구나.

◆루시안 : 다행이야. 모두를 맞이하러 가자.

◆아코 : 네!

둘이 일어나 부지의 문으로 향했다.

그 도중, 문득 눈치채고 말았다.

◆루시안 : 어라? 뭔가 이거, 엔진 소리가 조금 화려하지 않아?

◆아코 : 그, 그러게요. 이렇게 중저음은 아니었는데…….

설마, 다가오고 있는 건 모두가 돌아온 게 아니라—.

◆세기말 전차 : 햣하아아아아아아!

◆쟈기쟈기 : 이런 곳에 집이 있잖아아아아아아아아!

멀리서 폭음을 울리며 다가오는 사륜구동 차량.

해골로 화려하게 데코레이션한 차체는 절대로 앵그리 캣이 아니다.

그 위에는 본 적도 없는, 빗자루 머리에 가죽 장식을 한 사나워 보이는 캐릭터가 타고 있었다.

◆아코 : 그럴 수가. 이런 곳까지 약탈자가 오다니.

◆루시안 : 마침내 들켜버렸나……

평상복을 입은 루시안의 미덥지 못한 방어력으로 이 집을 지킬 수 있을까.

애초에 과연 이 세계에 지켜야 할 것이 남아있을까?

나는 다가오는 폭주차를 체념에 가까운 심경으로 기다렸다.

◆쟈기쟈기 : 뭐야아? 아직도 농원을 만들고 있었던 거냐? 건방지게! 볍씨를 내나라아!

◆넷라오우 : 약탈이다! 있는 물하고 식량을 모조리 넘겨라아!

아아, 역시나.

집 앞에서 차를 세운 세기말 플레이어들은 제멋대로 광역 채팅을 날렸다.

◆세기말 전차 : 이 완성된 모습에 감동해서 V7교에 들어 와도 된다고오?

◆쟈기쟈기 : 덤으로 근처에 다른 집은 모르냐아?

◆루시안 : 큭, 제멋대로 지껄이기는.

이런 변경에 니시무라 가 말고 다른 집이 있을 리가 없잖 아! 대체 어째서 여기까지 온 거냐고!

◆아코 : 용서해 주세요! 이 씨앗을 넘기면 농원을 재건할 수 없게 돼요!

◆루시안 : 마, 맞아! 돈이라면 얼마든지 주겠어!

우리가 매달리자 약탈 플레이어가 코웃음을 쳤다.

◆넷라오우 : 돈이라고오? 이 녀석들, 아직도 돈 같은 말을 지껄이는데!

◆쟈기쟈기 : 지금은 뒤 닦는 종이로도 못 써먹는데 말이야아!

채팅과 함께 해골투성이 전차에서 불이 뿜어져 나왔다.

쩐다. 이거 완성도 높네.

◆세기말 전차 : 물과 식량을 내놓지 않겠다면, 약탈이다아!

◆쟈기쟈기 : 오물은 소독이다! 핫하~!

◆루시안 : 그런 횡포를…… 어떻게 하지…….

◆아코 : 무서워요, 루시안…….

아니아니, 밭 같은 건 오랫동안 내팽개쳤었고, 씨앗도 품질이 낮아서 필요없는 거잖아— 그렇게 말하고 싶은 마음을 꾹 참고, 나와 아코는 울면서 서로를 안았다.

◆세기말 전차 : 당장 내놔라아.

◆쟈기쟈기 : 그리고 근처에 있는 다른 집 알려줘어.

◆세기말 전차 : 아직 로그인하고 있는 녀석의 느낌 괜찮은 시골 하우스 말이지이.

불을 뿜어내며 다시 위협하고 있는 해골 차.

협박하는 약탈자들. 그 뒤에서 다른 엔진 소리가 들렸다.

무거운 중저음과는 다른, 익숙한 경쾌한 소리. 역시나. 이런 완벽한 타이밍에 돌아오다니.

◆슈바인 : 뭐 하는 거냐 이놈들아아아아!

◆쟈기쟈기 : 케액!

◆세기말 전차 : 원군이냐!

초원을 달려온 전차, 앨리 캣츠가 보유한 앵그리 캣이 돌진했다.

사실 습격 이벤트 이후에는 가끔 놀려고 탔을 뿐이라 딱히 강화도 하지 않아서 그다지 강하지 않은 전차가 문답무용으로 포탑을 겨눴다.

◆슈바인 : 으랴압! 사격 준비!

◆애플리코트 : 외장은 공들였으니 노리는 건 아깝군. 바퀴를 노려라.

◆세테 : 수락하고 즉시 발사!

◆세기말 전차 : 와아아아악!

해골 차량은 후진하면서 균형을 잃고 정지했다. 그래도 플레이어끼리라서 대미지가 들어갈 리는 없었고, 저건 공격당한 분위기를 내는 조종이다. 저 사람들 꽤 익숙하네.

그리고 발을 멈춘 적에게.

◆슈바인 : 으랴아아아아아압!

전차 위에서 공중 대시, 그리고 단거리 워프로 다가간 슈가 대검을 휘둘렀다.

◆세기말 전차 : 꺄아아아아악!

◆넷라오우 : 히데부.

◆쟈기쟈기 : 아베시!

◆슈바인 : 처단!

거의 알몸에 가까운 세기말 복장을 한 빗자루 머리 플레이어들이 일격에 베여서 나가떨어졌다.

◆애플리코트 : 무사했나!

◆세테 : 두 사람 다 기다렸지~.

◆루시안 : 제대로 돌아왔네.

◆슈바인 : 도중에 뱀파이어 로드에게 쫓기기는 했지만.

◆아코 : 정말로 위험한 녀석들이잖아요.

그리 강하지 않은 앵그리 캣으로는 격파당해도 전혀 이상하지 않았다.

분명 보스 사냥 플레이어가 도와줬겠지. 이런 세기말에도 구원은 있다.

◆슈바인 : 나 참. 이 몸이 없는 사이에 농원을 덮치다니, 뻔뻔스러운 녀석들이구만.

슈바인이 쓰러진 빗자루들에게 말했다.

◆세기말 전차 : 아니, 근데 그냥 바로 베는 건 좀 아니잖아.

◆슈바인 : 아니, 그쪽이 멋대로 죽었잖아.

◆쟈기쟈기 : 그렇긴 하지만.

거의 쓸모없는 모션, 죽은 척 감정표현을 푼 빗자루들이 속속 복귀했다.

일반 필드에서는 PK가 불가능한데 베일 리가 없지.

저쪽이 분위기상 죽은 척을 하고 있었을 뿐입니다.

◆루시안 : 근데, 그 화려한 차로 무슨 용건이야?

◆세기말 전차 : 그야 이 완전 쩌는 V7 데코 경전차를 보여 주려고 지방의 집을 돌고 있었지.

◆넷라오우 : 이거 진짜로 매드하고 맥스한 느낌이지?

확실히 복장도 완벽하고, 차도 그럴싸하고, 세기말 느낌 맥스인 완벽한 조형이긴 하지만!

◆세기말 전차 : 그러니까 근처에 집 없어? 보여주러 가고 싶은데.

◆아코 : 이 주변에 집은 없는데요?

◆세테 : 시골이니까~.

◆세기말 전차 : 어쩔 수 없구만. 그럼 적당한 사냥터로 가 서 달리고 올까.

◆넷라오우 : 핫하~.

◆쟈기쟈기 : 이것저것 소독이다아아아아아.

◆루시안 : 몬스터에게 망가지지 않게 조심하라고~.

달려가는 핫하 씨들을 배웅했다.

이것 참, 귀중한 코어를 저런 개그 전차에 쓰다니.

터무니없는 세계가 되어버렸다.

◆루시안 : 어깨 패드를 붙인 핫하가 달려오다니, 심각한 게임이네.

◆슈바인 : 세계가 끝나기 직전치고는 평화로울 정도잖냐.

◆애플리코트 : 음. 집수리 재료도 무사히 가져왔다.

모히칸 헤어의 무법자가 찾아온 것치고는, 화면에 비치는 경치는 평온하다.

하늘은 여느 때보다 맑고, 바람은 기분 좋게 불어온다.

지면이 흔들리지도 않고 거대한 운석이 떨어지지도 않는다.

하늘이 어둠에 감싸이거나 세계가 갈라져서 무너지지도 않는다.

물론 핵폭탄의 불길에 휩싸이지도 않았다.

아무 일도 일어나지 않은, 여느 때의 레전더리 에이지.

◆루시안 : 이제 곧 세계가 끝난다니, 믿을 수 없을 정도야…….

◆아코 : 정말로…… 거짓말 같네요.

어둠의 마왕이 습격한다면 쓰러뜨려 보이겠다. 창생의 신이 이 별을 다시 만들려고 한다면, 현재를 살아가는 자의 힘을 보여주겠다. 신이 없는 세계에서 인간의 가능성을 증명해줄 수도 있다.

쓰러뜨려야 할 적이 있다면 우리는 누구와도 싸울 수 있다.

그러나 아무 일도 없이 평화롭고, 그럼에도 평온하게 끝나가는 세계는 어떻게 해야 구할 수 있을까?

어쩔 수 없는 사정으로 사라지는 이 공간을 어떻게 받아들여야 할까?

우리가 살아가는 레전더리 에이지가 끝나려 하고 있었다.

1장

"슬프지만 이건 현실이야"

"우리는 졸업합니다."

고쇼인 쿄우가 말을 마치자, 전교생, 교직원, 내빈, 그리고 보호자가 아낌없는 박수를 보냈다.

자신감으로 가득하게 당당히, 그러면서도 화사하고 의연한 그녀의 모습은 친한 우리가 보더라도 훌륭했다. 이 사람이 우리의 길드 마스터라고 가슴을 펴고 말하고 싶을 정도였다.

"저의 졸업식에서도 이렇게 울지 않았었어요!"

졸업식에서 운 적이 없다고 말했던 아코가 엉엉 울었다.

"아니거든. 한두 줄기 눈물이 흘렀을 뿐이거든."

나는 폼을 잡으면서 참으려고 했지만, 물론 참을 수는 없었다.

"왈칵 나왔지만 전력으로 참았거든."

참았다고 말하는 세가와의 눈은 아무리 봐도 빨갛게 부어 있었다.

"회장이었다면 내가 송사를 읽었을 텐데~!"

웃거나, 곤란한 표정을 짓는 등 표정 풍부한 아키야마가 이렇게나 우는 모습을 본 적이 없다.

"OB가 오더라도, 다들 신경 안 써요."

후배는 배짱 두둑하게 전 부장을 배웅했다.

"우리 반 졸업식도 아닌데, 이렇게나 감동할 줄은 몰랐어."

담임이 아닌 선생님도 눈에 눈물이 맺히고 있었다.

한마디로는 끝맺을 수 없는 수많은 추억을, 고쇼인 쿄우와 이 부실에서 쌓아올렸다.

그녀가 시작한 현대통신전자 유희부.

우리가 모인 이곳. 무엇보다도 소중했던 공간.

발뺌하기도 하고, 필사적으로 마음이 맞는 사람을 찾거나, 무리한 일을 해가면서 지켜온 이 모임도 마침내 끝날 때가 왔다.

그렇지만, 끝나더라도, 끝의 이후가 다시 이어진다.

피할 수 없는 끝을 넘어섰기에, 앞으로도 동료로 지낼 수 있다. 마스터의 졸업식 전에, 우리는 겨우 그렇게 생각할 수 있게 되었다.

그런 중요한 날에 직면하게 된 것은, 너무나도 냉혹한 발표였다.

▶레전더리 에이지 서비스 종료에 대한 안내◀

우리의 이후를, 낙관적으로 상상했던 미래를, 단 하나의 말이 짓뭉갰다.

††† ††† †††

"레전더리 에이지의 서비스를…… 종료……?"

그저 글을 읽을 뿐인 공허한 목소리로, 아코가 중얼거렸다.

눈을 깜빡일 때마다 긴 속눈썹이 흔들린다.

조금 전까지 엉엉 울어서 빨개진 눈동자는 화면을 바라보며 꿈쩍도 하지 않고 있다.

호흡하고 있는 건지 걱정될 만큼 몸 하나 까딱하지 않고, 어딘가 건강하지 않은 것처럼 하얀 손가락이 작은 게이밍 마우스를 클릭한 채 굳어버렸다.

그 손가락이, 스르륵 떨어졌다.

딸각 소리를 내며, 누르고 있던 왼쪽 버튼이 원래대로 돌아갔다.

그 직후.

"서서서서서서비스조조종료."

단정한 얼굴이 단번에 굳어지더니, 눈에 띄게 핏기가 가셨다.

몸이 떨리며 긴 머리가 휙휙 흔들렸다.

무리였나! 아니, 무리라고 생각하기는 했지만 아니나 다를까 무리였다!

"지, 진저정해. 아코. 진정하는 거야. 진정하면 진정할진정 진정."

"우선은 네가 진정해야지."

세가와도 냉정하게 말하는 척하면서 목소리가 상기됐다.

"헉!"

아코가 손뼉을 짝 두드렸다.

"만우절이네요! 완전히 속았어요!"

"그, 그럴 리가 없잖아. 시기도 다르고."

"그치만 3월 말에 끝난다는 건, 4월 1일에 거짓말이었습니다~ 라는 발표가!"

"그런 악질적인 만우절 이벤트는 있을 리가 없다, 고 생각해."

나도 거짓말이라고 생각하고 싶지만, 아무도 이득 보지 않는 그런 거짓말을 할 리가 없다.

"그, 그치만 이상하잖아요! 그럼 마나 피드 이어링은 뭐에 쓰라는 건가요! 증언이 모순되어 있어요!"

아코가 이의 있음! 이라고 호소했다.

확실히 우리는 한 달 전 경험치를 두 배로 얻는다는 사기 아이템 마나 피드 이어링을 받기 위해 애썼다.

그런데 그 아이템의 배포 전에 서비스 종료라는 건 말이 안 된다.

하지만 이건, 반대로 생각하면.

"섭종 직전이 아니라면 그런 영문 모를 장비를 배포하지 않는다는 건가……?"

"사기잖아요!"

"게다가 꽤 악질적인 사기야……. 설마 그럴 리가 없다고 생각하고 싶지만……."

"맞아. 이쪽이 거짓말이지? 가짜 홈페이지 같은 거 아니야?"

그렇게 아키야마가 거짓말 설에 편승했다.

보통은 지나칠 정도로 밝고 낙관적인 그녀가, 궁지에 몰린 음색으로 말을 이었다.

"전에 들었거든? 로그인하려고 하면 비밀번호를 도둑맞는 가짜 사이트가 있었다면서?"

"아~, 탈취당해서 섭종 선언한 게임도 있었지."

"그렇죠? 또 론 씨의 짓이 아닌가요?"

"그 이름 엄청 오랜만에 들었어."

나도 그런 악질적인 장난이라면 좋겠다고 생각하지만.

"유감이지만, 아무리 확인해도 틀림없는 LA 공식에 의한 정식 발표다."

혼자서 이것저것 확인하던 마스터가 천천히 타이르듯 말했다.

"URL은 틀림없어. 어느 방향으로 검증해도 올바른 공식 사이트의 것이다. 관련 사이트에도 똑같은 공지가 올라왔어. 탈취되었을 가능성은 아마 없겠지."

가끔 실수할 때는 있어도, 항상 믿음직한 우리의 마스터다.

적어도 이렇게 단언했다면 틀림없겠지.

"그럼 오인 공지야. 게임 안에서 서비스 종료라는 오인 표시가 나온 게임도 있잖아."

"내용에는 날짜나 향후 스케줄, 유료 포인트를 이관하는 곳까지 나와있다. 실수라고 판단하기에는 너무 구체적이군."

마스터도 냉정하게 말하고는 있지만, 그 목소리는 확연히 떨리고 있었다. 자신감과 감사로 가득하던 답사를 읽던 그때와는 다른, 공포와 두려움이 담긴 목소리다.

"솔직히 말하면, 이벤트 내용, 배포 아이템을 보고 어느 정도 불길한 예감은 있었다. 과거의 이벤트를 종합적으로 되돌아보고, 완전한 밸런스 브레이커 아이템을 배포했으니까. 그것이 의미하는 바는……."

"서비스 종료 전의 추억 이벤트냐고……."

이런 공적 안건에는 누구보다도 지식이 많은 마스터가 이렇게 판단했다면.

전원이 서로의 얼굴을 돌아봤다.

"……그럼, 뭐야. 이거, 현실이라는 거야?"

"그럴 수가, 끝이라니."

"진짜, 인가……."

누구에게 말할 것도 없이 중얼거렸다.

손이 떨린다. 목소리가 흔들린다.

눈이 깜빡거려서 시야가 안정되지 않는다.

마스터의 답사를 듣고 흘렸던 어딘가 온기가 있는 눈물과는 다른, 차가운 눈물이 멋대로 눈에 고였다. 받아들일 수 없는 절망이 멋대로 흘러나와서 멈추지 않는다.

일그러진 광경 속에서는 변함없이 서비스의 끝을 알리는 공지가 있고, 보고 있을 수 없어서 화면에서 눈을 돌렸다.

"……루시안."

아코가 같은 타이밍에 이쪽으로 시선을 돌렸다.

"거짓말이죠? 그럴 수가, 서비스 종료라니. 다음 달이라면 이제 곧인데, 바로 끝난다니."

어린아이처럼 말이 막힌 아코가 내게 손을 뻗었다.

"그야 그렇잖아요. 이상해요. 이상하다고요."

"아코……."

나도 손을 뻗어서 그녀의 손을 잡았다. 떨리는 게 아코의 손인지 내 손인지, 나도 구별이 되지 않았다.

그래도, 맞다. 나도 쇼크를 받은 거다. 아코는 더, 훨씬.

"괜찮아. 진정해— 아."

손을 잡은 채 살며시 어깨를 안자, 놀랄 만큼 차갑다.

평소에는 오히려 체온이 높은 아코가 이렇게나 차갑다니.

아니, 나도 그렇다. 그녀를 데워줄 수 있는 열이 나에게 없다는 걸 알 수 있었다.

모두에게 시선을 돌리자, 한 명도 남김없이 걱정될 만큼 새파래졌다.

"저기, 애들아."

아키야마조차도 입술이 하얘진 게 보인다. 언제나 누구보다도 건강할 텐데.

역시 그녀도 이 서비스 종료에는 냉정하게 있을 수 없는 건가.

그렇게 생각했는데.

"그래서, 서비스 종료는 구체적으로 어떻게 되는 거야……?"

엄청 태평한 질문!

아키야마. 이 타이밍에 그걸 물어봐?!

"그, 그게 말이지? 나나코도 알잖아. 말 그대로야. 서버를 닫고 로그인할 수 없게 되는 거야."

세가와가 그녀의 어깨를 찰싹찰싹 두드리며 말했다.

"그렇기는 하지만!"

그녀는 「알기는 하지만」이라며 말을 이었다.

"회사의 서비스가 아니라 게임 자체는 여기에 있잖아? 새로운 요소는 늘어나지 않아도, 모여서 다들 논다거나, 채팅만 한다거나, 최악엔 혼자서 할 수 있다거나. 그런 건 할 수 있지 않아?"

"아~, 그거 말이구나."

"오프라인 이야기인가……."

아키야마가 하고 싶은 말을 겨우 깨달았다.

서비스 종료 공지에 동요해서 머리의 스펙이 떨어진 모양이다.

아니, 지금도 전혀 차분해지지 않았고, 사고가 멀쩡히 움직이지도 않고 있지만.

"과연. 지금까지 적잖은 돈과 긴 시간을 들였으니 온라인 게임으로는 끝나더라도 혼자서는 즐길 수 있어야 한다는 발상은 일반적이겠지."

"확실히 그런가. 콘솔로 나오는 패키지 온라인 게임이라면 서버가 닫혀도 오프로는 즐길 수 있으니까……."

"니시무라, 쉬운 말로!"

"복잡한 말을 해서 미안."

말을 고를 여유가 좀 없어서.

"일반적인 게임기로 즐기는, 온라인 플레이도 가능한 게임 소프트웨어 있잖아? 그런 건 나나코의 말대로, 서비스가 끝나도 혼자서 즐길 수 있어."

대신해서 세가와가 말했다.

그렇다. 온라인이 전제인 게임이더라도 가정용 게임기 소프트웨어라면 딱히 인터넷에 접속하지 않더라도 즐길 수는 있다.

그러나 인터넷이 없으면 즐길 수 없는 레전더리 에이지는 그 틀에 들어가지 않는다.

"그런 것, 이라는 건…… 이 게임은 안 되는 거야?"

"레전더리 에이지 같은 온라인 전용 게임은, 대부분의 데이터가 서버 측에 있으니까. 스탠드 얼론으로는 아무것도 할 수 없어."

"……다시 말해서?"

"서비스가 종료되면, 게임 안에 들어가서 행동하는 건 물론이고 자신의 캐릭터를 보는 것조차 두 번 다시 불가능해. 모든 걸 잃어버려."

"에엑?!"

겨우 현실을 이해한 아키야마가 벌떡 일어났다.

"완전히 끝이야?! 몇 년이나 했는데. 네, 끝입니다~. 이런 말을 하면 이제 아무것도 못하게 되는 거야? 너무하지 않아?!"

"못하게 되는 거야."

"너무하다고."

다른 플레이어와 만나는 건 물론이고, 혼자서 LA의 세계에 들어가 즐기는 것도 할 수 없다.

캐릭터 선택 화면에서 자기 캐릭터를 확인할 수조차 없다.

LA와의 연결을 모두 잃어버리는 거다.

"일단 캐릭터만큼은 볼 수 있게 해주는 게임 같은 것도 있었지만……."

"LA의 공지에 그런 업데이트를 한다고 적혀있지는 않네."

"우와, 쇼크! 굉장한 쇼크! 쿄우 선배가 졸업하는 날에 이런 발표를 하지 않아도 될 텐데!"

아니, 정말 그렇다니까.

다음 달, 월초에는 이것저것 발표할 타이밍이기는 하지만. 굳이 졸업식이 많은 시기에 LA까지 졸업시킬 필요는 없잖아.

"졸업 시기에 맞춰서 3월 말에 종료하는 모양이다. 한 달

전에 공지해야 하니 오늘 하게 된 거겠지만……."

"급하네, 정말. 보통 3개월이나 반년 정도, 시간을 주잖아?"

딱히 늘어난다고 해서 기쁜 건 아니지만. 세가와는 그렇게 불만스러워했다.

최근에는 발표에서 서비스 종료까지 시간이 짧아지기는 했지만, 그래도 두 달 정도가 많았던 것 같다. 한 달 후에 끝이라는 건 꽤 짧다고 생각한다.

"일단 확인해 봤는데, 약정대로인 모양이야."

우리의 소란을 조용히 바라보면서 냉정하게 마우스를 움직이던 사이토 선생님이 말했다.

"LA는 좀 오래된 온라인 게임이라서 약정도 낡았거든. 서비스 종료 한 달 이상 전에 공지한다고만 기재되어 있어."

선생님은 고문 교사답게 상황을 정확하게 보고, 냉정하게 말했다.

차분하지만, 그래도 어딘가 배려하는 듯한 말투는 약정 위반이다! 그렇게 소란을 부리면서 누군가에게 폐를 끼치거나, 문제를 일으키지 말라고 설득하는 것 같았다.

하지만 약정으로 봐도 이상한 건 이상하잖아.

"한 달 이상 전이라면, 오래 해도 딱히 상관없을 텐데……."

"그러게. 이상한 이야기이긴 해."

선생님은 팔짱을 끼고 화면을 바라봤다.

"적자라서 조금이라도 빨리 끝내고 싶다고 해도……. 금방 종료하는 게 이득으로 보이지는 않는다냐……."

"다른 게임으로 유도하고 싶은 거겠지."

"헉! 그럼 그 제네시스 제로와의 콜라보 같은 보스는!"

"지금 생각하면 유도였겠네."

화풍이 다른 3D 보스를 억지로 꺼낸 건, 같은 회사의 다른 게임으로 이동해주기를 바란 거겠지만…… 너무 급하잖아.

"애초에 저의 계산으로는, LA는 일정한 흑자를 유지하고 있었을 겁니다."

마스터가 입가에 손을 대며 말했다.

"최근에는 비용이 드는 업데이트도 하지 않았고, 유지비가 비싼 타입의 게임도 아닙니다. 모종의 이유로 적자가 되었다고 해도 재건할 가능성은 있었을 겁니다. 경영 판단으로서도 위화감이 있는데요."

"어려운 이야기를 하면 또 아코가 울 거야."

"그러게. 또 삐에엥하고……."

그렇게 말했지만, 아코에게서 반응이 없다.

계속 안아주고 있는데, 굳은 채 움직이지 않는다.

아까부터 대화에도 끼지 않고 있는데, 괜찮은 건가?

"아코? 괜찮아?"

"저기, 루시안."

아코는 끼기긱 소리가 날 것처럼 어색하게 고개를 위로 들었다.

"꿈인지, 환각인지, 환혹인지, 최면인지. 어느 쪽일까요?"

"슬프지만 이건 현실이야."

아직 현실을 받아들이지 못한 모양이다.

후반부는 완전히 상태이상에 걸려버렸고.

"츠쿠요미라든가 경화수월이라든가 사안이라든가 질량을 가진 잔상이라든가 그런 게……."

"마지막만큼은 절대로 아니야."

그건 기체의 표면 도료가 박리되어서 레이더가 오인하고 있을 뿐이지, 환각 같은 게 아니라고.

"그치만, 그런, 현실이라면, 저는."

짧게 말을 끊던 아코는 모든 희망을 잃어버린 색 없는 목소리로 말했다.

"아아…… 저는 죽는 건가요……."

가면 안 되는 방향으로 가고 있어!

그런 덧없는 미소를 지으면 안 됩니다!

"진정하자! 안 죽어! 게임이 끝날 뿐이지, 현실의 아코는 멀쩡하다고!"

"뿐이라니, 뭔가요! 여기에 있는 저 같은 건 아무래도 좋아요! 게임 속에서 멀쩡하게 살아가는 제가 진짜 저인데, LA가 끝나버리면 그건 죽는다는 거잖아요!"

"그렇지 않아! LA가 없더라도 우리는—"

내 말을 가로막으면서.

"그치만, 지금부터 여기서 뭘 해야 하나요?! 집에 돌아가서 뭘 하나요?! 매일 학교도, 공부도, 힘든 인간관계도, 뭘 위해 노력해야 하는 건가요! 저는, 저는……."

아코는 단숨에 말을 쏟아내고는, 부족해진 숨을 들이쉰 뒤.

"저는 뭘 위해, 살아야 하는 건가요……."

그렇게 힘없이 말했다.

"뭘 위해서냐니, 그건……."

생각해 보면, 뭐가 있을까.

혼란스러워하는 것처럼 보이면서 줄곧 고민하고 있던 아코와 비교해서, 나는 서비스 종료라는 사실을 제대로 이해하지 못하는 것 아닐까?

눈앞의 발표에 우왕좌왕하고 있었을 뿐이고 그 이후를 생각하지 않았다.

나는 앞으로, LA가 존재하지 않는 인생을 보내야 하는 거다.

학교에서도, 일상생활에서도, 내 인생의 기준은 LA였다.

어서 부실로 가서 로그인하자. 샛길로 빠지지 말고 돌아가서 계속하자.

경험치가 부족하니까, 돈이 필요하니까 빨리 일어나서 사냥했다. 주말에는 잔뜩 즐겨야 하니까 빈 시간에 과제를 끝내두자.

행동의 중심에 있던 레전더리 에이지가 사라진다는 건, 어떤 것인가? 말할 필요도 없다.

전부 끝이지 않은가.

"그렇지. 아코의 말대로야. 이제 우리는 죽은 거야."

"우리는 이제 종료인 거죠……."

"희망은 없어. 절망이야."

"잠깐, 니시무라! 너까지 이상해지면 어떡해!"

세가와가 책상을 두드렸다.

"LA가 없더라도 우리는 그대로잖아! 멋대로 끝내지 말라고!"

그렇게 말해도 세가와 씨.

"그래도 슈, 이제 슈바인을 조작하지 못하게 되는데요."

"두 번 다시 만나지도 못하게 된다고."

"……슈바인 님하고, 작별해야 해?"

세가와가 중얼거리며 침묵했다.

천천히 고개를 내젓고, 한동안 트윈테일을 좌우로 흔들고는.

"끝이네. 이제 세상은 멸망할 수밖에 없어."

"아카네?!"

같은 결론이 나왔는지, 세가와가 다크 사이드로 떨어졌다.

웨엘커엄투우언더그라운드으.

"큭, 설득할 말이 떠오르지 않는군……."

"이렇게 되지 않게 교육하려고 했는데냐……."

혼돈에 감싸이는 부실.

하하하. 어차피 끝이야. 이대로 세상이 멸망하면 된다고.

이런 자포자기한 마음이 되어버린 내 어깨를, 작은 손가락이 툭툭 건드렸다.

"선배, 선배."

"오오, 후타바…… 함께 세계의 어둠에 떨어지겠어?"

"안 떨어짐."

플레이 시간의 차이일까. 본인의 기질 문제일까.

의외로 동요한 기색이 없는 후타바는 내 언동을 가볍게 썰어버리고 말했다.

"그보다도, 로그인하는 게 좋아, 요."

"로그인……?"

"네. 재미있어요."

확실히, 현실에서 소란을 부려봤자 어쩔 수 없다면 어쩔 수 없다.

절반 이상 현실도피를 위해, 후타바의 말대로 LA에 로그인 해봤다.

여느 때의 로그인 화면, 캐릭터 선택 화면에 조금 눈물지으면서 게임 서버에 들어간, 그 순간.

GUOOOOO, 라는 커다란 고함이 스피커에서 울렸다.

그리고 격렬한 공격 이펙트와, 여느 때의 스킬 발동음이 섞인 SE가 끊임없이 들려왔다.

"잠깐, 무슨 일이야? 여기 어디?"

"평범한 로드스톤의 세이브 포인트일 텐데요."

수도 중앙은 소란스러운 곳이긴 하지만, 이런 전투음이나 몬스터의 고함이 들리는 곳은 아니다.

황급히 화면을 움직여서 상황을 확인해 보니…….

"루시안. 거리 중앙에 몬스터다."

"게다가 보스네, 저거."

함께 화면을 보던 아코에게 나도 수긍했다.

전투음으로 추측하고는 있었지만, 상당한 대보스와 싸우는 모양이다.

그것도 하나가 아니다. 몇 마리나 되는 보스가 날뛰고 있다.

"어째서 이런 곳에 보스가 있는 거야."

"소환 아이템이다. 아마 역전의 작은 나뭇가지."

"그건 보스도 소환할 수 있는 아이템이지?"

보스 드롭을 기대할 수 있기에, 보스 소환 아이템의 가격은 상당히 비싸다. 대규모 길드 이벤트나 일부 뽑기 플레이어가 장난삼아 사용하는 정도인 상당한 레어 아이템이다.

이런 누구에게 쓰러져도 이상하지 않은 수도 한복판에서 마구 쓰기에는 너무나도 비쌀 텐데.

아니, 생각하다가 타깃이 이쪽으로 튕겼잖아! 해저 신전의 보스, 하얀 안개의 고래, 호그 웨일!

장비가 보스 대책이 아니라서 금방 죽는다고!

"이런, 이거 죽겠어!"

"바로 저도 들어가서 힐을."

아코가 내 품에서 나와 자기 컴퓨터로 향했다.

아니, 바로 온다고 해도 늦었어—.

아수라봉황각! 이라는 커다란 이펙트가 화면에 튀어나왔다.

그리고 드래곤 브레스, 엘리멘탈 버스트라는 충전이나 소비가 큰 극대 스킬이 여기저기서 날아와 공중에 뜬 흰고래의 HP가 팍팍 깎여나갔다.

"……으음. 보스가 먼저 죽었네."

"에엑……."

바로 격침되어 버렸다.

1팟이 쓰러뜨리려면 5분은 걸리는, 그럭저럭 강한 보스인데.

◆나수풍 : 으랴압, 다음!

◆돈 모르히네 : 마구 퍼붓자고!

◆로코모콘 : 다음 가지 갑니다~.

그리고 보스를 잡으러 돌진하는 플레이어에게서는 어딘가에서 본 황금의 이펙트가 반짝이고 있었다. 문답무용으로 완전 회복시키는 비싼 회복 아이템을 마구마구 사용할 때의 빛이다.

"우와아, 평범한 사람이 마스터처럼 싸우고 있잖아."

"재미, 있죠?"

후타바가 어째서인지 의기양양하게 말했다.

과연. 이제 서비스 종료니까 다들 아끼지 않고 날뛰고 있는 건가.

이건 카오스다. 부실의 분위기보다 뒤떨어지지 않는 혼돈이 게임 안에서 퍼지고 있다.

"루시안. 채팅도 굉장해졌어요."

"월챗이?"

◆딸기모찌 : 역전의 작은 나뭇가지 100개 세트, 보스 레어와 교환합니다. 종류 불문.

◆버섯의 콩가루 : 마지막으로 결혼식 스샷 찍지 않으시겠습니까? 여캐 상대 모집. 본인 여캐.

◆하라미로스 : 서비스 종료 반대 데모, 오늘 밤 20시에 로드스톤 남쪽 십자로에서 스타트. 가능한 한 참가자 모집. 불참자는 수도 서버에서 나가주시면 감사하겠습니다.

◆디 : 서비스 종료라니 말도 안 되잖아. 난 어디로 가야 하는데?

◆카보땅 : 일하러 돌아가. 프로듀서 씨.

◆리미트 : 이봐, 마스터. 세계 구하라고.

◆샤이몬 : 전장에서 도망치지 마라.

◆유윤 : 프로듀서라든가 마스터라든가 기사 군이라든가 단장이라든가 여행자라든가 박사라든가 지휘관이라든가 트레이너라든가 선생이라든가 그쪽으로 돌아가자.

◆디 : 어지간한 게임보다 LA 쪽이 서비스 개시가 빨랐으니까 말이지.

◆코이야즈ch : 운영 이관처를 찾는 서명 활동을 하고 있습니다. 온라인 서명으로 LA를 검색!

◆산달폰 : LA 플레이어끼리 즐기는 제네제로, 클랜 설립 예정. 서비스 종료일과 동시에 개시. VC섭 가능.

◆청순 여우소녀☆사쿠라☆ : 마지막으로 더블 브륀 시험 해보고 싶으니까 빌려줄 사람 모집.

◆고래데블 : 한 달 전 섭종발표는 법률에 저촉된다고 생각하는데, 판단할 수 있는 전문가 있나요?

◆쯔모 : 게시판에서 치트 툴 배포 중. 강화 100%, 난수 고정 출현 아이템 지정 분해, 레어 소지 몹 판정 표시 검증 완료.

터무니없는 소란이 벌어지고 있잖아!

"이, 이게 섭종 발표 직후의 채팅인가……."

"그보다 이 게임 치트 같은 게 있었어?! 강화 100% 성공? 밸런스 엉망진창이잖아!"

저쪽도 로그인한 건지 세가와가 눈을 동그랗게 뜨고 있다.

우와, 진짜잖아. 치트를 선전하는 사람도 있어. 존재조차 몰랐는데.

"어차피 끝이니까 숨기지 않게 된 거겠지."

"우리 말고 다른 사람도 소란을 부리는 걸 보니까 정말로 끝이라는 생각이 드네……."

"심각한 카오스가 벌어지고 있네요."

"도시를 괴물이 활보하고, 숨겨진 악의가 출현한다. 이게 다양한 종교에서 말하던 세상의 종말인 건가……."

"SNS에서도 다들 화내고 있어."

아키야마는 휴대전화를 보면서 말했다.

"갑자기 섭종이라니 이상하다, 믿을 수 없다면서. 보통 그렇겠지!"

"그야 놀라지."

"우리 말고도 감상은 똑같네."

갑작스러운 섭종이다. 다들 놀랐겠지.

"그래도 트렌드에는 안 올라가 있네."

"어? 아래쪽에 들어있거나 하지 않아?"

"우리의 관측 범위에서는 화제지만, 세간에서는 사건조차도 아닌가……."

"그건 슬픈 현실이네."

LA의 규모로는 대단한 화제가 되지 않는다.

그 정도의 인기였기에, 서비스 종료라는 결론이 나온 거겠지…….

아아, 생각했더니 또 슬픔이 밀려오네.

"지명도가 부족한 건가……. 끝나기 전에 좀 더 노력했으면 됐으려나……?"

"이제 저희가 할 수 있는 건 없나요. 그저 죽음을 기다리는 것밖에……."

"아냐. 포기하지 않은 사람도 있어. 봐봐, 데모 같은 것도 하는 모양이고."

"운영이관 서명운동을 한다는 말도 있네."

아키야마의 말을 듣고 세가와도 끄덕였다.

확실히 흘러가던 로그 안에서 아직 포기하지 않은 사람의 채팅도 흐르고 있다.

"항의 데모……. 확실히 항의는 하고 싶지만, 데모를 한다고 뭐가 달라질까요?"

아코가 흐리멍덩하게 초점이 사라진 눈으로 말했다.

분명 나도 그리 다르지 않은 죽은 눈을 하고 있겠지.

"재정 변경이나 사양에 대한 항의라면 모를까, 섭종 반대 데모는 그다지 결실을 맺지 못하는 느낌이니까……."

"그렇지도 않다."

포기하려던 나에게 마스터의 목소리가 닿았다.

"불길한 예감은 들었다고 했잖나. 짬을 내서 LA 운영 상황을 조사해봤다."

"운영 상황이라니, 플레이어 숫자라든가?"

"그 밖에도 서버의 규모나 과금액, 다른 매체에 대한 광고량 등등이다."

즉, 돈 이야기인가. 그걸로 뭘 알 수 있는 걸까?

"조금 전에도 살짝 이야기했지만, 공개 자료와 나의 계산으로는 그런대로 흑자. 나쁘더라도 플러스마이너스 제로는 되었다. 즉, 레전더리 에이지라는 콘텐츠는 회사에 이익을 주고 있었을 거다.”

“어……. 그럼 어째서 서비스 종료를 하는 건가요?!”

이상하잖아요! 아코의 눈에 분노의 불이 켜졌다.

아니 정말로, 진짜로 흑자라면 왜 섭종하는 거야? 그만두고 싶지 않지 않나?!

“그걸 모르겠다는 거다. 새로운 MMO에 주력한다는 경영 판단인지, 나의 예상을 뛰어넘는 운영 코스트가 드는 건지.”

마스터는「그러나」라고 강하게 말했다.

“그렇다면 지금의 운영진이 아니더라도, 다른 회사라면 레전더리 에이지는 매력적인 콘텐츠가 될 수 있다. 우리가 서비스 지속을 바라고, 또한 계속 고객이 되어주겠다고 호소한다면…….”

“어딘가에서 사들여서 서비스를 계속할지도 모른다는 거지……!”

그렇구나. 그런 가능성은 확실히 있겠어!

“어? 다른 회사가 서비스를 이어가는 게 가능해?”

“있어. 운영 이관이라든가 리메이크해서 서비스 지속이라든가, 꽤 많아.”

“그럼 레전더리 에이지도 어딘가에서 사줄지도 모른다는 거네!”

아키야마가 눈을 반짝반짝 빛내면서 주먹을 쥐었다.

그래. 희망은 아직 있어. 포기하는 건 너무 일러.

"좋아. 항의 운동에 참가하자. 사줄 만한 회사도 조사해야지."

"항의라면 뭘 하는데? 머리를 세워? 아니면 하얀 대머리?"

"머리를 세우지도 하얗게 되고 싶지도 않으니까, 데모용으로 캐릭터를 만들래요!"

"SNS에 확산해서 마구마구 퍼뜨리자! 우선 화제성이 있어야지!"

"다른 길드에도, 말 걸게요."

한 번은 절망했던 우리지만, 아직 가능성이 있다고 생각하니 갑자기 기운이 샘솟았다.

그래. 그렇게 간단히 포기할 만큼 이 게임을 향한 마음은 가볍지 않아.

수단이 있다면 뭐든 해주겠어.

"해보자! 서비스 종료 같은 것에 절대 지지 않겠어!"

다들 각자 목소리를 맞추고는 키보드에 손을 대려던 그때.

"잠깐잠깐! 너희들, 이대로 항의 활동에 들어갈 셈이니?"

선생님이 황급히 제지에 들어갔다.

어째서 막는 건가요! 오히려 선생님이 플레이 경력은 제일 길 텐데!

"뭐가 안 된다는 건가요? 이대로 여기에서 묵으면서 노력할 거예요!"

"그러게. 연계하기 위해서라도 부실에서 하는 게 좋아!"

"돌아갈 때가 아니니까!"

"냐냐냐냐냐."

우리는 의욕으로 가득했지만, 선생님은 몇 번이고 고개를 가로저었다.

"마음은 이해하지만 무리야. 졸업식 후에는 다들 남아있으려고 하니까, 이른 시간에 학교를 닫게 되어있어."

"에엑!"

"이럴 때 부실을 쓰지 않으면 언제 쓰라는 거야! 선생님도 오늘 정도는 봐줘도 되잖아!"

"안 되는 건 안 된다냐."

우리의 항의를 고양이 말로 잘라버린 뒤, 선생님은 진지하게 말했다.

"그리고 말이지. 지금은 다들 냉정하지 않잖니. 항의 데모를 할지, 서명 활동을 할지, 광고 활동을 할지는 모르겠지만, 조바심을 내서 행동해봤자 좋은 일은 없어."

단호하게 말한 선생님은 우리의 얼굴을 돌아봤다.

"집으로 돌아가서, 밥을 먹고, 목욕을 하고, 차분해지고 나서 다시 생각해 보자?"

"그래도, 그런 시간은 없을지도 몰라요!"

"오늘은 LA 종료가 발표되기만 한 날이 아니잖니? 고쇼인의 졸업식 날이야."

"그건…… 그렇지만……."

선생님이 다정하게 말하자 아코가 말을 흐렸다.

딱히 잊어버린 건 아니다. 그런 것보다 LA가, 라고 말할 생각도 없다.

졸업식도 서비스 종료도, 모두 똑같이 중요해서―. 아니, 똑같이 두면 안 될 정도다.

"⋯⋯그렇지. 오늘은 마스터의 졸업식이야. 우선은 그걸 중요하게 여겨야겠지."

"그러게요. LA도 굉장히 굉장히 굉장히 중요하지만, 그래도⋯⋯."

"마스터의 졸업이 제일 중요하지."

"응. 졸업하는 날을 확실히 끝내야지. 모두 교문에서 배웅하자?"

"사진, 찍을게요."

"아⋯⋯. 그게, 말이다⋯⋯."

우리의 말과 시선을 받은 마스터는 매우 거북한 듯 말했다.

"이후에는 내빈들에게 인사하고, 교무실에 있는 분들에게도 감사를 표하러 갈 예정이다. 게다가 학생회에 얼굴을 내비쳐야겠지. 배웅이라면 두 시간 정도 교문에서 기다려야⋯⋯."

"기다릴 수 있을 리가 없잖아!"

"엉망이에요~!"

그런 점이라니까, 마스터!

졸업식이라고 적힌 간판 옆을 지나서 교문을 나섰다.

일반 학생은 섭종 같은 건 상관없고, 오늘은 졸업식에 불과하다.

근처의 하교하는 학생에게서는 어딘가 진지하고 차분한 분위기가 감돌았다.

그런 와중, 큰 소리를 내며 걷는 기운찬 아코가 이쪽을 빙글 돌아봤다.

"한 번은 죽음을 각오했지만, 지금은 왠지 불타오르네요. 루시안!"

"이제 끝인 줄 알았지만……. 그렇지. 포기하기는 일러."

모두 죽을 수밖에 없잖아. 그렇게 생각하기도 했지만, 간단히 받아들일 수는 없다.

서비스 종료! 끝! 그런 말을 듣고 바로 납득할 만큼 얄팍한 인연이 아니다. 할 수 있는 일이라면 뭐든지 해주겠어!

"맞아요! 저희는 단호하게 싸울 거예요!"

가슴 앞에 두 주먹을 쥔 아코가 흥, 하고 콧김을 거칠게 뿜으며 말했다.

"애초에 저는 전부터 불만이었어요! 서비스 종료하는 게임은 수없이 많지만, 회사가 너무 독단적으로 결정하고 있어요! 유저에게 제대로 상담해서 모두에게 도와달라고 말했어야 했어요!"

아니, 정하는 건 당연히 회사 측이겠지. 그런 상식적인 태클은 내팽개치고, 나 역시 수긍했다.

"맞아. 멋대로 포기하고는 섭종합니다! 유감입니다! 라고 발표하기는. 우리의 힘을 얕보고 있는 거야."

"그렇다니까요!"

플레이어의 힘도 못 써먹을 건 아니다. 이쪽은 아직 LA에 시간과 노력, 가능하다면 돈도 쏟아부을 수 있다는 걸 가르쳐줘야 한다.

아무도 일어나지 않는다면 그야 무리겠지만, 모두가 그렇게 슬퍼하고 괴로워하고 있으니까.

"다들 레전더리 에이지를 포기하지 않았어요!"

"운영진은 숫자나 데이터 같은 것밖에 안 보니까 착각하고 있는 거야. 아직 끝나지 않았어!"

"맞아요! 우리의 모험은 지금부터예요!"

우리는 기운차게 외쳤지만, 아코의 말과 함께 자연스레 움직임이 멈췄다.

"……."

"……."

잠깐 뜸을 두고, 아코가 살며시 눈을 돌렸다.

"……지금 이건 해서는 안 되는 대사였네요."

"조기 강판당하는 패턴이잖아."

"뭐랄까 저기, 그만 어록이 나와버리는 느낌이라서요."

"이해는 가."

무심코 남들 앞에서 나와서는 안 되는 타입의 용어가 새어 나와서 황급히 입을 다물 때가 있긴 하죠!

"그렇더라도 말은 골라야겠지. 긴급 사태니까."

"그러게요. 이상한 플래그가 설 것 같은 말을 하면 위험해요."

아코는 후우, 하고 숨을 내쉬었다.

"이런 일로 방심하다가 정말로 서비스 종료되면 큰일이죠."

아코는 느긋하게, 무척 안심한 기색으로 말했다.

아니, 그렇게 태평한 상황은 아닌데. 전혀 안심할 수 있는 정보도 없고.

"어떻게 되는 걸까요? 서비스 종료는 철회합니다! 이대로 계속하겠습니다! 죄송합니다! 라고 말하는 걸까요?"

"과거에 있었던 패턴이라면, 운영 회사를 바꿔서 계속한다거나. 그리고 제목을 바꿔서 리뉴얼 오픈한 적도 있었지."

"제목에 ZERO라든가 R 같은 게 붙는 그건가요."

"맞아."

레전더리 에이지 제로. 약칭 LAZ로 새롭게 서비스! 그런 일도 있을 수는 있다.

실제로 몇몇 사례는 있었다.

그런 희망은 물론 있지만— 그러나, 실제로는.

"그래도 서비스 종료를 발표한 뒤에 철회한 패턴은…… 거의 없으려나."

그 말을 입 밖으로 꺼내자, 열기가 싹 식었다.

그렇다. 모두 함께 텐션을 올리기는 했지만, 결국은 애써서 기운을 낸 거다. 냉정한 사고는 머릿속에 줄곧 남아있었다.

아무리 희망을 품어봤자 80%, 아니 90%, 좀 더 높을까.

정말로 높은 확률로 이대로 서비스는 끝난다. 레전더리 에이지는 사라진다.

LA 자체가 흑자거나 그럭저럭 집객력이 남아있다면, 다른 회사가 사들여서 캐릭터를 이어받아 계속할 수 있는 사례가 일단 있기는 하다.

캐릭터 데이터가 사라지더라도 LA가 존속된다면 다행이라는 정도인, 작디작은 가능성.

그게 약간의 희망으로 남아있는 정도다.

끝난다. 우리의 LA가 사라진다.

이렇게 다리가 멈춰버릴 정도의 공포. 있지도 않은 희망에 매달려서 기운을 내지 않으면 버틸 수 없다.

"가능성이 적더라도 포기하고 싶지 않아. 노력해 봐야지."

분명 아코도 같은 생각이겠지. 나는 그렇게 생각해서 말했지만.

"루시안. 그렇게 비관적으로 생각하지 않아도 괜찮아요."

포근하고 부드럽게 미소 지은 아코가 내 어깨를 받쳐줬다.

"분명 괜찮을 거예요. LA는 끝나지 않아요."

"아니 뭐, 그런 이야기는 했지만······."

뭐지 이거? 어딘가 낌새가 이상하네.

"저기, 아코 씨?"

"네?"

아코는 몸을 앞으로 기울인 자세로 내 얼굴을 들여다보며 대답했다.

나의 신부는 귀엽네. 그런 태평한 사고를 머리에서 내쫓으면서 잘 바라봤다.

딱히 위화감은 없다. 아코는 나와 둘이 있을 때는 대부분 기분이 좋다. 긴장을 푼 느긋한 표정도, 무척이나 가까운 거리감도 전혀 변함이 없다.

평소 그대로라 전혀 달라진 점이 없다.

없지, 만.

달라진 점이 없는 건, 오히려 이상하지 않나?

"저기, 그, 괜찮아?"

"왜 그래요? 그렇게 갑자기 걱정하다니."

"그게, 오늘은 이것저것 있었잖아. 마스터의 졸업식부터 섭종 발표까지, 마음의 고저차가 굉장했달까, 오히려 쇼크밖에 없었달까."

진짜로 격동의 하루였다. 마음의 준비를 했던 것과는 다른 충격이라는 건 정말로 대미지가 크다.

"솔직히 섭종은 나도 진짜로 핏기가 가셨으니까……. 아코는 그야말로 기절해도 이상하지 않을 정도였다고 생각하는데."

게임이 전부고, 게임 안에 있는 게 진짜 자신.

현실의 자신은 올바른 자신이 아니다.

이 세상에 희망 같은 건 없다, 그렇게 주장하며 긴 머리카락 속에 표정을 숨기던 옛날의 아코라면, 정말로 그 자리에서 쓰러지지 않았을까 싶을 정도다.

"아뇨아뇨. 물론 그때는 심장이 멎는 줄 알았지만요."

"역시 심각했네."

"하마터면 이세계 전생할 뻔했어요."

"사망이 즉 전생이라는 발상은 그만두자. 그건 90% 픽션이니까."

"남은 10%는 이세계에 간 건가요?!"

"그냥 해본 소립니다."

"어째서 그렇게 올렸다가 떨어뜨리는 말을 하는 건가요!"

"올릴 생각도 떨어뜨릴 생각도 없었던 것에 관해서."

울컥울컥 화를 내는 아코의 표정은, 조금 시선이 높은 나에게도 잘 보인다.

지금도 앞머리는 길지만, 처음 만났을 때보다는 조금 짧고, 그리고 단정한 것처럼 보인다.

그 속에 있는 데굴데굴 변하는 표정이 무척이나 귀여운 건 처음 만났을 때부터 변하지 않았지만.

"뭐, 나도 LA가 끝나지 않는 세계가 있다면 가고 싶을 정도이긴 한데."

"괜찮아요. 그런 걱정은 필요 없어요."

아코는 로퍼 밑바닥을 주르륵 쓸면서, 자신이 걷는 아스팔트의 지면을 확인하듯이 걸었다.

"LA는 아직 끝나지 않아요! 틀림없어요!"

미래를 향한 희망을 전신으로 뿜어낸 아코가 하늘을 올려다봤다.

"……그, 그럴, 까?"

"그럼요! 루시안은 걱정이 많네요~."

"그런가……. 내가 이상한 건가……."

어울리지 않을 만큼 낙관적이다. 평소에는 누구보다도 불안해하며 살아가면서, 어째서 이런 때만큼은 자신만만한 걸까.

그런 의문은, 아코의 영문 모를 압력에 밀려 휩쓸리고 말았다.

"오늘부터 바빠질 거예요! 열심히 하죠!"

"그, 그래……."

무거워 무거워. 구역질이 날 것 같은 현실과 너무나도 온도차가 있는 아코.

그런 모습을 보고 불길한 예감이 더더욱 커지는 걸 느꼈다.

◆하라미로스 : 집합 감사합니다～.

◆니알라포텝 : 지금부터 데모 루트를 설명하겠습니다. SNS에서도 그림으로 올려놨으니 확인 부탁합니다.

◆코이야즈ch : 데모 중계 중입니다. 확산은 맡겨주세요.

◆니알라포텝 : 겉보기의 화려함이 필요해요. 가능하면 같은 루트로 이동해 주세요.

◆안창살 로스 : 일반 플레이어분들도 죄송하지만 협력 부탁드립니다!

◆니알라포텝 : 비참가자는 수도 서버에서 나가주시면 감사하겠습니다. 강제는 아닙니다!

◆하라미로스 : 오히려 전원 와줘!

저녁을 먹고, 목욕하고, 머리를 개운하게 했지만, 역시 결과는 변하지 않았다.

◆슈바인 : 무슨 수를 써서라도 LA를 끝나게 둘 수는 없어. 알겠냐. 너희들.

◆아코 : 네! 몇 안 되는 친구들에게 열심히 말을 걸었어요!

◆세테 : 내 친구들도 대부분 올 예정이래!

◆애플리코트 : 이 데모는 반드시 성공시켜야 한다!

LA를 존속시키기 위해 할 수 있는 일을 하자! 그래서 만장일치로 데모에 왔다. 그야 그렇지. 당연히 하겠지.

그러나 고양이공주 씨의 말대로 머리를 식혀서 다행이라고 생각한다. 기세에 떠밀려서 하는 것과 각오를 다지고 진지하게 하는 건 다른 무게가 있으니까.

시간이 지나서 이 게임을 생각하는 마음은 오히려 부풀었다고 말해도 좋다.

둥실둥실한 상태로 모인 게 아니라, 포기하고 싶지 않다는 강한 결의가 우리에게 가득했다.

◆고양이공주 : 데모는 어디까지나 평화롭게 하는 거다냐. 폭력은 금지. 알겠다냐?

◆루시안 : 우리는 정의의 데모 부대라고요!

◆아코 : 제대로 혼나지 않게 할게요!

◆고양이공주 : 좋다냐!

우리가 집합 지점으로 향하는 도중에도 전체 채팅은 마구 달아오르고 있었다.

◆만지만지 : LA 종료 반대~.

◆화련화 : 아직 계속할 수 있잖아~.

◆카나타 : 돈이 부족하면 말해라~, 내줄게~.

◆애플리코트 : 더 과금하게 해줘라.

거리에는 문자를 표시할 수 있는 플래카드를 연속으로 들고 『반대』라고 표시한 플레이어나 노점 이름, 채팅룸 이름으로 주장하는 플레이어가 많이 있었다.

불꽃이나 폭탄, 화려한 이펙트가 나오는 아이템을 여기저기서 아낌없이 사용해서, 익숙한 로드스톤의 BGM이 들리지 않을 정도로 소란스럽다.

그런 와중에 마침내 데모 부대가 움직였다.

◆하라미로스 : 그럼 출발합니다! 10분 안에 다음 도시로 이동합니다!

◆니알라포텝 : 소란스럽겠지만 양해해 주세요.

◆루시안 : 서비스 종료 반대~!

◆슈바인 : 이 몸의 모험을 빼앗지 마라~!

◆니알라포텝 : 운영진은 실태를 공개해라!

◆아코 : 저는 앞으로도 이 세계에서 살아가고 싶어요!

◆화련화 : 보고 있잖아! 뭐라 말이라도 해라~!

줄지어 걷는 데모 부대 주변에는 NO! 간판이나 말도 안 돼! 라고 적힌 플래카드, 두루마리가 여기저기 펼쳐져 있어서 마을 전체가 항의하고 있다는 분위기가 전해졌다.

◆세테 : 뭐, 뭔가 모히칸인 사람하고 전신이 새하얀 사람이 많은데 이건 뭐야?

◆루시안 : 빗자루 머리와 하얀 대머리 요정은 강한 항의의 뜻을 표현하니까.

◆세테 : 어째서 그렇게 됐어……?

◆애플리코트 : 그러니까 그런 거라고 말할 수밖에 없군.

도중에 빗자루 머리와 하얀 대머리 군단도 합류해서 더욱 대군이 된 데모 부대가 도시를 줄지어 걸었다.

쩐다, 무거워 무거워 무거워. 컴퓨터가 내서는 안 될 소리를 내고 있어!

　◆아코 : 움직임이 워프하고 있어요!

　◆루시안 : 이런 랙이 걸리는 거, 요즘 LA에 있었던가?

　◆슈바인 : 더 늘어났어!

　◆만지만지 : 더 인원이 적은 게임도 운영하고 있잖냐!

　◆킹슬리 : 종료할 필요는 없어~!

사람이 너무 많아서 배경조차 안 보이는 도시 길.

그러나 걷기만 해도 추억이 흘러넘친다.

　◆루시안 : 여기, 전제 PvP용 로드스톤에서 싸웠을 때 왔었지.

　◆슈바인 : 네 방패가 날아왔었던가.

　◆아코 : 저 지붕 밑에 함정이 있어서 안 보였었어요.

　◆애플리코트 : 십자로 너머의 기사단 옆쪽에는 래빗 혼이 모여있었지.

　◆루시안 : 감자 가게 옆, 발렌슈타인이 있는 곳이네. 교섭하러 갔었던가.

수도 동쪽을 빠져나와 북쪽으로.

이곳은 공성전용 성채에 가깝고, 검은 마술사 씨나 길드 사람들과 잡담을 나누고, 때로는 교섭을 하러 몇 번이고 온 적이 있다.

거주구 가까운 큰길에는 언제나 익숙한 노점도 늘어서 있다.

◆루시안 : 고양이공주 어용상인 씨의 포션 가게는 오늘도 있네.

◆아코 : 마지막까지 제대로 팔고 있네요.

◆고양이공주 : 결코 허가해 주지는 않았다냐……

제작자의 이름이 제조품에 남는 걸 이용해서 만든 『고양이공주 어용상인 포션』 같은 걸 팔던 고양이공주 어용상인 씨는 오늘도 변함없이 영업 중이었다.

그러나 가게 이름이 『마지막 시간은 최애와 함께』로 설정된 게 눈물을 자아냈다.

데모 부대는 그대로 거주구를 통과. 고양이공주 성 옆을 지나갔다.

◆아코 : 고양이공주 씨의 성, LA를 잊지 않겠다는 현수막이 걸려있네요.

◆루시안 : 울 것 같으니까 그만둬어.

이벤트를 하거나 선전포고를 하는 등, 추억이 많은 유저 하우스.

우리 말고도 이 자리에 인연이 있는 사람이 많겠지.

그리고 도시 끝에 있는 수도의 비행선 발착장.

◆슈바인 : 여기서 포포리 호로 싸웠었지……

◆애플리코트 : 우리를 상징하는 듯한 좋은 배였다.

포포리 호로 여러 모험을 떠났던 건 지금도 선명히 기억한다. 배의 이름까지 남지는 않았지만, 소형선 최강 시대라는 제목으로 위키 깊숙한 곳에 한 페이지로 남을 정도로 활약했었다.

그리고 마지막으로 수도 입구 대문.

◆루시안 : 처음 이 문을 지나 모험에 나섰던 것…… 지금도 기억해.

◆아코 : 버그로 새 캐릭터를 만들었을 때는 여기까지 오는 것도 힘들었죠.

◆세테 : 다들 어디 있는 걸까~. 앗, 혼자서 여기저기 돌아다니고 있었어~.

◆애플리코트 : 로드스톤은 그야말로 우리의 도시였다. 똑같이 생각하는 플레이어도 많겠지.

숙연하게 문을 바라봤다. 이제 곧 마지막이라니, 생각하고 싶지 않다.

데모 참가자는 늘어나기만 했고 화면에 표시되는 상한 인원을 넘어서서 사람이 나왔다가 사라지는 버그 걸린 상태가 되었다.

채팅에도 열기가 담겼다.

◆코이야즈ch : 레전더리 에이지를 구하는 크라우드 펀딩 개시 예정! 이미 신청했습니다! SNS와 영상, 생방송으로 세부 사항 설명 중!

◆카나타 : 주주총회의 즉시 개최를 청구하는 데 필요한 주식이 조금 부족하므로, 연명으로 청구해주실 분을 찾고 있

습니다.

항의 데모가 귀엽게 보일 정도의 진지한 내용도 흐르고 있었다.

크라우드 펀딩이라든가 주식이 어쩌니 등등, 생각하지도 않았던 방법으로 상황을 바꾸려는 사람이 있었다.

◆루시안 : 진심으로 싸울 생각인 사람도 있네.

있다고 하기 전에, 왠지 본 적이 있는 이름인가 했는데 친구였다.

저 사람 뭐 하고 있는 거야.

◆슈바인 : 그래도 실제로는 어떨까? 크라우드 펀딩으로 돈이 많이 모이면 어떻게든 될 것 같은 느낌은 드는데.

머리 위에 달러 마크를 띄운 슈바인이 말했다.

◆애플리코트 : 돈 문제라면 가능성은 있지. 있다만……

◆아코 : 돈이 있다면 계속할 수 있다는 건 일반적인 일이잖아요!

마스터는 흑자일 거라고 말했지만, 아슬아슬 흑자라서 적자가 되기 전에 그만둡니다! 라면 교섭할 수 있을 것 같기도 하다.

이렇게 많은 사람이 LA의 종료를 아쉬워하고 있으니까. 한 명이 조금씩이라도 과금한다면 LA는 100년은 갈 콘텐츠가 될 수도 있다.

◆코이야즈ch : 이번 주에는 크라우드 펀딩을 개시할 수 있을 테니 꼭 부탁드립니다! 물론 수수료 같은 건 나가지 않

습니다. 수익 제로! 저의 신분은 SNS와 동영상으로 확실하게 알 수 있습니다!

◆하라미로스 : 우선 트렌드 진입부터! 태그는 #LA계속, 으로 트윗해 주세요!

◆청색 108호 : 이런 규모의 게임이 즉시 종료라는 전례가 남으면 다른 게임에도 영향이 생깁니다! 확산 부탁드립니다!

그래. 포기하지 않는 사람이 이렇게나 많잖아.

그저 데모에 참가해서 호소하는 것만이 아니야.

동영상을 만들어서 공개하거나, SNS에서 호소하거나, 크라우드 펀딩을 시작하거나.

다들 이 세계를 사랑하고 있다. 이만한 인원이 움직일 수 있다는 걸 보여주자.

그러면 운영 측도 유저와 협력해서 상황을 바꾸려는 생각을 해줄지도 모른다.

싸움은 이제 막 시작되었다.

지금부터 할 수 있는 일을 하기 위한, 스타트 지점에 지나지 않는 거다.

—그렇게, 생각하고 있었다. 지금부터 현실을 바꿀 수 있는 가능성이 있다고, 나는 진심으로 믿고 있었다.

◆코시 : 운영진 공지 떴다ー!

그런 전체 채팅이 나올 때까지는.

공지가 나온 건 데모가 끝나고 모임장으로 돌아온 타이밍이었다.

◆슈바인 : 공지? 진짜로?

◆세테 : 진짜야! 공식 페이지에 공지사항이 생겼어!

어디야 어디야? 서둘러 확인해야지.

즐겨찾기 탭에 넣어둔 LA 공식 사이트의 버튼을 누르자, 모두가 열고 있는지 조금 로딩이 걸린 뒤에 페이지가 열렸다.

최신 소식이 서비스 종료 소식에서 레전더리 에이지 운영 상황에 관한 사과와 설명이라는 표기로 변했다.

◆루시안 : 설명이라니, 무슨 소리지?

◆애플리코트 : 운영 상황······이라.

◆슈바인 : 아무래도 섭종 철회는 아닌 것 같네.

그렇다면 대체 무슨 발표인 걸까?

아무튼 우리의 행동을 보고 운영진이 응해준 거다. 열어서 확인해 봐야지.

일단 우리의 호소가 운영진에게 닿은 것만큼은 틀림없는 모양이지만, 그래도 사과와 설명이라는 건 그다지 포지티브한 느낌은 아니다.

◆루시안 : 페이지를 여는 게 좀 무서워졌는데.

◆아코 : 그, 그러게요. 앞으로 나아가는 이야기는 아닌 것 같은 느낌이······.

◆슈바인 : 설명이라니 뭔데? 들으면 납득할 수 있다는 거야?

◆애플리코트 : 경위가 신경 쓰이는 건 틀림없다만……

일단 확인하면 알 수 있겠지만 보는 게 무섭다.

어쩌지? 부실에 있었다면 다 함께 읽었겠지만, 이렇게 혼자서 보는 건 무섭다.

◆루시안 : 제각각 읽으면 무서우니까, 잠깐 대표로 누가 확인해 주지 않을래?

◆슈바인 : 그런 건 네 역할이잖아?

하지만 슈바인, 나도 무서운 건 무섭다고.

◆고양이공주 : 그럼 내가 조금씩 복사해서 붙여둘 테니까 다들 천천히 읽으라냐.

◆루시안 : 진짭니까.

◆아코 : 자, 잘 부탁드려요.

배려해 준 거겠지. 이렇게 선생님에게 도움을 받기로 했다.

스읍, 하아. 의식적으로 호흡을 가다듬고 채팅창을 바라봤다.

◆고양이공주 : 그럼, 간다냐. 기니까 전문이나 필요 없는 부분은 생략하겠다냐.

이럴 때는 국어 선생님이라 고맙다.

내용을 확인하는 건지, 조금 시간을 들이고 나서 채팅창에 문장이 붙었다.

◆고양이공주 : 이하, 유저 여러분에게 운영팀의 인식을 전달해 드리기 위해, 서비스 종료의 상세한 경위에 관해 설명

온라인 게임의 신부는
여자아이가 아니라고 생각한 거야? 22
©Kineko Shibai 2023 Illustration : Hisasi
KADOKAWA CORPORATION
[NOT FOR SALE]

하도록 하겠습니다.

오오우. 역시 어째서 섭종을 하는 건지 가르쳐주는 건가.

듣고 싶기도 하고, 듣고 싶지 않기도 하고!

◆슈바인 : 어, 어디 한번 들어보자고.

◆세테 : 채팅인데 목소리가 떨리고 있어⋯⋯!

◆슈바인 : 현실에서 말했다면 어어어어디 한번 들어보자고, 정도로 떨고 있어!

◆고양이공주 : 레전더리 에이지는 본사가 개발한 첫 온라인 게임입니다.

◆고양이공주 : 아직 온라인 게임 개발, 운영 노하우가 부족했던지라, 게임 제작에는 많은 기술적 문제가 있었습니다.

전일담부터 시작됐다!

어? 서비스 종료 경위에 게임 제작 과정이 관련이 있는 거야?!

◆세테 : 거기부터 이야기해?!

◆슈바인 : 뿌리 깊은 문제였다는 걸까⋯⋯?

◆애플리코트 : 제로부터 온라인 게임을 만든 거다. 곤란했다는 건 틀림없겠지.

그렇게 이야기하는 사이, 고양이공주 씨가 다음 글을 붙였다.

◆고양이공주 : 따스한 세계관. 간단한 조작성. 알기 쉬운 UI. 심오한 시스템.

◆고양이공주 : 여러분이 사랑해주신 레전더리 에이지는 그런 다양한 요소를 도입하여 디자인되었습니다.

◆고양이공주 : 당시 스태프는 가능한 노력을 들여서 이 레전더리 에이지의 세계를 만들었습니다.

몇 줄로 줄이고는 있지만, 실제로 한 고생은 그런 수준이 아니었겠지.

처음 만드는 온라인 게임. 게임 시스템도 UI도 디자인도, 그걸 뒷받침하는 프로그램도 어느 것 하나 편한 요소가 없다. 그래도 LA는 확실하게 완성되었다.

◆루시안 : 처음 만들었는데도 이 LA가 나온 건 굉장하네.

◆아코 : 자랑해도 된다고 생각하는데요.

느닷없이 온라인 게임을 만든다는 건 상당한 결단이지만, 첫 작품으로 이런 게임을 만들었다면 가슴을 당당하게 펴도 되지 않을까?

그러나 거기서부터 흐름이 일변했다.

◆고양이공주 : 하지만 1차 개발 종료시부터 본 게임은 부족한 안정성, 안 좋은 보수성, 낮은 확장성 등의 문제를 안고 있었고, 특히 안정성과 확장성은 커다란 문제였습니다.

◆고양이공주 : 원인은 온라인 게임의 최대 과제인 안정된 서비스, 지속적인 개발이라는 두 가지 요소가 초기 디자인에 들어있지 않았기 때문입니다.

◆세테 : 무슨 소리야?

◆아코 : 설명인데도 설명이 되지 않고 있는데요!

아코는 무슨 말인지 모르겠다면서 머리를 감싸 쥐었다.

아~, 복잡한 말이긴 하지만 나는 어렴풋이 무슨 말을 하는지 알 수 있었다.

◆애플리코트 : 흠. 과연.

마스터도 납득했는지, 음, 하고 끄덕이는 모션을 보였다.

◆애플리코트 : LA 개발팀은 고생의 고생을 거듭해서 일단 게임은 만들었다.

◆애플리코트 : 하지만 처음으로 개발한 온라인 게임이다. 하나의 게임으로는 완성했지만, 그 이후를 고려하면 문제가 많았던 거다.

◆루시안 : 어떤 게임을 만들지 결정할 때, 서버를 계속 열어두거나 새로운 시스템을 도입한다는 생각은 별로 하지 않았던 모양이야.

◆슈바인 : 안정성과 확장성, 이라. 재미있는 게임을 완성시키는 것만 생각하다 보면 무시당하기 쉬운 부분이네.

경험 풍부한 게임 회사라면 당연히 고려했겠지만, 결코 큰 팀이 아니었던 LA 운영진은 그걸 생각하지 못했다는 거겠지.

◆아코 : 그래도 이것저것 업데이트는 하고 있었잖아요?

◆세테 : 서비스도 제대로 지속했었고.

두 사람은 그렇게 말하며 마주 봤다.

그렇게 이야기하는 도중에 다음 문장이 붙었다.

◆고양이공주 : 개발 스태프의 노력 덕분에 레전더리 에이지는 다양한 새로운 요소를 추가하고, 세계를 더욱 넓혔습니다.

◆고양이공주 : 그 과정에서 개발시에 상정하지 않았던 시스템도 많이 들어갔습니다.

◆고양이공주 : 결과적으로 본 게임은 더욱 불안정해졌고, 정기 점검 후에 서비스가 정상적으로 가동하지 않는 등의 문제가 발생하게 되었습니다.

정기 점검에서 버그가 나왔었다고?!

정상적으로 가동하지 않는다니, 상당한 문제잖아!

◆루시안 : 그, 그리고 보니 알 수 없는 이유로 점검을 연장하던 때가 있었지. 패치도 없었는데.

◆아코 : 몇 달 동안 컴퓨터를 계속 켜두고 있으면 다시 켰을 때 움직이지 않게 되어서 초조해지거나 하죠.

◆슈바인 : 그런 레벨로 게임을 운영하면 곤란하잖아.

다시 이어졌다.

◆고양이공주 : 업데이트시에도 패치 내용이 상호 간섭하여 예기치 못한 문제를 일으키는 등의 문제가 있었고, 운영상으로도 많은 문제를 끌어안게 되었습니다.

문제 증가 패치……! 확실히 전에도 있었지만!

◆세테 : 아! 모두가 전직했더니 들어가지 못하게 되었던 거, 이게 이유였던 걸까?

◆아코 : 제가 영정사진이 되어버린 적이 있었죠…….

◆슈바인 : 새로운 미니 게임이나 공중 필드 같은 거, 용케 만들었네.

◆애플리코트 : 아마 개발에는 상당한 코스트가 들었겠지…….

◆루시안 : 그런 불안정한 시스템으로 용케 운영했네.

새로운 소프트웨어를 설치할 때마다 알 수 없는 버그가 빈발하고, 그래서 다시 켰더니 멈춰버린다. 내 컴퓨터가 그런 상태가 된다면 나라도 다시 살 거다.

◆고양이공주 : 서비스를 장기간 운영함에 따라 문제는 더욱 중대해졌습니다.

◆고양이공주 : 업데이트 예비 체크를 진행할 때 예상 밖의 문제가 다발하게 되었고, 업데이트 내용에 맞춰 기존 프로그램 변경에 더해 그 변경에 따라 발생한 문제를 제거하고자 수정을 계속해서 진행했으며

◆고양이공주 : 되풀이되는 수정에 따라 프로그램 전체의 안정성이 떨어지고, 업데이트가 어려워지는 마이너스의 연쇄가 이어졌습니다.

읽기만 해도 무서워!

우리가 이야기를 나누는 이 클라이언트, 알맹이는 엉망진창이었던 건가.

◆루시안 : 뒤에서는 그런 상태였었나…….

◆슈바인 : 평화롭게 보이던 세계가, 실은 붕괴 직전이었다는 패턴이네.

◆세테 : 왠지 복잡한 프로젝트를 소개하는 기업 같아.

◆미캉 : 프로젝트 어쩌고.

◆고양이공주 : 수많은 문제에 대한 대응과 시스템 재구축에 따른 개발 코스트의 비대화는 심각했습니다.

◆고양이공주 : 개발팀은 프로그램 내용의 수정을 시도했습니다만, 당시의 개발 스태프는 회사를 떠나서 근본적인 개선은 어려운 상태였습니다.

◆고양이공주 : 또한, 초기 프로그램과 운영 개발 후에 추가된 새로운 요소가 혼재하여 전모를 파악하는 것조차 곤란했습니다.

고양이공주 씨가 거기까지 쓴 시점에서.

◆아코 : 설명! 지금까지의 요약을 부탁드려요!

헬프 요청이 들어왔다.

응. 확실히 무슨 말을 하는지 알기 어렵겠지.

◆루시안 : 으~음. LA는 처음 만든 온라인 게임이라서 처음부터 복잡한 프로그램이 되어버렸는데

◆루시안 : 만든 사람이 이미 회사에 없는 상태에서 이것저것 패치를 적용한 탓에 엉망진창이 되었고

◆루시안 : 뭐가 어떻게 연결되어 있는지, 어디에 걸리는지 알 수 없는 지혜의 고리처럼 되어버려서 이제 고칠 수 없습

니다, 같은 느낌이려나……?

◆아코 : 그렇군요! 어찌어찌 알았어요!

설명이 맞는지는 모르겠지만, 아코도 이해는 해준 모양이다.

그리고 머리 위에 흐리멍덩한 암운이 드리워졌다.

◆아코 : 단지, 저기……. 괴, 굉장히 좋지 않은 상황인 게 아닐까요?

떨리는 목소리로 말하는 아코가 떠오르는 대사였다.

좋지 않기는 고사하고, 그게 섭종의 원인일지도 모른다는 레벨로 큰 문제야.

◆애플리코트 : 일단 움직이기만 하면 된다면서 구축한 시스템을 장기 이용하게 되었고, 거기에 이것저것 새로운 요소가 결합해서 커다란 문제가 발생한다. 자주 듣는 일이긴 하지.

◆고양이공주 : 스파게티 코드라고 말한다냐.

◆아코 : 멀쩡한 회사가 만들었는데 그런 일이 있을 수 있나요?

◆슈바인 : 자주 있는 일이라더라.

◆애플리코트 : 예를 들어 사흘 만에 만들었다고 하던. 코멘트가 흘러가는 유명 동영상 사이트는 알고 있겠지? 그쪽도 한때 비슷한 문제를 끌어안고 있었다고 한다.

◆루시안 : 어? 진짜로?

◆아코 : 그랬었나요?!

수천만 명이나 이용하는 사이트인데도 그런 일이 있구나.

LA 정도의 규모라면 그야 당연히 일어나는 문제일지도 모른다.

◆아코 : 해, 해결책은 없나요? 구원은 없는 건가요?!

◆고양이공주 : 그럼, 다음 글을 붙이겠다냐.

한 박자 쉬고, 선생님이 다음 글을 채팅창에 붙였다.

◆고양이공주 : 다양한 검증을 진행했습니다만, 현재 프로그램의 안정화는 어렵고 해결책은 레전더리 에이지라는 게임 그 자체의 재구축, 재제작밖에 없다는 결론이 나왔습니다.

◆고양이공주 : 그러나 복잡화, 다양화된 레전더리 에이지의 재구축에는 막대한 코스트가 필요하며, 현실적이지 않습니다.

◆고양이공주 : 상술한 대로 레전더리 에이지는 안정된 게임 운영과 서비스 지속을 보장하기 어려운 상태이며,

◆고양이공주 : 이대로는 레전더리 에이지와의 작별을 안내해 드리지도 못한 채, 어느 날 갑자기 종료하게 될 위험성이 있었습니다.

◆고양이공주 : 유저 여러분을 가장 배신하게 되는 사태입니다.

아니아니아니, 그야 예고도 없이 오늘 섭종한다는 건 무리지. 죽어버리잖아.

◆루시안 : 상상했던 것보다 100배는 절실한 사정인데.

◆슈바인 : 적자라든가 흑자라든가 그런 시시한 건 절대

아니었네.

　◆애플리코트 : 어느 날 갑자기 서비스를 종료하거나, 예고하고 종료하느냐의 양자택일밖에 없었다는 건가…….

　오히려 지금까지 즐길 수 있었던 게 기적적이었을지도 모른다.

　우리가 서비스 지속이라든가 섭종 철회를 외치는 뒤에서, 절망적인 시스템과 싸워온 개발진들이 있었던 거다.

　◆아코 : 그래도 돈만 있다면 고칠 수 있잖아요? 모두가 돈을 모으면 그 정도는 할 수 있어요. 분명히!

　◆루시안 : 아~, 확실히 코스트가 필요하니까 무리라고 적혀있었지.

　돈 문제뿐이라면 어쩌면 해결할 수 있을지도 모른다. 그렇게 생각하고 있었지만―.

　◆고양이공주 : 유저 여러분들에게 크라우드 펀딩을 비롯한 모금 활동, 레전더리 에이지 지원 상품 판매 희망 등 다양한 지원 요청을 받았습니다.

　◆고양이공주 : 대단히 기쁘다는 말씀과 함께, 여러분의 레전더리 에이지를 향한 애정에 진심으로 감사드립니다.

　◆고양이공주 : 그러나 레전더리 에이지의 지속, 재제작에 필요한 리소스는 막대하며, 또한 자금 조달이 되더라도 개발은 장기간 이어지리라 예상됩니다.

　◆고양이공주 : 그 개발기간 동안 현재 레전더리 에이지가

서비스를 지속할 가능성은 낮고, 개발이 무사히 종료되더라도 데이터 이행은 어렵다고 판단하지 않을 수 없습니다.

　◆고양이공주 : 정말로 유감스럽게도 유저 여러분의 기대에 부응하지 못하는 상황입니다.

　◆고양이공주 : 운영, 개발팀의 역부족으로 인해 이런 결과가 되어버려서 진심으로 사과드림과 동시에, 여러분이 레전더리 에이지를 마지막까지 즐기실 수 있도록 노력하는 것으로 최소한의 사과를 드리도록 하겠습니다.

　◆고양이공주 : 이상이다냐. 이후에는 최종 이벤트와 유료 재화의 인계처에 관해서다냐.

　◆루시안 : 감사합니다…….

수고해주신 선생님께 감사인사를 적고, 모니터에서 시선을 돌렸다.

나는 의자 등받이에 몸을 맡긴 채 눈을 감았다.

레전더리 에이지가 만들어졌을 때부터 있었던 문제. 지금까지 얼버무려 왔지만 결국 한계가 왔고, 이미 해결은 불가능. 언제 서버가 날아가더라도 이상하지 않다. 앞으로 한 달 정도는 어떻게든 애써볼 테니까 함께 작별했으면 좋겠다. ―뭐, 그런 이야기겠지.

"……안 되잖아."

무리잖아. 어쩔 도리가 없잖아.

적자라든가 흑자 같은 것과는 상관없다. 근본적인 시스템에 한계가 온 거다.

그런 게임, 아무도 운영을 이어받아 주지 않는다. 팔아봤
자 사는 회사는 없다. 다시 만들려고 해도 신작과 비슷한
수준의 코스트가 필요하니까 무리.

R도 ZERO도 운영 이관도 전부 불가능하다.

매달릴 가능성이 어디에도 없다.

"아아…… 아아아아아아……."

자신의 입에서 들어본 적도 없는 목소리가 나오는 걸 남
일처럼 들으며, 몸에서 힘이 빠져나갔다.

모르는 사이에 머리를 감싸쥐고 있던 양손이 툭 내려가면
서 둔한 소리를 내며 책상에 떨어졌다.

눈을 감은 채, 슬금슬금 퍼지는 아픔을 느끼면서 그나마 키
보드에 닿지 않아서 다행이라는 생각이 머리 한편에 스쳤다.

딱히 망가져도 상관없는데. 앞으로 쓸 일은 없을 테니까.

모든 것이 끝났다는 차가운 현실이 나를 감싸는 감각.

아니, 현실은 계속 그곳에 있었다. 내가 겨우 깨달았을 뿐
이다.

핏기가 가신다거나, 새파래진다거나, 그런 반응은 이제 없다.

절망감과 초조감, 그 이상의 무력감. 가슴이 메슥거리고,
당장에라도 바닥을 뒹굴고 싶다는 마음과 아무것도 하고 싶
지 않다는 무력감이 마구잡이로 뒤섞였다.

그저 긴장을 풀면 눈에서 눈물이 흐를 것 같아서, 숨을

쉬기만 해도 코를 훌쩍이게 된다.

아무도 없는 내 방이다. 엉엉 울어도 아무도 보지 않는다. 그런데 쓸데없이 참고 있는 자신이 너무나도 우스꽝스러웠다.

"그렇구나아…… 안 되나……. 우와, 진짜냐. 그런 진지한 문제였나아……."

마음속으로는 아직 어떻게든 되지 않을까 생각했었다. LA는 잘나가는 것처럼 보였고, 애착을 가진 플레이어도 많았다. 다른 회사가 이어받거나, 이름을 바꿔서 재시작할 가능성은 아직 있어 보였다.

"아니, 하지만 그런……. 아~, 거짓말이지……. 좀 더 어떻게…… 여기까지인가……."

내 입에서 나오는 영문 모를 말들은 전부 꼴사납고 듣기 괴로웠다.

하지만 알면서도 막을 수 없고, 막고 싶지도 않고, 아아 제기랄.

상관없잖아. 우는 소리 정도는 하게 해달라고. 젠장. 웃기지 마. 진짜로 어째서 그렇게 손쓸 수도 없게 된 거냐고. 나하고는 상관없는 곳에서 멋대로 끝장나다니, 이상하잖아. 그보다 처음부터 문제투성이인 게임을 서비스하지 말란 말이야. 아니, 미안. 거짓말. LA가 없었다면 그건 그것대로 곤란하지만 끝나는 것도 역시 곤란하니까!

"우아아아아아아아아!"

정말 쓰레기다. 전부 쓰레기. 모든 게 쓰레기. 이 세상은 쓰레기. 어딘가에서 나타난 천재 프로그래머가 하룻밤에 LA를 완전 수복해주지 않는다면 이 별은 대체 뭘 위해 태어난 거냐고. 조금은 생각하라고 자각이 부족하잖아 태양계 제3행성. 넌 그런 부분이 문제라고. 알고는 있는 거야.

—이건 역시 불합리한가. 그렇겠죠.

너무나도 심한 폭언에 지구가 분노하면 곤란하니까 조금 냉정해졌다.

지금 이건 내가 잘못한 거지만, 그 정도의 감정이 내 안에서 넘쳐나고 있다는 걸 이해해 줬으면 좋겠다. 우리의 지구라면 그 정도의 넓은 도량은 있으리라 믿는다. 덤으로 행성 파워로 이 상황도 어떻게 해주지 않으려나. 무리인가. 그렇겠지.

정말로 여기가 온라인 게임부 부실이 아니라 다행이다. 모두가 보지 않아서 다행이다. 아무리 둘도 없는 길원들이라도 이런 모습은 보여주고 싶지 않다. 다들 마찬가지로 폭발했겠지만, 분명 나에게도 그런 모습은 보여주고 싶지 않겠지.

"……다들 괜찮으려나."

뒤죽박죽이었던 사고가 한 바퀴 돌아서 복귀했다.

사고가 360도 돌았다는 우스갯소리를 실제 체험할 줄은 몰랐지만, 다들 그 정도의 충격을 받았을 거다.

이완된 몸에 억지로 힘을 주고, 초점이 맞지 않는 눈을 화면으로 돌렸다.

처음에 눈에 들어온 건 화면에 표시된 채팅의 글이다.

◆슈바인 : 누구 석유왕의 연락처 몰라? 연락 넣어봐.

◆애플리코트 : 석유왕으로는 부족하겠지. 백악관에 핫라인을 연결해라. 지금 당장.

◆세테 : 실은 타임머신이 완성되어서 미래에서 온 우리가 LA를 고치는 설정 없어?

아, 괜찮네.

다들 나와 똑같은 레벨이 되었지만, 일단은 살아있다.

◆루시안 : 나는 이 별이 모든 걸 태어나게 한 책임을 지고 LA를 고쳐야 한다고 생각했는데.

◆고양이공주 : 냐, 냐아……. 하고 싶은 말은 여러모로 있지만……. 그래도 마음은 이해한다냐…….

역시 선생님도 우리의 한탄에 스톱을 걸지 않았다.

말하게 해주세요. 지금만큼은.

◆애플리코트 : 농담은 넘어가고.

◆애플리코트 : ……내가 농담을 한 건지 아닌지 별로 자신은 없지만, 아무튼.

마스터가 캐릭터를 슬쩍슬쩍 움직이면서 말했다.

◆애플리코트 : 우리에게는 대미지가 크지만, 성실한 발표이기는 했다.

◆애플리코트 : 이건 매우 리스크가 큰 발표다. 기술력의

한계와 개발의 실패를 명백하게 밝히는 건, 이익이 목적인 주주라면 격노할 안건이지.

◆루시안 : 아…… 확실히 그럴지도.

같은 운영의 다른 게임으로 유도하고 싶을 텐데, 이 발표를 본 뒤라면 고민하게 되는 사람도 많을 거다.

다른 게임도 똑같이 알맹이가 엉망진창이 아닌가 생각하게 되겠지.

◆세테 : 응. 이건 분명, 말하지 않아도 되는, 거였지?

◆고양이공주 : 주가가 내려갈 것 같다냥.

리스크는 있었고, 실제로 여기저기에서 혼날지도 모른다.

그래도 유저에게 사실을 알렸다. 가르쳐줬다.

절망적인 진실이었다. 구원이 없는 현실이었다.

그래도, 확실히 이런 생각도 들었다.

◆루시안 : 알게 되어서 다행이었을, 지도.

◆슈바인 : 그러게. 굉장히 열 받기는 하지만, 뭐에 화내야 좋을지 알게 되었으니까.

◆애플리코트 : 본래는 불필요한 이 진지한 발표를 들으니, 그들의 인간다움을 느끼지 않을 수 없군.

◆세테 : 운영진이 제일 분하겠지…….

◆고양이공주 : 지금까지 필사적으로 애써왔다냥.

점검할 때마다, 이제 켜지지 않을지도 모른다고 걱정하고.

패치를 적용할 때마다 터무니없는 문제가 생기지 않을까

걱정하고.

그런 공포와 싸우면서, 그래도 필사적으로 운영을 계속해왔다.

분명 그들은 오늘의 섭종 반대 데모도 확인했을 거다.

우리가 운영진 보고 있냐며 외치는 걸 보고, 이 게임을 멋대로 끝내지 말라고 외치는 걸 듣고, 어떤 마음으로 이 공지를 작성한 걸까.

◆슈바인 : 어쩌면, 말이지.

아까까지 화를 내던 슈가 조금 차분하게 말했다.

◆슈바인 : 이 발표는 우리를 향한 설명이기도 했지만, 그 이상으로.

◆슈바인 : 운영진도 끝내고 싶지 않았다고. 우리와 마음은 같다고.

◆슈바인 : 그렇게 말하고 싶었던 걸지도.

◆세테 : ……그러게. 그럴지도.

분명 이 게임을 깊이, 깊이 사랑하던 사람들이었을 거다.

그 사람들이 포기한 거다. 오히려 제대로 작별하려면 이 방법밖에 없다고 생각해서, 이 타이밍에 서비스를 끝내기로 정했다.

프로그램이 정상적이었다면 수입은 흑자고, 유저도 원한다. 그런데도 포기하지 않을 수 없었다.

누구에게도 고육지책이었던 거다.

◆루시안 : 운영진에게도, 역시 괴로운 일이었던 건가.

◆슈바인 : 그야 괴롭겠지.

◆애플리코트 : 들어서 다행이었다.

◆고양이공주 : 다들 의외로 여유가 있다냐……?

없어없어. 이제 떨어질 곳까지 떨어져서 반대로 정색했을 뿐이야.

게다가 정말로 다행이라고 생각하고 있어.

◆루시안 : 조금은, 아주 조금이지만 그쪽의 마음도 이해는 갈지도 몰라.

운영진을 미워하고, 이 세계를 미워하고, 원한과 슬픔만으로 게임을 끝내는 것보다는.

이 세계도 살아가고자 필사적으로 노력했고, 신도 노력했지만, 그래도 무리였다고 생각하는 편이, 납득―은 무리지만, 조금은 받아들일 수 있을지도 모른다.

◆루시안 : 운영진은 게임 속에서는 신과 같았지만…… 세계를 지키지 못했던 책임도, 가장 느끼고 있겠지.

◆슈바인 : 뭐, 책임자니까.

◆애플리코트 : 신이 세계를 지키지 못했다, 라. 이 게임의 스토리와도 비슷한 이야기로군.

그러고 보니, 레전더리 에이지의 오프닝도 그랬다.

천천히 멸망해 가는 세계에 남겨진 인간. 세계의 멸망을 어찌하지 못하는 신.

그럼에도 빛나고 있던 시대를 생각하는 것이 이 이야기의 시작이었다.

　◆루시안 : 그럴싸한 마지막이기는 하네.

　◆슈바인 : ⋯⋯마지막, 이라.

가게 바닥에 털썩 주저앉은 슈가 말했다.

　◆슈바인 : 이제 정말로 끝날 수밖에 없는 거네.

　◆애플리코트 : 이 세계 자체가 유지할 수 있는 상태가 아닌 거다. 가능성은 없겠지.

　◆세테 : 게임오버, 구나.

실컷 한탄해서 그런지, 모두와 이야기해서 그런지, 어딘가 평온한 마음으로 이 세계의 마지막을 받아들이고 있는 내가 있었다.

맹세코 말하지만, 납득한 건 아니다. 포기하고 싶지도 않다.

그러나, 그래도, 마지막을 피할 수 없다는 이해는 하고 있었다.

나만이 아니라 이 자리에 있는 모두와 마찬가지로, 체념으로 가라앉았다.

그런 분위기 속에서.

　◆아코 : 싫어요.

그런 채팅이 표시되었다.

　◆아코 : 다들 이상해요! 저는 납득하지 않았어요!

　◆애플리코트 : 나도 납득은 하지 않았다. 하지만 이해하지

않을 수 없어.

　◆아코 : 그래도! 그치만 다들 말했잖아요!

　평소에는 자기 조작으로 아바타의 표정을 바꾸던 아코가, 지금은 완전한 무표정으로 외쳤다.

　◆아코 : 가능성은 있다고! 괜찮다고 했잖아요!

　◆아코 : 다른 운영진이 서비스할 수도 있고, 다른 회사가 살 수도 있고, 리메이크해서 이름을 바꿔서 서비스를 계속할 수도 있다고!

　◆슈바인 : 마음은 이해하지만 전부 무리야. 아까 공지에서 말해서는 안 되는 이유까지 말해줬잖아?

　◆아코 : 그래도 안 돼요! 저는 포기하지 않아요! 절대로!

　◆아코 : 모두가 버리더라도, 모두가 포기하더라도.

　◆아코 : 저만큼은 절대 레전더리 에이지를 포기하지 않아요!

　아코는 뿌왕, 하는 소리를 내며 그 자리에서 사라졌다.

　◆루시안 : 아코······.

　◆슈바인 : 가버렸네······.

　길드 멤버 일람 표시는 오프라인 상태. 클라이언트를 꺼 버린 건지, 서브캐로 이동한 건지는 모르겠지만, 쫓아가는 건 무리 같다.

　아코가 도망치듯이 말하며 로그아웃하는 경우는 종종 있다.

　그러나 대부분은 『절대 공부하고 싶지 않소이다!』라며 시험공부에서 도망치거나 『오늘은 루시안의 꿈을 꿀 거니까요!』라는 부끄러운 소리를 할 만큼 하고 나서 끄는 패턴이고, 이렇게 정말로 하고 싶은 말을 다 외치고 끄는 건 조금 드물다.

그만큼 아코에게는 쇼크였겠지. 아니, 그야 그런가.

◆루시안 : 도중부터 계속 침묵하고 있었으니까, ……뭐, 납득할 수 없겠지.

◆슈바인 : 걔한테는 너무 가혹한 현실이니까…….

어쩔 수 없다고 수긍하고 있는데…….

◆세테 : 루시안. 아코 괜찮아 보여?

문득, 세테 씨가 그런 말을 물었다.

괜찮냐고 묻는다면 나도 별로 자신이 없다.

◆루시안 : 솔직히 모르겠어……. 자포자기해서 무모한 일을 벌이지는 않을 것 같지만.

◆세테 : 어라? 지금 같이 있는 거 아니야?

◆루시안 : 그야 집이니까.

당연하다고 대답했는데.

◆슈바인 : 그래? 그럼 잠깐 메시지만 보내둘게.

왠지 슈도 뜻밖이라는 말을 했다.

나는 그렇게 언제나 아코와 함께 있는 이미지가 있나? 아니, 부정할 수는 없지만.

마스터가 음음, 하고 끄덕이며 말했다.

◆애플리코트 : 만약 내일 학교에 오지 않는다면 연락을 다

오. 상태를 보러가마.

◆고양이공주 : 출석일수는 괜찮지만, 너무 쉬지 말았으면 좋겠다냐아.

선생님의 걱정은 이해한다. 그래도, 가능하면 나도 쉬고 싶을 정도인데.

◆루시안 : 아코에게도 혼자 생각할 시간이 필요할 테니까, 무리를 강요하고 싶지는 않은데.

◆애플리코트 : 그렇겠지. 생존 확인이 메인이고, 재촉하는 건 피하도록 하자.

◆슈바인 : 오케이. 일단 살아있으라는 거지.

◆세테 : 천천히 기운을 차려주면 좋겠네.

◆고양이공주 : 그건 너희 전원도 똑같다냐!

아코를 걱정하는 것으로 일치된 우리에게 고양이공주 씨가 지팡이를 척 들었다.

◆고양이공주 : 쇼크를 받은 건 너희도 똑같다냐! 자각이 부족하다냐!

◆루시안 : 자각이라고 하셔도.

◆슈바인 : 뭐, 쇼크는 쇼크지만…….

◆고양이공주 : 현실에는 HP 게이지가 없다냐. 자신이 얼마나 대미지를 입었는지 파악하기 힘들다냐!

그러면서 뿌왕뿌왕 힐링 서클을 깔았다.

◆고양이공주 : 그러니까 휴식이 중요하다냐! 다들 오늘은

천천히 자라냐. 졸리지 않아도 눈을 감고 쉬고, 생각하는 건 전부 내일로 미루는 거다냐!

◆슈바인 : 내일이 되어도 딱히 현실은 달라지지 않는데.

슈바인이 퉁명스럽게 말하자, 선생님이 부드럽게 대답했다.

◆고양이공주 : 현실은 달라지지 않아도, 거기에 있는 슈바인이 달라진다냐. 이건 굉장히 중요한 일이다냐.

◆슈바인 : 갑자기 선생님 같은 말을 하네.

◆고양이공주 : 선생님이다냐.

쓴웃음을 지은 뒤, 고양이공주 씨는 재촉하듯이 지팡이를 붕붕 휘둘렀다.

◆고양이공주 : 이렇게 느긋하게 있다면 다들 아침까지 이대로다냐. 억지로라도 모니터를 끄고 자는 거다냐. 허리~허리~다냐!

입장상 이렇게 걱정해 주는 건 이해하지만, 그렇게 재촉할 시간은— 그렇게 생각하면서 시계를 보니, 벌써 날짜가 바뀌어 있었다. 에에엑? 벌써 이렇게 늦은 시간?

◆루시안 : 그렇구나. 데모를 하고 공지를 보고, 이것저것 하다 보니 벌써 이런 시간이잖아.

◆고양이공주 : 눈치채는 게 느리다냐! 제대로 쉬고 내일을 대비하라냐!

◆루시안 : 아니, 그래도……. 뭐, 그런가.

여기에 머물며 모두와 이야기를 나누다가는 아침까지 빈

둥거리게 될 것 같다.

그래도 괜찮다고 생각하지만, 섭종은 중요한 문제고, 아코도 없이 우리만 이것저것 고민하는 것도 좀 싫은 기분이 든다.

◆루시안 : 선생님의 말대로, 오늘은 이만 끝게.

◆슈바인 : 수고~. 나도 적당히 잘게.

◆세테 : 내일 봐~.

◆애플리코트 : 천천히 쉬도록.

◆루시안 : 응~, 그럼 이만~.

그 채팅을 마지막으로 클라이언트를 껐다.

차라리 컴퓨터 본체도 끌까. 요즘 재부팅하지 않았으니까.

전원을 끄자, 언제나 전자음과 팬 소리가 들리던 내 방이 웬일로 무음에 휩싸였다. 뭔가 세계 자체가 잠들어버린 듯한, 죽어버린 듯한, 묘한 감각이다.

나는 책상에서 나와 휘청휘청 쓰러지듯이 침대에 뛰어들었다.

"아…… 어쩌지."

어쩔 도리가 없다. 어쩔 도리가 없다고.

냉정한 표정으로 머릿속의 자신에게 물었지만, 알고 있지만 알고 싶지 않다.

그야 나에게 살아가는 이유는 대부분 LA에 있었다.

학교에 가는 것도, 공부하는 것도, 아침에 일어나는 것조차도.

온라인 게임을 하기 위해, LA를 하기 위해서라는 게 이유였다.

수험이니 뭐니 잘난 척 말했지만, 그것도 결국 어느 정도 인생을 살아가지 않으면 걱정없이 온라인 게임을 할 수 없기 때문이다.

내일의 활력도, 미래의 소망도, 결국은 모두 레전더리 에이지에 의존했던 게 나다.

그게 끝난다. 사라진다. 시간은 이제 한 달도 남지 않았다.

이렇게 누워있으니, 움직일 기력조차 나지 않았다.

이제 숨을 쉴 이유조차 잘 알 수 없을 정도다.

죽을 수밖에 없다는 농담 같은 생각도 들었다. 정말로 그게 현실적이지 않나 생각할 만큼의 절망감이—.

"……아코. 정말로 괜찮을까?"

사고가 의미를 이루기 전에, 입에서 말이 흘러나왔다.

남 걱정이나 할 때가 아닌데 말이지. 하지만 나보다도 소중한 상대다. 좀 더 앞날을 생각해야 할 정도다.

내가 이렇게 죽은 것처럼 쓰러져 있으니까. 나보다도 LA에 마음을 쏟고 있던 아코는 훨씬 상처받고 괴롭지 않을까?

믿을 수 없다. 납득할 수 없다. 그렇게 외치며 로그아웃한 아코를 혼자 둬도 괜찮을까?

그렇게 생각하니, 애초에 혼자 돌려보낸 건 어째서일까?

세테 씨도 슈도, 나와 아코가 함께 있지 않은 게 의외인 모양이었고, 생각해 보니 확실히 이상했다.

우리 집이든 아코네 집이든, 사정을 설명하면— 아니, 딱히 뭔가 이유가 없더라도 묵을 수는 있었을 거다. 그만한 관계를 쌓아왔으니까.

그런데 나는 아코와 바로 헤어져서 혼자 집으로 돌아왔다. 어째서?

"……지금부터 갈, 까?"

움직일 기력도 없을 텐데 몸은 자연스레 일어났다.

알아챘다면 바로 가면 된다. 자전거로 달리면 지금부터라도 갈 수 있을 거다.

하지만.

아까 고개를 들었던 냉정한 자신이 말했다.

—이런 비상식적인 시간에 무슨 이유로 들이닥치려고?

그야, 나는 아코의— 온라인 게임이긴 하지만, 남편이니까. 지금의 아코를 혼자 둘 수는 없다. 충분하고도 남는 이유다.

몇 번이나 생각한 변명. 버릇처럼 진행하는 던전 공략처럼 생각한 나에게, 차가운 자신이 대답했다.

—부부라는 설정도, 레전더리 에이지와 함께 사라질 텐데?

"아아…… 젠장……."

다시 한번, 침대에 풀썩 쓰러졌다.

그래. 그런 거였나.

터무니없이 한심한 자신을 깨닫고 말았다.

무의식적으로 그런 생각을 했으니까, 나는 아코와 함께 있는 걸 피했던 건가.

이제 곧 온라인 게임의 부부라는 설정이 사라지는 게 무서워서, 그게 사라지면 나와 아코는 아무런 관계도 없어진다고. 전부 끝나버리는 게 아닌가 해서—.

"아니아니아니, 그럴 리가 있냐고."

쓰러진 채로 이마에 손을 짚었다.

아~, 정말. 바보 같은 생각을 하지 말라고.

이제 와서 LA가 사라진다고 나와 아코의 관계가 변하지는 않는다.

오히려 걱정하는 게 실례되는 이야기다. 그렇잖아? 생각할 것도 없다고!

이건 그거다. LA가 끝난다는 충격으로 신경질적으로 변해서 이것저것 쓸데없는 불안감을 느낄 뿐이다.

정말, 한심하다.

그래도 아무런 확인도 하지 않고 어영부영 관계를 이어가는 것도 성의가 없는 이야기겠지.

내일이라도 제대로 이야기를 해두는 편이 좋을지도 모른다.

제대로 상담하고, 서로의 인식을 맞춰보고…….

"……뭐라고 물어보지?"

LA가 서비스를 종료한다. 이제 어찌할 방법이 없다. 그렇게 쇼크를 받은 아코에게, 이렇게 물어봐야 하나?

우리는 LA가 끝나도 서로를 좋아하고 있는 거지? 이 관계는 변하지 않는 거지? 라고.

"말도 안 돼……."

아니지. 이건 진짜 아니다.

이걸 이유로 차버리고 싶을 만큼 기분 나쁘잖아.

손을 잡고, 얼싸안고, 입술을 맞추고, 더 앞으로 나가지 못하는 걸 설교까지 당했는데, 그런데 섭종했다고 헤어질 리가 없잖아. 아코를 바보 취급하는 이야기다.

하지만 아코는 언제나 LA에서 부부라고 말해왔고, 지금도 정말로 그게 아무것도 변하지 않았다면—

생각이 뒤죽박죽 헝클어져서 생각이 정리되지 않는다.

정신이 들자 어느새 의식이 반쯤 날아갔고, 둥실둥실 빙글빙글 사고가 돌아가고 있었다.

—루시안, 루시안.

야, 아코. 괜찮은 거지?

—괜찮아요. 루시안.

믿어도 되는 거지?

—LA가 끝나고, 부부가 아니게 되더라도.

나와 아코의 시작이 없어지더라도.

—저는 줄곧, 루시안을 사랑하고 있어요.

"……아코는……."

나는 머릿속에서 들려온 목소리에 무의식적으로 답했다.

—저는 영원히 루시안을 사랑해요.

"아코는 그런, 내 입맛에만 맞는 말을 하지 않아······."

그런 자신의 말에 깜짝 놀라서 눈을 떠버렸다.

어느새 잠들었는지, 아니면 잠들지 않은 건지, 창밖은 이미 아침 해가 떠오르고 있었다.

그리고 조용한 방 안에서는, 물론 아코의 모습은 없다.

혹시 자고 있는 나에게 아코가 말을 걸어준 게 아닌가, 같은 생각도 했지만—.

"그렇게 쉬울 리가 없지······ 간단히 확인할 수 있다면 이렇게 고생하지 않는다고······."

어설프기 짝이 없는 꿈속의 자신에게 혀를 차면서, 나는 침대에서 나왔다.

LA가 없어질 때까지, 얼마 남지 않은 시간의 첫날이 이렇게 끝났다.

††† ††† †††

졸업식이 끝나고, 세계가 끝난다는 말을 들었다.

그래도 우리의 현실은 끝나지 않았고, 학교도 쉬지 않는다.

명색이 사립인 우리 마에가사키 고등학교는 정기 시험 이외의 공부도 확실히 한다.

내년도에는 수험생인 우리에게 조금이라도 지식을 넣어주기 위해, 3월에도 수업이 있는 거다.

2학년— 굉장히 싫은 단어지만 굳이 말하자면, 새로운 3학년인 우리에게 긴 봄방학 같은 건 존재하지 않는다.

쉴 수 있는 건 3월 후반에 들어서부터다.

그러나, 그 한참 뒤에 있는 휴일을 하루만 먼저 받을 수 없을까? 그렇게 생각할 만큼 오늘의 몸 상태는 최악이었다.

의식을 잃은 건 오전 몇 시였을까. 과연 제대로 잔 건지 안 잔 건지도 모르겠다.

그런 나에게, 절대 제대로 잠들지 않았다고 가르쳐주는 민폐쟁이 잠기운을 참으면서 휘청휘청 등교했다.

비틀비틀 걸어서 교실로 들어가 자리에 가방을 놓고 쓰러지듯 앉았다.

평소였다면 이렇게나 나른하게 움직이지 않았을 텐데, 지금은 폼 잡을 여유도 없다.

"니시무라~, 좋은 아침."

"좋은 아침~."

먼저 교실에 있던 세가와와 아키야마가 느릿느릿 다가왔다.

등교 중에 다섯 번 정도 죽을 뻔한 것 같은 표정.

두 사람의 흙빛 얼굴을 보고 깨달았다.

"역시 꿈이 아니구나……."

어제 일은 역시 현실이었어.

어딘가 믿기지 않는 마음으로 여기까지 왔지만, 내가 아닌 누군가의 모습을 보니 이 현실이 거짓말이 아니라는 확신이 들었다.

절망하는 나에게 두 사람이 지친 미소를 지었다.

"아카네도 똑같은 말을 했었지~?"

"나는 일어나자마자 바로 공식 사이트 봤거든. 공지 같은 건 없지 않을까 해서."

"아~, 나도 봤어."

스마트폰으로 공식 홈페이지를 열어봤다. 물론 아무런 변화도 없었지만.

"사형선고를 언제든 볼 수 있다니 편리한 세상이네."

"웃을 수 없네~."

아키야마는 아하하하, 하고 정말로 웃지 않는 목소리로 말했다.

말투는 여느 때와 같지만, 나나 세가와처럼 잠기운과 피로가 있는 것보다 훨씬 몸이 안 좋아 보인다. 이렇게 약해진 아키야마, 정말로 처음 보는 걸지도.

"몸이 안 좋아 보이는데, 괜찮아?"

"나나코도 잠 못 잔 거지? 나는 이제 잔다는 선택지를 처음부터 버렸어."

처음이라니. 하고 싶은 말은 이해가 가지만.

"응. 잠들지 못하는 거라면 그래도 괜찮았을 텐데…… 나

엄청 잤어."

"그럼 딱히 괜찮지 않아?"

그러자 그녀는 「아냐」라며 힘없이 고개를 내저었다.

"평소에는 졸린다는 생각도 별로 안 했는데, 어제는 깨어 있는데도 전혀 머리가 돌지 않아서, 누워서 눈을 감았더니 아침 알람이 울려서⋯⋯."

"오히려 건강한 거잖아. 평소에도 그 정도쯤 자야지."

"그래도 전혀 생각이 정리되지 않는데? 냉정해지지 않은 것 같아!"

"괜찮아. 하룻밤 동안 생각해봤지만 아무런 성과도 얻지 못했으니까."

세가와는 오히려 달관한 표정이었다.

"니시무라는? 아코와 계속 이야기라도 했어?"

"아니⋯⋯. 혼자서 이것저것 생각하다가 도중에 자버려 서⋯⋯."

그 부분은 나도 생각이 거의 정리되지 않고 있다.

그래도 조금은 자서 그런지, 어젯밤의 나는 정말로 당황 했다고 생각하고 있다.

우리의 관계는 변하지 않지? 그런 걸 일부러 묻는다니, 역 시 좀 아니지.

그럼 어쩔 거야? 아무것도 안 할 거야? 그렇게 물으면, 모 르겠어! 라고 말하게 되겠지만.

만약, 99.95% 없다고 생각하지만, 0.05%의 확률로 아코가 「LA가 끝났으니 지금의 관계도 끝내요」라고 말한다면—.

"그때는 LA가 끝나기 전에 내 인생을 끝내야지."

"갑자기 무서운 말 하지 말아줄래?!"

"니시무라?!"

아, 이런. 나도 모르게 입 밖으로 나와버렸다.

"괜찮아. 생각한 게 새어 나왔을 뿐이니까."

"아무런 커버가 안 되고 있잖아!"

"잘못 말한 게 아니라는 게 오히려 무서워!"

세가와와 아키야마가 내 양어깨에 손을 올려서 탈탈 흔들었다.

그만둬 그만둬. 지금 몸 상태로는 정말로 메스꺼워지니까!

"부탁이니까 아코와 동반으로는 하지 마."

"없어 없어. 아마 거의 없다고."

"아마 거의라니 뭐야?! 어느 정도의 확률로 있는데?!"

"이동 중에 지나가던 적을 한 마리 잡았을 때에 한정해서 레어 드롭이 나오는 확률."

"그럭저럭 되잖아! 그만두라고!"

0.05%의 경험이 많은 세가와다.

"거짓말 거짓말. 진심은 아니야. 무심코 이상한 말을 했을 뿐이니까."

"가뜩이나 어수선하니까 무서운 소리 하지 마, 정말……."

"깜짝 놀랐어~."

그렇게 걱정할 줄은 몰라서.

오히려 이걸 진심으로 받아들일 만큼 세가와와 아키야마도 정신이 당해버린 걸지도 모른다. 남 일이 아니라는 느낌.

"아~, 왠지 다 함께 몸이 안 좋아 보이는데 괜찮냐……?"

그때, 타카사키가 슬~쩍 말을 걸어왔다.

"회장님이 졸업해서 어제는 큰일이었지?"

옆에는 카오. 두 사람이 모여있다는 건, 지금은 잘 지내고 있다는 건가? 그런 아무래도 좋은 일이 순간 머리를 스쳤다.

"나도 육상부 선배가 졸업해서……. 괜찮다고 생각했는데 어제는 울었지~."

"오오~, 울었어.?

"짜증……."

"너무하지 않아?"

아, 그야 그렇겠네.

졸업식 다음 날에 풀이 죽은 반 친구를 보면 원인은 졸업식이라고 생각하겠지.

"그게…… 저기……."

"뭐, 그거도 이유이긴 하다고나 할까……."

"그러게. 선배가 졸업해서 쓸쓸하겠지. 이해해~."

우리는 열심히 말을 맞추려고 했지만, 그런 연기가 통할 리는 없었다.

"······리액션을 보니 뭔가 다른 사정인 것 같네?"

"달리 뭐가 있는데?"

"뭐, 그게, 조금 다른 장르의 쇼크가 있어서······."

"타마키가 오열했었는데 괜찮아? 다중 쇼크라 위험하지 않아?"

"아~, 그러게. 아코, 괜찮을까?"

케어가 부족했던 걸지도. 세가와가 그렇게 중얼거렸다.

역시 밤중에 만나러 가지는 못했지만 연락은 제대로 했다고.

"아침에 메시지 보냈더니 대답도 제대로 왔고, 꽤 괜찮다면 괜찮을지도."

좋은 아침. 학교 올 수 있겠어? 그렇게 보냈더니, 졸리지만 최대한 가보겠다는 대답이 바로 왔다. 일단은 괜찮아 보였다.

"괜찮다니······? 아코가 괜찮다면 오히려 이상하잖아?"

"그건 나도 생각했지만······."

문이 드르륵 소리를 내더니, 긴 머리의 여자가 교실로 들어왔다.

저 길이는 이 반에서 한 명뿐. 그보다 걷는 발소리로 알 수 있다.

아코도 제 말 하면 온다더니. 제대로 등교한 모양이다.

"좋은~아침이에요."

"좋은 아침. 제대로 오다니 장하네."

"노력했어요~."

아코는 으~응, 하고 기지개를 켜고는 의외로 기운차게 말했다.

어라? 생각했던 것과 다르다. 완전히 다르다.

아코가 제일 쇼크를 받은 줄 알았는데, 이렇게나 태연하고 기운차다니.

"너, 벌써 정리가 됐어? 거짓말이지?"

"혹시 아코가 제일 드라이했어?"

"LA가 끝나는데 학교에 갈 때가 아니잖아요, 라고 말할 줄 알았는데."

우리가 놀라자, 아코는 어리둥절하게 눈을 동그랗게 떴다.

"LA가 끝나다니, 그런 건 있을 수 없어요~."

"……뭐?"

무슨, 말을, 하는 걸까?

"왜 그래? 아코. 어제 공지는 같이 읽었잖아?"

"그건 꿈이 아니었어, 아코."

"괴롭지만 현실을 볼 때가 온 거야, 아코."

우리가 함께 말하자―.

"아아…… 다들 아직 그 단계인가요……."

눈을 가늘게 뜬 아코는 훗, 하고 숨을 내쉬며 고개를 내저었다.

뭐, 뭐야 그 여유만만한 태도는? 이 상황에서 어째서 그런 리액션이 가능한데?

"루시안도, 슈도, 세테 씨도, 어째서 포기하는 건가요!"

손가락을 척 가리킨 아코가 당당히 말했다.

"아직 포기할 때는 아니에요! 더 뜨거워져 주세요!"

"미안, 아코. 무슨 소린지 모르겠어."

아코의 의도를 읽을 수가 없다. 무슨 말을 하고 싶은 걸까.

지금은 좀 더 시리어스한 상황이고, 개그나 할 때는 아닐 텐데.

"있잖아, 아코. 우리가 뜨거워지든 차가워지든 현실은 달라지지 않아."

"포기하고 싶지는 않지만, 어쩔 수 없어. 세계의 내부는 이미……."

"상관없어요!"

우리의 말을 가로막은 아코가 눈을 강하게 빛냈다.

"이유가 있다면 포기할 수 있나요! 남들이 한 말로 납득할 수 있나요!"

그리고 심장을 탕 두드리면서 옛날을 떠올리듯 눈을 감았다.

"지금까지 여러 무리한 일이 있었어요. 불가능하다고 생각했던 것뿐이에요. 그래도, 어떻게든 되었잖아요!"

눈을 부릅뜬 아코가 양손을 펼쳤다.

"이번에도 괜찮을 거예요. 서비스 종료 같은 건 분명 철회할 수 있어요!"

줄곧 이 세계가 계속되고, 우리는 함께 있을 수 있다.

즐거운 모험은 언제나 끝나지 않는다.

그런 꿈을, 아코는 진심으로 믿고 있는 것처럼 보였다.

아니, 믿으면 안 되잖아. 그 미래는 이제 오지 않아.

"지금까지는 그랬지만, 이번에는 아무래도……."

"불가능을 가능으로 만드는 거예요! 무리를 넘어서고 상식을 걷어차는 거예요!"

하는 말은 굉장히 멋있게 들린다.

뜨겁고 올곧고 결의로 가득한 말이다.

"저는 마지막까지 믿을 거예요! 저는 LA를! 그만두지 않아요!"

하지만, 그건 잘못된 강함이다.

공지는 사실이고, 내용도 기억하고, 그런데도 이유도 없이 모든 게 잘 풀릴 거라고 주장하는 아코.

그런가. 그쪽으로 가버렸나아.

"으으음……. 니시무라가 죽은 눈이 되어버린 원인은, 타마키의 이 텐션?"

"아니……. 이쪽은 추가 컨텐츠 같아……."

나는 몰래몰래 물어보는 타카사키에게 힘없이 대답할 수밖에 없었다.

2장

“후회 없이 죽자!”

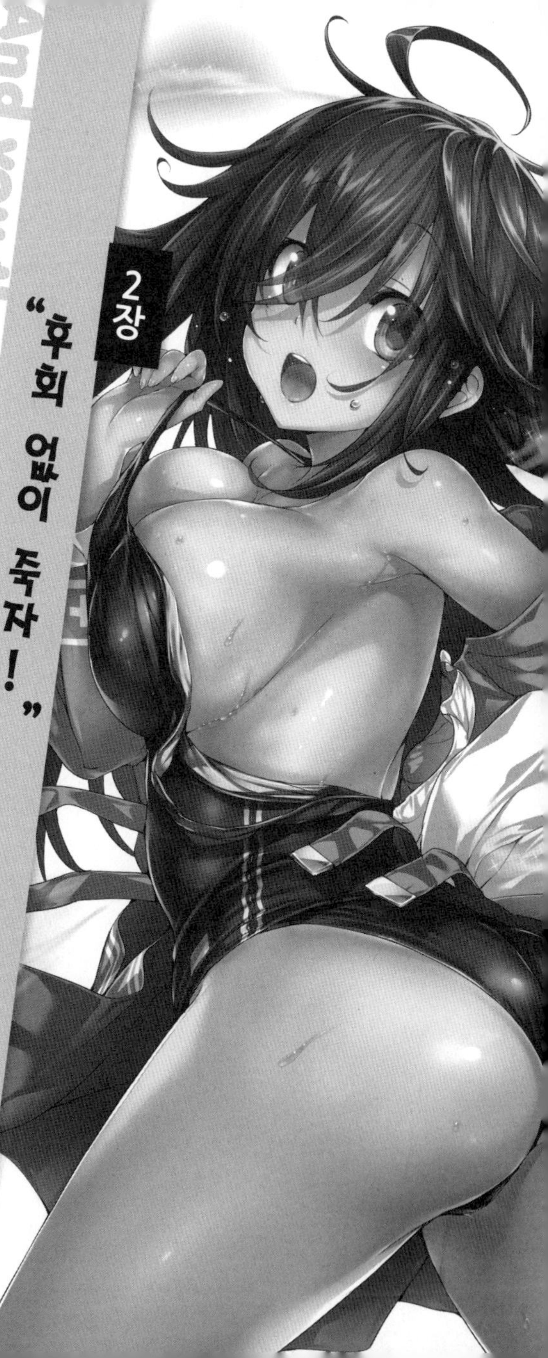

"어찌할 방법이 없다. 할 수 있는 건 없다. 그렇게 포기하는 건 자연스러운 일이에요. 저도 한 번은 포기할 뻔했어요."

우리를 다정한 눈으로 바라본 그녀는 부드러운 어조로 말했다.

"그래도 다들 정말로 전력을 다했나요? 할 수 있는 노력을 모두 했나요? 최선을 다했다고 할 수 있나요?"

한 명 한 명의 얼굴을 돌아보면서.

"꿈이라는 건 누가 이뤄주는 게 아니고, 저절로 이뤄지는 것도 아니에요. 우리가 이루는 거예요."

그렇게 힘차게 호소했다.

"저희는 언제나 혼자가 아니에요. 같은 뜻을 가진 많은 동료가 있어요."

양손으로 도자기를 빚듯이 손을 둥글게 내밀었다.

"자신이 할 수 있는 일을 열심히 한다면, 결과는 반드시 따라오는 법이에요. 그게 꿈을 이룬다는 것이라고요."

자신감 넘치는 어조가 의외로 어울려서, 그게 오히려 위화감이 샘솟았다.

수상한 자기 계발 세미나의 강연자처럼 말하는 여성은,

놀랍게도 우리가 아는 아코였다.

"이게 자신만큼 믿을 수 없는 인간은 없다고 단언했던 그 아코인가……."

"아코, 변해버린 모습이 되다니……."

"그 가짜 같은 의식 높은 계열, 전혀 안 어울려."

"의식의 높낮이는 상관없어요! 모든 건 목표를 향한 모티베이션의 문제에요!"

나는 모티베이션이라고 말하는 아코를 본 적이 없었다.

언젠가 이렇게 긍정적인 느낌이 되어줬으면 좋겠다고 생각했지만, 이 타이밍은 예상 밖이야.

"즉, 이런 건가?"

졸업식 다음 날인데도 부실로 호출된 마스터가 두통을 참듯이 말했다.

"서비스 종료가 결정되고, 철회될 일도 없다고 나왔는데도, 아코 군만이 현실을 받아들이지 못하고 전혀 믿지 않는다……고."

"어째서 쟤는 이런 타이밍에 이상해지는 건데……."

설마 이 극한 상황에서 아코만 현실 도피하며 묘한 사고방식으로 내달리다니.

나와 아코 사이에는 여러 문제가 일어났다. 그래도 모두가 협력해서, 아코도 노력해서, 조금씩 앞으로 나아간 것처럼 보였다.

그런데 설마, 아코가 너무 긍정적인 사람이 된 걸로 고민하게 될 줄이야.

섭종이라는 긴급 사태, 비상사태다. 울고, 화내고, 틀어박히는 것까지는 물론 가능하다고 생각했다. 현실을 인정하지 않을 수도 있다는 것도 상상했다.

그런데 설마, 인정하지 않아. 할 수 있어! 그런 포지티브한 형태로 받아들이지 못하는 사태는 예상하지 못했다.

이렇게 아코가 영문 모를 묘한 말을 꺼내다니. 이런 건 전혀 생각을— 하지 못했, 었나?

"그렇게 위화감은 없을지도……."

"그, 그럴지도?"

뭔가 문제가 일어나면 그에 연동해서 아코도 이상한 방향으로 내달리는 일, 은근히 여느 때와 똑같다.

예상대로 폭주하는 아코와, 예상 밖으로 폭주하는 아코는 비율상 반반 정도다.

"오히려 어째서 마지막의 마지막까지 평소대로냐고 말하고 싶어."

"마지막이 아니에요! LA는 영원히 이어질 거예요!"

이어지지 않아.

슬프지만 이 게임은 여기서 끝이야, 아코.

"그래도 지금까지 없던 각도로 튀어버린 느낌은 드네."

"일찍이 없던 포지티브함이긴 해."

진심으로 어이없어하는 기색인 세가와와 곤란한 표정이지

만 조금 재미있어하는 아키야마.

"지금까지의 성공 체험이 이렇게나 어긋난 형태로 결실을 맺을 줄이야……."

그리고 은근히 진지하게 머리를 감싸 쥐고 있는 게 마스터다.

"우리가 아코를 이런 형태로 일그러뜨린 걸지도 모르겠어……."

"우리의 노력이 어긋나버린 걸지도 모르겠군."

"그렇지 않아요! 모두의 노력 덕분에 저는 진실을 깨달았으니까!"

그건 진실이 아니라 망상이야!

"오히려 다들 포기하는 게 너무 빠르지 않나요! 저는 절대로 LA를 포기하지 않아요! LA는 끝나지 않고 계속 이어질 거예요. 기적은 반드시 일어난다고요!"

"일어나지 않으니까 기적이라고 말하는 거야. 아코."

"안 돼요! 부정적인 말은 운을 떨어뜨려요!"

"운이라고 말한 시점에서 전혀 믿을 수가 없잖아!"

"섣불리 이유를 설명하면 설득당하니까, 대충 긍정적인 말을 늘어놓는 거구나."

"얘는 참 쓸데없는 부분에만 지혜를 익혔다니까."

못 말리겠다는 듯이 어깨를 으쓱한 세가와가 천장으로 시선을 올렸다.

"우리가 처음에 실수한 걸지도. 한 번 희망을 줘버려서 갱

신하지 못하는 거야."

"가능성이 낮은 걸 염두에 두고 지속될 방법을 생각하려고 했었다만…… 실패였나……."

아직 가능성은 있어! 그렇게 알려줬기 때문에 반대로 믿음이 더 견고해진 모양이다.

"이대로 가면 아코는 LA가 끝나는 걸 인정하지 못한 채 마지막 날을 맞이해버릴 것 같은 느낌이 들어."

"위험하네."

"어쩔까? 매일 독경하듯이 섭종 공지를 읽어줄까?"

"새로운 타입의 고문인가요?!"

아코가 새파래지며 뒷걸음질 쳤다.

그건 나라도 울면서 사과할 레벨이니까 봐줬으면 좋겠다.

"그, 그래도 저는 믿고 있어요! 폭력에는 굴하지 않아요! 진실은 언제나 하나라고요!"

"얘 전혀 꺾이지 않네. 어쩔 거야? 니시무라. 네 신부잖아."

"신부 아니야."

아니, 부정하지 않아도 되긴 하지만.

아무튼, 아코가 묘한 상태가 된 건 확실하다.

그래서 나도 어떻게든 해야겠다고 생각했다. 처음에는 그렇게 생각했었다.

"어떻게든 해야만 한다는 게 평소의 분위기이긴 한데……."

평소라면 그랬을 거다.

아코의 기행을 어떻게든 하려고 모두 함께 협력하거나. 반대로 나와 모두가 하고 싶은 게 있어서 전원이 힘을 합치거나. 그런 이벤트는 몇 번이고 넘어왔다.

그것이 바로 평소대로의 일이라고 해도 좋을 만큼.

하지만 이렇게 말하고 있는데도 뭔가 확 와닿지 않는다.

이번에는 아무래도 뭔가 아니지 않나 하는 느낌이 든다.

"모두에게 묻고 싶은데, 지금의 아코를 보고 어떻게 생각해?"

"어떻게 생각하냐니……?"

"흠?"

"저는 평소 그대로인데요?"

모두의 시선을 받은 아코는 의아한 듯 우리를 돌아봤다.

"뭐랄까, 제일 기운차 보이네."

아키야마가 이 중에서 가장 기력이 가득한 아코를 보며 말했다.

세가와도 수긍했다.

"그러게. 기운차고 즐거워 보이고, 전혀 곤란하지 않아 보이네."

"모두에게 폐를 끼치고 있는 것도 아니지."

"그래! 그거야."

다들 나의 마음을 왠지 이해한 모양이다.

시험 전에는 공부하자거나, 학교에는 제대로 나오라거나,

그런 건 억지로 등을 밀어줄 수 있다. 최소한의 플레이어 스킬은 익히라든가, 어려운 던전을 넘어서기 위해 연습하라든가, 그런 것도 함께 노력할 수 있다.

그러나 이번에는 다르다. 정말로 생각이 다를 뿐이다.

나는 LA가 끝났다고 생각하고, 현실적으로는 그럴 거다. 그러나 절대 그러리라는 확신은 없다.

그런데 누군가를 곤란하게 만드는 것도 아니고, LA는 끝나지 않아요! 라고 혼자 믿고 있는 아코에게 억지로 현실을 받아들이라고 하는 건 좋은 일일까?

"지금까지 아코에 대한 걸로 여러모로 모두에게 상담해 왔지만, 이번에는 과연 어떨지 잘 모르겠어. 내 생각을 밀어붙여도 되는 건가 해서."

"니시무라는 아코가 끝나지 않는다고 말하면 그래도 괜찮지 않냐고 생각하는 거구나."

"그렇, 지. 억지로 현실을 들이미는 건 좀 악랄하잖아?"

"LA는 아코에게는 목숨 같은 거니까. 여생이 얼마 안 남았다는 선고를 받아들일 수 없다고 해서, 너는 죽어! 알았지! 그렇게 설득하는 건 상당한 그로테스크 요소일지도 모르겠네."

"음. 죽음에 미학을 요구하는 건 자유지만, 강제할 수는 없겠지."

"이해해줘서 기쁘네."

아침 일찍 아코의 이변을 깨닫기는 했지만, 어째서인지 그 자리에서는 강하게 말하지 못했었다.

어째서 그런 건지 방과 후까지 이것저것 고민하다가, 이 부분이 걸렸다는 걸 깨달았다.

"좋아. 그럼 이번에 아코는 일단 내버려 두는 방향으로……."

"저기저기, 잠깐 괜찮나요?"

아코가 조심조심 우리를 돌아보며 말했다.

"저의 처우에 대해서 진지하게 논의하는 건 왠지 부끄러운데요. 이런 건 제가 없을 때 이야기해야 하는 게 아닐까요!"

아코는 굉장히 곤혹스럽다는 표정을 지었다.

"뒤에서 상담하는 경우가 많지만, 본인 앞에서 상담한 적도 있잖아."

"그때도 납득했던 건 아닌데요!"

"뭐, 그렇겠지!"

그래도 어쩔 수 없잖아. 이런 중대한 때에 아코를 따돌리고 상담하는 것도 싫으니까.

"마지막의 마지막인데 숨기는 건 좋지 않은 것 같아서."

"아직 마지막이 아니에요오."

아코는 전혀 꺾이지 않고 있다.

밀어붙이는 것에는 약한 주제에 완고한 것이 나의 신부다.

"이렇게 되면, 오늘부터 아코하고는 따로 행동하게 되겠네."

"네에?! 어째서인가요?!"

"그야 우리는 섭종을 전제로 놓고 이것저것 할 거지만, 아코는 평소대로 즐길 거잖아?"

"윽……. 그건……."

아코는 숨이 막힌 채 우리를 돌아보고는 말했다.

"따돌리는 건 싫어요! 저도 함께 모두의 섭종을 도와줄게요!"

"섭종을 돕는다니, 무슨 개념이야."

"억지로 어울리게 하는 것도 미안하잖아."

"그래도 함께 있는 사이에, 역시 서비스는 끝날지도 모른다고 생각하게 되지 않을까?"

"아~, 그건 가능할지도."

"역시 세뇌인가요?!"

그럴 생각은 없지만!

단지, 라는 전제를 두고 말했다.

"사실 지금도 화가 나고, 납득할 수도 없고, 어떻게 해야 좋을지도 모르겠어. 그래도 나는 LA가 끝난다는 각오를 하고 남은 시간을 보내려고 해."

각오를 다지고, 자신의 마음과 제대로 돌아보고, 만족할 수 있는 끝이 가능하다면 그게 이상적이다.

어떻게 해야 그런 게 가능한지는 전혀 모르겠지만!

"아코도 그럴 생각으로 어울려 준다면 기쁘겠어."

"……알았어요."

괜찮은데, 다들 걱정이 많네요. 정말. ―아코는 그런 분위기를 내면서 어쩔 수 없다는 듯 수긍했다.

평소라면 걱정이 많은 건 아코 쪽인데 말이지. 진짜로 지금은 낙관주의가 되어버렸네.

"그래도 구체적으로 뭘 하는 건가요? 평범하게 즐기는 건 안 되나요?"

"확실히 뭘 할지는 정하지 않았네."

"온라인 게임이 끝나는 때는 뭘 하는데?"

"흔한 건 이주할 곳을 찾거나 하지."

"지금 다른 게임을 할 생각은 안 드네."

이주할 곳은 섭종한 뒤에라도 찾으면 되니까.

"그렇다고 렙업이나 레어 찾기라든가, 보스에 도전하는 것도 하고 싶지는 않잖아."

"끝나버리니, 까……."

우리는 으으음, 하고 고민에 잠겼다.

그때, 마스터가 무거운 어조로 말했다.

"―마지막 활동, 이라는 걸 해야 할지도 모르지."

마지막 활동.

뭔가 불길한 예감이 드는 단어가 나왔네.

"취직 활동[#1]? 향후의 활약을 기대하고 있겠습니다?"

"그게 아니다."

마스터가 화이트보드에 마지막 활동이라고 적었다.

#1 취직 활동 마지막 활동(終活)과 취업활동(就職活動)의 일본어 발음은 똑같다.

"자신이 죽기 전에, 그리고 죽은 이후를 위해 진행하는 인생의 마무리를 위한 활동을 말한다."

"뭔가 들어본 적이 있네."

"할아버지가 했을지도. 유언 같은 걸 만든다면서."

"세테가 말한 내용이 바로 마지막 활동이다. 주로 유언 작성이나 장례식에 관한 준비. 재산 분할을 포함한 생전 정리가 되지."

"모두 온라인 게임하고는 상관없네."

"은퇴할 때라면 아이템 뿌리기도 하지만."

가끔 받은 적도 있고, 버리거나 팔지도 못해서 계속 창고 안에 남아있다.

이번에는 전원이 강제 은퇴하니까 아이템을 뿌릴 의미도 전혀 없다.

"친구와 연락한다, 가까운 이들끼리 작별 모임, 아이템 정리 등도 물론 있겠지만, 그 이상으로 어울리는 게 있다."

마스터는 이쪽으로 시선을 돌렸다.

"마지막 활동에서 진행하는 건 의무적인 사무 처리만이 아니다. 그 이후에 있는 진짜로 하고 싶었던 것, 아직 남은 미련이 있다는 걸 깨닫고, 남은 인생을 더욱 유의미하게 보낸다는 것도 커다란 테마지."

"호오호오."

"남은 인생을 유의미하게 보낸다······라."

"맞다. 얼마 남지 않은 LA의 서비스 기간, 그저 한탄하고 슬퍼하며 보내는 건, 정말 의미가 있는 시간이라 볼 수 있을까?"

"하긴. 아까울지도 몰라. LA에서 보내는 마지막 시간인데."

어째서냐고. 납득할 수 있겠냐. 그렇게 생각하는 마음은 지금도 있다.

그래도 그 마음만으로 한 달을 보낸다면, 정말로 이 게임이 싫어진 채 끝나버릴 듯한 공포가 있었다.

그러니까 남은 시간에 미련이 남은 것들을 한다.

미련이 없도록. 제대로 만족하며 이 세계에서 떠날 수 있도록.

"이 세계에서 하고 싶은 걸 전부 한다……. 응. 좋을 것 같아!"

"빈둥빈둥 지내는 것보다는 납득할 수 있겠네. 괜찮지 않을까?"

"미련, 있어요."

아키야마, 세가와에 후타바도, 아까까지와는 달리 긍정적으로 화면과 마주했다.

"응. 하자. 나도 가슴을 펴고 당당하게 LA를 끝내고 싶어."

레전더리 에이지와의, 루시안과의 작별을 납득할 수 있다면 그 이상으로 기쁜 일은 없을 거다.

"우리는 LA에 매진하는 거다. 아코 군에게도 기쁜 일이겠지."

"네! 다들 즐겁게 LA를 해요!"

그리고 아코는 대환희였다!

아코에게는 그렇겠지! 다들 전력으로 LA를 하는 거니까!

"그래도 모두의 미련이라든가, 달성하지 못했던 목표를 함께 끝낸다면 아코도 LA가 끝난다고 생각하게 될지도."

"축제의 뒷정리를 하면 끝을 실감하게 되는 그거구나!"

"그러게. 아코에게도 좋은 효과가 있겠어."

"저를 노리는 추가 효과를 당당하게 상의하지 말아 주세요!"

여기까지 왔으니 비밀 같은 건 없이 가자고. 하하하.

"그럼 오늘부터 전력으로 LA다! 미련을 전부 털어내고 깔끔하게 졸업하자!"

"음. 그게 우리의 마지막 활동이다!"

서비스 종료는 피할 수 없다. LA는 끝난다.

그렇다면 그날을 납득하며 맞이하고 싶다

우리는 끝을 받아들이기 위해 움직였다.

††† ††† †††

"그런고로, 선생님도 협력 부탁합니다."

"어째서 불렀나 했더니만……."

전원에게 『바로 부실로 와줘!』라는 연락을 받고 황급히 찾아온 사이토 선생님은 쓴웃음을 지으며 끄덕였다.

"그래도, 후회 없이 졸업한다는 건 좋은 일이네. 다들 긍정적으로 생각해줘서 선생님은 기쁘다냐."

"후회 없이 죽자! 그런 건데 긍정적인가?"

"절반은 자포자기인 기분도 드네."

"모처럼 나아가는 방향으로 정해졌는데, 안 좋은 말은 쓰지 마!"

뭐, 어떤 형태이든 일단 움직여 보자.

안 되면 안 되는 대로 또 고민하면 된다. 그렇게 조금 내팽개치듯 웃은 뒤.

"자, 그럼. 처음으로 제안할 게 있는데 괜찮을까?"

"물론이죠."

"허락해줄까. 나의 넓은 마음으로."

"갑자기 다들 기운을 차렸네."

분위기를 타게 된 아코와 세가와를 본 아키야마가 어이없어했다.

자자. 오늘부터 이렇게 하자! 그렇게 정해졌으니까 의욕도 생기는 거지.

"음. 내가 하고 싶은 말도 바로 그것이었다."

마스터는 앉은 자세로 내게 몸을 쭉 내밀었다.

"이 게임에서 미련을 없애는 동안 작별을 아쉬워하고, 슬퍼하면서 플레이하는 게 아니라…… 우리가 할 수 있는 만큼, 전력으로 즐겨보지 않겠나?"

"즐긴다고요?"

되풀이해서 말한 아코에게 끄덕였다.

"그래. 그저 게임을 끝내기 위해 의무로 하는 게 아니다. 우리는 이 게임을 시작한 원점으로 돌아가는 거다. 오히려 최고로 즐기지 않으면 거짓말이 되겠지!"

긍정적으로 말하면서도 마스터의 눈은 조금 빨갰다.

자각은 있는 거겠지. 살며시 눈을 가리며 말했다.

"슬퍼하는 건 오늘까지……라고 말하지는 않으마. 괴로운 날은 서로 위로하고, 받쳐주자. 그리고 웃으면서 앞으로 나아가지 않겠나."

"……이의 없음~."

그렇게 말한 나에게 세가와도 동의했다.

"물론, 울면서 로그인할 생각은 없어."

"즐기는 게 좋으니까!"

"평소 그대로."

아키야마와 후타바도 수긍했다.

마지막까지 즐겁고, 후회 없이, LA를 한다.

그러면 LA와도 제대로 작별할 수 있을 거다─. 그렇게 단정할 수는 없지만.

그래도 우리는 LA와 마주 보면서 마지막 시간을 보내기로 정했다.

"그럼 지금부터 뭘 할까요!"

─또한, 평범하게 웃고 있는 아코는 제외한다!

"각자 이 게임을 처음 시작했을 때의 목표를 달성하고, 이 게임에서 남은 미련을 없애고, 후회를 없앤다……라는 게 기본적인 방침이 되겠지."

"흐으음."

"처음 시작했을 때의 목표라."

그렇게 말해도, 확실한 목표나 목적이 있어서 게임을 시작하는 일은 별로 없다.

즐거워 보인다든가, 해보고 싶다든가, 그 정도의 감정으로 즐길 거다.

"목표 같은 건 없어요오."

"넌 제일 영문 모를 이유로 시작했으니까."

"컴퓨터를 조작하다가 실수로 켜봤는데 그걸로 빠지게 된 거였지, 아코……."

클라이언트도 아코의 아버지가 업무 관계로 넣어놨던 것. 터무니없는 우연의 결과다.

"그야말로 운명이네요!"

"그, 그러게."

우연인지 운명인지는 그 사람의 해석에 달렸습니다.

"그렇게 진지하게 생각하지 않아도 된다냐. 이걸 위해 게임을 했다! 이걸 하지 않으면 은퇴할 수 없다냐! 그런 게 한 가지 정도 없는 건가냐?"

"무엇을 위해…… 해야만 하는 것……."

고개를 끄덕거리며 고민하던 아코는 손을 탁 두드렸다.

"제가 LA를 하는 건 루시안과 행복한 결혼 생활을 보내기 위해서예요!"

"그럼 아코는 달성했네. 다음으로 가자."

"좀 더 행복하게 해줘도 되잖아요?!"

"그건 둘이서 생각하자! 응!"

모두의 협력을 얻어서 전력으로 노력하며, 아코와 행복한 결혼 생활을 보낸다—. 대체 무슨 상황인 건데. 영문을 모르겠어! 말도 안 되잖아!

아니, 플래그 같은 게 아니거든. 진짜 진짜.

"오히려 니시무라는 왜 LA를 하고 있는 거야. 넌 큰 목표 같은 걸 준비하는 타입이잖아?"

"나? 나는 말이지…… 확실히 이것저것 목표로 정해둔 게 있었던 것 같은데……."

처음에 게임을 시작했을 때는 재미있어 보인다, 해보고 싶다, 그런 순수한 마음밖에 없었을 거다.

그게 플레이를 계속하는 사이 좀 더 레벨을 올려서 강해지고 싶다, 이 스킬을 익히고 싶다, 이 장비가 갖고 싶다, 그렇게 점점 발전했을 뿐이다.

그래서 목표라고 하면 답하기 어렵다.

저걸 했으면 좋겠다고 후회한 것. 줄곧 하고 싶다고 생각했지만 미뤘던 것.

그쪽으로 생각하면—.

"아아, 하나 있을지도."

"루시안의 목표, 신경 쓰여요!"

"제일 강한 보스를 쓰러뜨린다거나, 그런 어려운 건 아니지?"

"그런 엔드 콘텐츠, 딱히 흥미 없어하잖아."

없는 건 아니지만, 더 알기 쉬운 거야.

결국 내가 하고 싶은 건 무척 단순하다.

"루시안을 완성시키고 싶어."

그 한마디뿐이다.

"그건 즉, 인간으로서, 라거나?"

"아니, 그런 개념 같은 이야기가 아니라."

그보다 인간으로서 미완성이라니 슬프잖아.

"루시안을 캐릭터로서 완성시키고 싶은 거야. 아직 스테이터스가 부족하고 스킬도 익히지 않았으니까."

"아, 레벨과 스킬 이야기네."

"가능하면 장비도 갖고 싶지만, 이쪽은 끝이 없으니까 딱히 상관없어."

루시안은 게임상의 강함은 그런대로 되지만, 결코 목표에 도달했다고는 말하기 힘드니까.

"캐릭터의 완성이라. 루시안, 구체적인 수치로는 어느 정도를 노리고 있지?"

"환생 레벨 100 돌파. 이것뿐이야."

"너 초기 시절부터 언젠가 환생한다고 말했었으니까."

"뭐, 그렇지. 몇 년 전의 목표였으니까. 이미 잊어버리고 있었어."

"환생이라면, 레벨이 1로 돌아가는 거잖아. 조금 강해지고."

"맞아."

아키야마도 확실히 알고 있구나.

레벨 100을 넘은 캐릭터가 스테이터스나 스킬 포인트에 보너스를 받고 레벨 1로 돌아간다. 그게 LA의 환생 시스템이다.

이것만 들으면 100이 되자마자 바로 해버리고 싶겠지만, 그렇게 간단하지는 않다.

LA는 레벨 100이 되기가 꽤 힘든 데다, 환생 전보다 훨씬 성장하기 어려워져서 원래의 강함으로 복귀하는 건 상당한 고행이다.

"줄곧 하고 싶었지만, 나 혼자 환생하면 모두가 곤란하니까."

"우리는 길드 단위로 움직이는 일이 많으니까…… 혼자만 환생하면 몇 달 단위로 단독 행동을 해야할 수도 있었겠지."

마스터도 검토는 해봤겠지. 이해한다면서 고개를 끄덕였다.

애초에 앨리 캣츠는 교대할 수 있는 멤버가 없다.

탱커가 없어지든, 힐러가 없어지든, 근딜, 원딜 중 한 명만 빠져도 편성에 문제가 생긴다.

그래서 레벨 100을 넘어도 환생을 하지는 못했지만ㅡ. 게임이 끝나기 전에는 해보고 싶다.

"섭종 전에 렙업이라니 이상한 이야기일지도 모르지만……

가능하면 모두 함께 하고 싶어. 다 함께 환생해서, 렙업을 다시 하고, 이걸로 만족한다고 할 만큼 육성한다면, 일단 응어리는 꽤 줄어들 것 같아."

"물론이죠! 다시 태어나도 함께에요!"

"사랑이 무거워!"

고마워, 아코! 다음 생에도 잘 부탁해!

"니시무라다운 목표네~. 나도 완성형 슈바인 님을 보고 싶으니까 불만은 없어."

"지금은 서버 전체가 경험치 10배, 드롭률 5배다. 오히려 환생하기에는 적기겠지."

"환생하기에는 적기라니 굉장한 네이밍이네……."

아키야마가 미묘한 표정을 보였다.

"무덤이 무료!"

"지금 당장 죽어!"

"명작 쓰레기 게시판 제목 같은 발언은 그만둬. 반복한다. 명작 쓰레기 게시판 제목 같은 발언은 그만둬."

서비스 종료가 발표되어서 아낄 필요가 없어진 LA는 대부분의 제한이 사라졌다.

일부 레어 장비를 빼고는 가게에서 팔고, 덤핑으로 나온 아이템도 많다.

사냥터도 비어있으니까, 레벨을 올리려고 하면 바로 올릴 수 있을 거다.

"얼마나 걸릴까?"

"경험치가 10배, 마나 피드 이어링으로 두 배, 레벨을 올리는 플레이어가 대폭 줄어들어서 효율이 두 배에, 우수한 장비가 싸게 손에 들어오는 것으로 두 배의 스피드라고 한다면."

"합쳐서 80배네. 여유롭잖아."

"그렇게 ○육맨처럼 잘 풀리지는 않을 거다냐."

"그래도 열흘 진지하게 하면 800일 치잖아요. 선생님."

"세계가 가속하고 있으니까요."

이게 인플레를 신경 쓸 필요가 없어진 온라인 게임의 무서움이다.

"레벨 100이 아닌 건 미캉뿐이니까."

"이제 98이니까 금방 올라요."

"역시 제대로 성장하고 있네."

이 배율이라면 정말로 곧 레벨 100이 될 것 같다.

"그럼 루시안의 목표는 환생인가. 다른 멤버의 미련은 어떠냐?"

"다들 뭔가 있나요?"

아코가 느긋하게 묻자, 세가와가 살짝 손을 들었다.

"아~, 나도 하나 있었는데……."

아, 세가와의 미련인가. 뭐지?

원래 슈바인을 조작하는 게 목적이었으니까—.

"세가와도 슈바인을 완성시키는 거라든가?"

"아니거든. 내 슈바인 님은 존재 그 자체가 완성형이야."

마이 유닛에 대한 자부심이 대단하다.

그렇게나 사랑이 강하다는 걸 고려하면, 오히려 이쪽인가.

"알았다. 슈바인 님 사진집 자비 출판이구나!"

"정말~, 니시무라. 아카네를 뭐라고 생각하는 거야?"

그렇게 어이없어할 건 없잖아.

세가와라면 어쩌면 한 번쯤은 생각했을지도 모른다고.

"……출판은 몰라도 만드는 건 좋을지도 모르겠네."

"미안, 내가 틀렸어!"

한 번은 고사하고 두 번 정도는 생각했던 것 같다!

사진집 같은 걸 개인적으로 만들면 그냥 앨범이잖아.

"그보다, 목적은 거의 그거야. 스샷을 찍고 싶어."

"……스샷이라면 언제나 찍는 스크린샷?"

찍고 싶다니. 필요 없을 만큼 잔뜩 찍고 있었잖아.

"응. 지금의 양으로는 부족해."

"그렇게나 찍었으면서?!"

"당연하지! 슈바인 님 개인이라면 몰라도, 모두와 함께 있는 슈바인 님이 적다고!"

"아~, 모두 함께 포즈를 잡거나, 그런 것 말인가?"

"그것도 그렇고, 꾸미지 않은 자연스러운 샷이라고 해야 하나? 슈바인 님과 동료들의 일상적인 모습도 부족하거든."

"슈의 사랑이 무거워요……!"

"아코한테 들으니까 자랑스럽네."

자랑스러워하지 마. 슬퍼하라고.

"게다가 스샷을 찍기 시작한 건 조금 레벨이 올라간 뒤부터니까. 그래서 성장 과정은 소재가 적거든. 환생하면 레벨에 따라 각 맵을 돌 테니까, 모두 함께 스샷 찍자. 추억도 남으니까 일석이조잖아!"

"스크린샷을 찍는다, 추억을 남긴다. 그런 뜻인가."

화이트보드에 슈바인의 미련을 적었다.

본인의 목표와 모두의 이익을 동시에 달성할 수 있는 좋은 목적이네.

"모든 맵에서 한 장씩 찍을 거야."

"대체 며칠이 걸릴까요……?"

요구하는 규모가 너무 크다는 걸 제외하면!

"다음은 세테, 어떠냐? 남은 미련은, 달성하지 않은 목표는 있나?"

"나? 원래 모두와 친해지고 싶어서 시작한 거니까, 지금은 꿈이 이루어졌는데?"

"기쁜 말을 해주네."

세가와의 비밀을 밝혀내려 했다는 건 넘어가자. 그것도 우정이겠지.

"그럼 미련은 전혀 없는 거냐? LA에서 하고 싶은 일은 전부 끝난 거냐?"

"전부 끝났으려나~. ……아, 하나 있을지도!"

아키야마는 머리 위에 전구가 번쩍 빛나는 듯한 모션으로 고개를 들었다.

"줄곧 말이지. 모두에게 물어보고 싶은 게 있었어!"

그리고 힘차게 말하면서 일어나더니.

"……"

우뚝 움직임을 멈췄다.

"나나코? 묻고 싶은 게 뭐였는데?"

"지금은 됐어!"

"됐다고?!"

그 플래그만 세우고 방치하는 무빙은 뭐야!

"질문 정도는 누구라도 대답해 줄 텐데."

"으음~. 좀 중요한 거니까, 이 자리에서 대충 묻는 건 아닌 것 같아서."

우리에게 묻고 싶은, 그런 중요 사항이 있나?

그거, 오히려 뒤로 미뤄도 괜찮은 건가?

"그럼 어딘가에서, 제대로 이야기할 수 있는 타이밍을 찾아야겠네."

"이 멤버로 진지한 이야기는 어려운데……."

"선생님은 언제나 그걸로 고생하거든?"

"용케도 그런 말을 할 수 있네. 고양이공주 선생님."

자신은 개그 소재가 아니라고 말씀하시는 겁니까. 냐냐

하고 우는 선생님이면서.

"그럼 다음은…… 마스터. 뭔가 있어 보이는 표정이네."

보면 안다. 뭔가 결의를 다진 표정인 마스터에게 이야기를
던졌다.

그녀는 무겁게 끄덕였다.

"음. 내 목표는 최고의 길드를 이끄는 것이며, 그쪽은 달
성했다고 생각한다만……."

"어, 어어."

굉장한 자신감이다.

앨리 캣츠는 최강과는 거리가 멀어도, 확실히 최고의 길
드라고 생각하긴 하지만.

"딱 하나 미련이 있다."

"역시 마스터라도 끝내지 못한 건 있구나."

"모든 레어 아이템을 컴플리트한다, 같은 거면 좀 어려워
보이네."

"모든 뽑기 아이템을 제패한다는 걸 잘못 말한 거겠지."

"그쪽은 컴플리트했으니 걱정할 것 없다."

했네! 매번 컴플리트했다면 대체 돈을 얼마나 들인 거야!

"미안하지만 과금 이야기는 아니다. 그건 항상 후회 없이
투입했으니까."

그것도 그것대로 무섭지만, 그렇다면 뭘까?

"나의 미련은…… 오프 모임이다."

뭐? 오프 모임?

오프 모임 같은 건 몇 번이나 했었잖아. 그보다 오히려 이 시간이 오프 모임이라는 느낌인데.

"뭔가 미련이 남은 오프 있었던가?"

"음. 매우 커다란 미련이 있다. 미안하지만 휴일을 하루 쓰게 해다오."

"괜찮지 않아? 섭종 전에 오프, 해봐도 손해는 없잖아."

"그러게! 진지하게 이야기도 할 수 있을 것 같고!"

우리가 모두 진지한 이야기를 할 수 있는지는 넘어가고.

이제는 미캉과 고양이공주 씨인가.

"어때? 미캉. 이 게임에서 미련이 남은 건 뭐야? 플레이 시간도 아직 길지 않은데, 산더미처럼 있지 않아?"

"벌써 1년 정도, 했는데요."

"……그랬었나?"

"거짓말. 진짜로?"

"우리, 시간 감각이 할머니가 됐네."

"반응 속도 할아버지에 시간 감각 할머니에요오."

이미 꼰대가 되어버린 앨리 캣츠 선행조였다.

"그래도 미련, 있어요."

그렇게 말한 후타바는 빤히 내 쪽을 보더니, 다음으로 선생님 쪽으로 시선을 움직였다.

아, 조금 짐작이 갈지도.

"이거, 선생님 차례가 있을 것 같네요."

"드, 듣고 싶지 않다냐아."

냐아, 하고 우는 선생님은 아랑곳하지 않은 채, 후타카가 힘차게 말했다.

"선배랑 선생님, 쓰러뜨리겠어요."

"역시 그거다냐아아아아아아아."

"전부터 계속 쓰러뜨린다 쓰러뜨린다 했었으니까."

이러니저러니 해도 나와 고양이공주 씨 말고는 다들 모종의 형태로 한 방 먹었다.

정면에서 싸워서 지지 않은 건 고양이공주 씨와 나뿐이다.

"참고로 전함전에서 이긴 건 안 들어가는 건가냐?"

"승부에서 이기고 시합에서 졌으니까, 패배에요."

"그건 승리의 개념이다냐~!"

고양이공주 씨의 항의도 거들떠보지 않았다.

"나머지 두 명. 해치우지 않고는 끝낼 수 없어요."

"어째서 이런 전투민족으로 자라난 거야."

"모, 모르겠다삐……."

"바츠의 잘못이야, 바츠의."

"밧츤을 만나기 전부터 이랬다고 생각하는데에."

뿌리부터 지기 싫어하는 기질이었다는 건 부정할 수 없다.

조금만 더 시간이 많았다면 엔드 콘텐츠를 제패했을 타입이야.

"그래도냐아……. 어쩔 건가냐. 니시무라."

"PvP라면 저와 고양이공주 씨는 거의 지지 않으니까 말이죠."

"괴, 굉장한 자신감이네요."

반대로 대인전에 자신이 없는 아코가 눈을 깜빡였다.

아니아니, 고양이공주 씨는 몰라도, 내가 강한 건 아니야.

"활과 방패는 상성이 안 좋거든. 방패가 유리해."

"어, 그랬어? 대인전이라면 활이 강하다고 들었는데."

"실제로 강하긴 한데 말이지."

아처나 스나이퍼 같은 궁수 직업은 원거리이면서 무영창으로 공격할 수 있다.

스나이핑 헤드샷은 딜이 괜찮고, 다리나 팔을 노려서 둔화, 봉인 같은 디버프도 걸 수 있어서 대인전에서는 강한 직업이다.

그러나 완전무결한 최강 직업은 LA에 존재하지 않는다.

"원거리 만능형인 궁수는, DPS는 나오지만 순간 폭딜력은 떨어진다. 상대를 완전히 쓰러뜨릴 힘이 부족한 거다."

"그게 문제."

마스터의 해설에 후타바도 수긍했다.

굳이 영창이라는 리스크를 짊어지고 공격하는 마법 직업과 달리 노 리스크로 움직이며 공격하는 궁수 직업이 딜에서도 우위에 서면 밸런스가 엉망이 된다.

그렇기에 계속 공격하는 것으로 대미지를 입히는 방식으로 디자인이 되어있어서 순간 폭딜력은 뒤떨어진다.

그러면 자기 회복과 도주 능력이 좋은 힐러나 내구력과 회복 아이템 재고량이 많은 탱커를 쓰러뜨릴 수가 없다.

높은 내구력과 자기 회복을 탑재하고 능숙하게 도망 다니는 고양이공주 씨를 쓰러뜨리는 건 너무나도 어렵고, 나는 실드 부메랑이라는 약간의 원거리 공격 스킬이 있어서 방패를 붕붕 던지기만 해도 미캉의 회복 아이템이 금방 바닥난다.

"몇 번이고 몇 번이고 한다면 한 번 정도는 이길 수 있을지도 모르는데, 그걸로 갈까?"

"사양할게요."

후타바는 붕붕 고개를 내저었다.

"딱히 난타전만으로, 이기고 싶은 건 아니라서."

"그러게. 조작 기술이나 게임 지식을 써서 이때다 싶은 한 판에서 이기는 게 승리지."

"어딘가에서 멋지게 이겼다! 그렇게 되고 싶다는 건가……."

"말이야 그렇지만. 이미 이벤트도 서버 종료 이벤트 정도밖에 없다냐."

솔직히 지난달이 이벤트는 더 많았다.

여러 의미로 힘을 다해가던 LA는, 섭종 전인데도 그럭저럭 이벤트를 개최했었던 거다.

"그냥 고양이공주 씨가 뭔가 기획하죠."

"맞아. 고양이공주 선생님이 미캉이 이길 수 있는 이벤트를 준비해줘."

"무리한 부탁은 그만둬줬으면 좋겠다냐……."

선생님은 풀썩 어깨를 떨궜다.

"고양이공주 씨는 언제나 이렇다냐……. 고양이공주 씨도 가끔은 마음대로…… 냐아!"

고개를 홱 들어 올린 선생님이 벌떡 일어났다.

"맞다냐! 알았다냐!"

"뭐가 말이죠?!"

갑자기 무슨 일이에요?!

우리가 놀라는 사이에 스스슥 화이트보드에 펜을 끄적이면서 이벤트 개최라는 깔끔한 글을 적었다.

"이러면 된다냐! 해주겠다냐! 미캉과 결판도 낼 수 있고 고양이공주 씨의 미련도 해소할 수 있다냐!"

아, 이거 위험해 보이는 패턴!

고양이공주 씨가 진심이 되면 일의 규모가 커진다. 뭐니 뭐니 해도 우리에게 압력을 걸고자 커다란 길드의 간부로 올라서기도 한 사람이니까.

"서, 선생님? 뭘 할 생각이죠?"

"유이 선생님의 미련은 뭘까~?"

조심조심 묻자, 선생님은 흥, 하고 얼굴을 젖혔다.

"고양이공주 씨는 언제나 너희들에게 휘둘리기만 했다냐!

마지막 정도는 고양이공주 씨가 너희를 끌어들여서 하고 싶은 걸 다 할 거다냐! 그 정도는 하지 않으면 은퇴할 수 없다냐!"

아, 이건 이미 늦었군요! 완전히 토라져 버렸어!

"바라던 바."

"바라던 바가 아니잖아, 미캉."

"그냥 마음대로 하게 해줄 수밖에 없겠네."

"목표가 있다면 그걸로 충분하다. 그럼 정해졌군."

화이트보드에 적힌 모두의 목표는 이렇다.

아코	저는 LA를 포기하지 않아요!
루시안	루시안을 완성시킨다!
	환생 레벨 100!
슈바인	모든 맵에서 스샷을 찍는다.
	레벨 업 과정을 모두 함께 찍고 싶다!
애플리코트	오프 모임 개최
	해야 할 오프 모임이 있다.
세테	묻고 싶은 게 있어!
	진지할 때 물어볼게~.
미캉	현대통신전자 유희부 전원에게 이긴다.
	남은 건 선배와 선생님.
고양이공주	이벤트 개최
	성대하게 모두에게 민폐를 끼쳐 주겠다냐!

"한 달 동안 하기에는 꽤 많네."

"일단 레벨을 올리면서 각자의 목표를 돕고, 할 수 있는 것부터 하자."

"누가 처음에 할 수 있을까. 준비도 포함하면……."

"이번 주말이다냐."

어? 라고 말을 꺼낸 건 누구였을까.

"이번 주말에 개최한다냐. 두고 보라냐. 고양이공주 씨의 진심을 보여주겠다냐."

냐~하하! 선생님은 그렇게 웃음을 터뜨렸다.

앨리 캣츠 마지막 활동 제1탄은 고양이공주 씨의 도전장이다.

††† ††† †††

로드스톤 큰길에 우뚝 솟은, 이미 랜드마크로 변한 유명 유저 하우스, 그 이름은 고양이공주 성.

평소에는 빛에 감싸여 있던 대형 홀은 어둠에 휩싸여서 수상한 분위기를 발하고 있었다.

◆아코 : 뭐가 진행되는 걸까요……?

◆슈바인 : 긴장 풀지 마.

◆루시안 : 무서운 사기가 느껴져…….

그곳에 우리가 완전 무장으로 모였다.

오늘은 고양이공주 씨의 미련에 도전하고자 여기에 모였다.

◆고양이공주 : 크크크……. 잘 왔다냐아…….

채팅과 동시에 불이 켜졌다.

홀 너머에 우뚝 솟은 계단 위에서, 천천히 내려오는 호화 드레스의 캐릭터.

◆고양이공주 : 이 성의 주인! 성천사! 고양이공주 님의 등장이다냐~!

빙글 돌면서 드레스 옷자락을 휘날리며 머리 위에 수많은 하트 마크를 띄운 고양이공주 씨가 무척이나 끝내주는 미소를 지었다.

◆아코 : 신이 났네요.

◆루시안 : 우와, 빡세.

◆슈바인 : 무슨 표정으로 저런 채팅을 치는 걸까?

◆애플리코트 : 몇 년 전까지는 학생이었던 거다. 어느 정도의 장난도 웃으며 용서해 주도록 하자.

◆세테 : 선생님 귀~여워~!

◆고양이공주 : 안의 사람을 향한 정신 공격은 그만두라냐아아아.

고양이공주 씨는 발바닥 젤리형 지팡이로 옥좌를 퐁퐁 두드렸다.

◆아코 : 맞아요! 안의 사람과 본체는 다르다고요!

◆루시안 : 아니, 보통은 안의 사람이 본체인데…….

아바타 쪽이 본체인 건 특수 사례라고.

◆미캉 : 그래서, 뭘 하나요?

◆고양이공주 : 그거다냥! 이번 기획을 설명하겠다냥!

그렇게 말한 고양이공주 씨가 지팡이를 휘두르자, 넓은 홀에 조명 불빛이 펑펑 터졌다.

언제나 이벤트 공간으로 사용되는 호화로운 홀에는 가구가 철거되었고, 대신 좌우 벽에 뭔가 이상한 게 보였다.

저건— 하얀 뼈를 조합해서 만든, 나선 계단인가?

◆루시안 : 어? 뭐야 이거? 뭔데?

◆슈바인 : 애슬레틱, 같은 거야?

◆고양이공주 : 그렇다냥! 오늘 너희들은 이 고양이공주 성을 무대로 한 어트랙션에 도전해야 한다냥!

춤추듯이 계단을 내려온 고양이공주 씨가 지팡이를 머리 위로 척 들었다.

◆고양이공주 : 장치가 가득 설치된 나선 계단을 올라가서 최상층의 외다리를 건너는 거다냥!

◆고양이공주 : 무사히 반대쪽 전망대에 도착하면 대승리! 시간 내에 아무도 도착하지 못하면 패배다냥!

카메라를 움직여 보자, 확실히 천장 근처에 뭔가 다리 같은 게 보인다.

가장 위까지 가서 저 좁은 다리를 건너는 건가. 과연, 애슬레틱 스테이지다.

◆고양이공주 : 이것이! 풍운! 고양이공주 성! 해골타기 게임이다냐!

고양이공주 씨가 냐~하하하! 하고 드높이 웃었다.

평소부터 우리 사정에 말려든 적이 많아서 그런지, 자신이 주도한 수수께끼의 이벤트를 개최하는 게 진심으로 즐거운 모양이다.

그때, 아코가 머리 위에 ? 마크를 표시했다.

◆아코 : 저기, 고양이공주 성인 건 알겠는데요. 풍운이라는 건……?

◆고양이공주 : 어, 모르는 건가냐?

고양이공주 씨가 한 발짝 물러서더니 거짓말이라는 표정으로 아코를 바라봤다.

◆슈바인 : 그거잖아? 어딘가의 도전장이라든가 그런 망겜이 있었잖아.

◆아코 : 아, 그거라면 알아요. 이런 게임을 진지하게 해서 어쩔 거냐, 그런 거죠?

◆애플리코트 : 고양이공주의 도전장이라는 건가.

◆고양이공주 : 가깝지만 그게 아니다냐아아아아아아아아.

고양이공주 씨는 세대 차이에 몸을 떨었다.

괘, 괜찮아요. 저는 아니까요!

◆루시안 : 고양이공주 씨와 다른 세대는 아니지만 저는 안다고요!

◆세테 : 나도 본 적은 없지만 들은 적은 있으니까! 괜찮아요 괜찮아요!

◆고양이공주 : 고양이공주 씨도 그 세대는 아니다냐! 그냥 기초 교양이다냐아아아!

툴툴 토라진 뒤, 고양이공주 씨는 세세한 룰 설명에 들어갔다.

전원 동시에 스타트해서 계단을 올라 다리를 건너 전망대로 들어가면 골인.

여러 장해물이나 방해 기믹이 있으니 노력해서 피해야 한다.

스킬이나 장비품 사용은 모두 자유.

정신 공격은 원한이 남지 않을 만큼.

◆고양이공주 : 자자, 스타트 지점에 나란히 서라냐!

홀 바깥쪽, 벽을 따라 설치된 해골 나선 계단에 나란히 섰다.

해골제라서 그런지 틈새나 구멍이 많이 뚫려있어서, 그냥 올라가면 OK인 건 아닌 모양이다.

이건 의외로 제대로 만든 코스일지도 모른다.

◆미캉 : 1위로 골인하면, 선배와 선생님한테 첫 승리.

옆에 나란히 선 미캉이 주먹을 움켜쥐는 감정표현과 함께 말했다.

그러게. 미캉의 미련은 나와 고양이공주 씨에게 이기는 것뿐이었다.

이것에 이기면 그녀는 기분 좋게 LA의 섭종을 맞이할 수 있겠지만—.

◆루시안 : 봐주지는 않을 거니까.

◆미캉 : 물론.

이 후배는 봐줘서 이기는 걸로는 절대 납득하지 않는다. 진지하게 싸워서 이기지 않으면 만족하지 않는 타입의 배틀 정키다.

분위기를 읽는다면 져줘야겠지만 여기서는 전력으로 가자. 미캉이 1년 전보다 얼마나 조작 기술을 올려왔는지 지켜봐 주자고.

◆고양이공주 : 그럼 풍운! 고양이공주 성! 레이스 스타트 다냐아아아아!

어딘가에서 지~잉! 하는 징 소리가 났다.

동시에 다섯 명이 함께 해골 계단을 올라가기 시작했다.

◆슈바인 : 분위기 띄우던 와중에 미안하지만, 1위는 이 몸이 가져간다!!

선두를 달리는 건 슈바인.

아무래도 이동 스킬이 많으니까 단거리를 대시하는 스킬이나 짧은 거리를 워프하는 스킬을 연타해서 사거리가 짧은 근접 캐릭터의 이점을 충분히 활용하고 있다.

◆애플리코트 : 스타트 대시부터 아끼지 않는가! 제법이로구나!

◆슈바인 : 핫하! 쿨타임마다 연타하면 이 몸에게 속도로 이길 녀석은 없다고!

두두두두, 실내인데도 흙먼지를 일으키며 달리는 슈.

낌새를 보지 않고 처음부터 전력으로 내달리는 건 예상 밖이었다. 아무 일도 없이 나아간다면 뿌리칠 수 있을지도 모르지만—. 정말로 이대로 갈 수 있을까?

그렇게 생각하면서 의기양양하게 선두를 달리는 슈바인에게 눈을 돌린, 그때.

그의 바로 옆쪽 벽에서 책상이 불쑥 튀어나왔다.

◆슈바인 : 어?

가느다란 뼈가 조합되어 만들어진 계단에는 물론 난간 같은 게 없다.

벽에 밀린 슈가 계단 밖으로 쭉 밀려 나갔다.

◆슈바인 : 뭐어어어어어어어?!

◆아코 : 슈～?!

◆루시안 : 아까운 사람을 잃었어…….

◆애플리코트 : 역시 함정이 있었나.

그야 그렇겠지. 그렇게 떨어지는 슈바인을 배웅했다.

저도 모르게 다리를 멈춘 우리 앞쪽 벽에서 책장이 불쑥불쑥 튀어나오고, 사라지듯이 돌아갔다가 다시 튀어나왔다.

◆루시안 : 이 수수께끼의 기믹은 뭐야…….

◆애플리코트 : 이렇게 꺼림칙하게 움직이는 가구는 들어

본 적이 없는데.

　◆아코 : 이 책장은 알고 있지만, 움직이는 기능은 없었을 거예요!

　무슨 일이 일어난 거지? 어떻게 해야 이런 장치를 만들 수 있는 거야?

　◆고양이공주 : 냣하하! 이건 가구를 틀어서 적절한 위치에 배치하면 미묘하게 어긋난 위치로 이동하는 걸 되풀이하는 사양을 이용한 장치다냐!

　무슨 루트를 이용한 건지, 고양이공주 씨가 공중의 발판에서 이쪽을 내려다보며 말했다.

　이 튀어나오는 책장은 또 묘한 테크닉을 구사해서 만든 건가!

　하지만, 위치가 어긋나는 사양……?

　◆애플리코트 : 그건 사양이라 불러도 되는 건가.

　◆아코 : 버그 아닌가요?

　◆루시안 : 버그겠지이.

　◆고양이공주 : 사전에 문의를 통해 버그 보고를 한 결과, 사양대로라는 해답이 돌아왔다냐!

　이렇게 위치가 어긋나는 게 사양이었냐고!

　이미 서비스 지속이 간당간당한 LA.

　이런 아무래도 좋은 버그는 고칠 생각이 없으니까 마음대로 하라는 대답이 나온 거구나!

　◆애플리코트 : 큭, 운영진의 보장까지 받았다면 어쩔 수

없지. 타이밍을 계산해서…….

◆애플리코트 : 우오오오오오오.

◆아코 : 마스터~!

책장의 움직임을 보고 돌입한 마스터가 사라진 직후에 튀어나온 책장에 밀려서 계단 밖으로 사라졌다.

◆고양이공주 : 타이밍? 물러터졌다냥! 너무 물러서 고양이의 몸에 안 좋을 것 같다냥!

◆고양이공주 : 이런 버그 기믹에 타이밍 같은 게 있을 리가 없다냥!

◆루시안 : 공략법 없는 거냐고! 그보다 사양이라는 전제는 어디 갔어!

보통은 책장이 사라진 순간 지나갈 수 있다거나, 그런 법이잖아!

버그가 났을 뿐이니까 사라지자마자 바로 나올 수도 있고, 반대로 한동안 나오지 않을 수도 있고, 룰이 엉망진창이잖아!

◆아코 : 위법 건축이잖아요!

◆고양이공주 : 안전성 양호! 다냥!

◆루시안 : 대체 어디가 양호해서 양호하다고 말하는 건데에에에!

물론 이후에도 수많은 무리 게임 존이 기다리고 있었다.

◆아코 : 물이에요! 계단에 물이 고여있어요!

◆루시안 : 게다가 아래를 향해 흐르고 있어! 들어가면 떨어져!

◆애플리코트 : 그럼 여기서 퍼펙트 블리자드! 얼리면 지나갈 수 있겠지!

◆고양이공주 : 유감이다냐! 그건 물과 함께 방어용 워터 골렘이 들어가 있다냐!

반응한 워터 골렘이 쾅! 하고 넉백 속성의 펀치를 날렸다.

◆애플리코트 : 우오오오오오.

◆아코 : 마스터! 애초에 가구의 물줄기는 스킬로는 얼지 않아요오오오!

물줄기의 근본에서 대시로 돌입해 떠밀리면서 억지로 넘어선 곳에는.

◆애플리코트 : 폭발 존이라고?! 지뢰 같은 걸 어떻게 설치했다는 거냐!

◆세테: 그럼 지뢰 탐지견 무땅! 미안해, 무땅을 선두에 세운다면!

◆고양이공주 : 자, 연쇄 폭발로 세테와 함께 퍼~엉이다냐!

◆세테 : 무따아아앙!

정말로 끔찍한 레이스였다. 공식이 도입한 애슬레틱 미니게임이었다면 민심이 불타버리지 않았을까 싶을 만큼 불합

리했다.

　그러나 이런 망겜도 하다 보면 조금은 즐거워지는 것이 게이머의 본성이다.

　정신이 들자 완전 랜덤이어야 하는 가구의 움직임도 어찌어찌 감으로 피할 수 있게 되었고, 계단 사이사이에 단이 빠져있는 곳도 몸이 기억해 버렸다.

　◆루시안 : 마침내 도착했어……. 이 기나긴 고양이공주 계단의 정상에…….

　◆고양이공주 : 이런 정신 나간 계단에 고양이공주 씨의 이름을 붙이지 말아 주라냐.

　◆루시안 : 누가 만들었는데요!

　자각이 있다는 게 더 악질이야!

　◆루시안 : 마지막의 마지막에, 벽 바깥에 있는 대포로 대폭발 같은 기믹을 설치하다니…… 그런 건 당연히 떨어지잖아요!

　◆고양이공주 : 냐냐! 처음 보는 기믹인데도 저스트 디펜스로 버텨낸 루시안에게 불평을 듣고 싶지는 않다냐! 어떻게 눈치챈 건가냐!

　◆루시안 : 한동안 기믹이 없었으니까 이쯤에서 뭔가 있을 것 같아서, 딸깍 소리가 들린 순간에 무의식적으로 버튼을 눌렀는데요.

　◆고양이공주 : 에에엑…….

기겁할 건 아니지 않나요.

기믹을 공략한 게 아니라 고양이공주 씨의 성격을 고려한, 이른바 심리 파악인데.

도착한 계단 정상에는 몇 개의 해골 다리가 뻗어있고, 홀 상공을 지나 전망대로 이어져 있다.

처음에 고양이공주 씨가 말한 대로, 이 다리를 지나면 클리어다.

◆고양이공주 : 냐후후. 지금부터가 진짜, 지옥의 해골타기다냐……

◆루시안 : 젠장, 처음부터 이 다리를 건너면 OK인 구조로 했으면 될 텐데.

◆고양이공주 : 흥이 났을 뿐이다냐.

후후후, 하고 웃은 뒤.

◆고양이공주 : ……그리고, 이런 높은 곳에서 몇 번이나 떨어지는 걸 무서워하는 아이도 있을 것 같아서.

◆루시안 : 그 배려를 다른 방향에 써주시죠!

에에잇, 이제 됐다. 아무튼 여기를 클리어하면 끝이다.

아직 후속이 따라잡으려면 시간이 걸리겠지. 신중하게 한 번에 클리어하면 내 승리다.

◆루시안 : 좋아. 앞을 보고 안전해 보이는 다리를.

잘 확인해 보려고 한 내 옆에서, 스르륵 나란히 선 작은 그림자.

◆미캉 : 여기가 승부의 갈림길.

◆루시안 : 그래, 섣불리 루트를 골랐다가는 한 방에 떨어지겠지.

그렇게 무심코 채팅에 답변했는데.

◆루시안 : 어?! 살아있었던 거냐, 미캉?!

미캉이 당연한 듯 같이 와 있었다!

틀림없이 폭파에 말려들어서 날아간 줄 알았는데, 내 뒤에 있었나?!

◆미캉 : 뒤쪽에서 지켜보고 있어서.

◆루시안 : 태연하게 선배를 실험체로 삼기는. 젠장.

왠지 조용하다 했는데 기척을 죽이고 숨어있었나!

바츠라든가 코로 씨가 할 법한 수법이다. 역시 이거 스승이 문제였던 게 아닐까?

◆루시안 : 아무튼, 제법이잖아. 미캉. 그래도 여기까지 왔으니 승리는 양보하지 않겠어.

풍운 고양이공주 성 레이스는 우연히 운 좋게, 그리고 고양이공주 씨의 심리 파악으로 도착한 나와.

◆미캉 : 모두의 희생, 헛되이 하지 않아요.

기믹이 작렬하는 걸 세심하게 지켜보고 잠복해서 때를 기다리던 미캉의 일대일 대결이다.

어느 의미로는 미캉이 바란 전개가 되었다. 내가 한심한 모습을 보일 수는 없다.

◆슈바인 : 이 몸이 날아가는 동안에 빠져나가기는……

◆세테 : 치~사~해~.

◆애플리코트 : 이 원한 풀지 않고 배길쏘냐……

◆루시안 : 뭔가 미끼가 된 동료들이 엄청 원망의 말을 하고 있는데.

아래쪽에서 들려오는 저주의 채팅을 본 미캉은 크게 끄덕였다.

◆미캉 : 모두의 마음이, 등을 밀어주고 있어요.

◆루시안 : 강철 멘탈이냐고.

◆아코 : 굉장하지만 동경하지는 못하겠어요.

그렇게 이야기하는 동안에도 떨어진 멤버가 다시 추격해 오고 있다. 특히 가차없이 쇼트 텔레포트를 연타하는 아코가 은근히 대단하다. 텔포하는 곳만 실수하지 않으면 기믹을 완전 무시하고 쫓아올 수 있을 테니까.

◆루시안 : 에에잇, 생각할 시간도 없어. 나는 이 빨간 다리를 고르겠어!

◆미캉 : 옆으로 갈게요.

딱히 근거 없이, 약간 빨갛게 물든 해골 다리를 건너기 시작했다.

미캉도 옆쪽 다리를 골라서 나란히 나아갔다.

평범하게 똑바로 나아가면 되겠지만, 지금까지의 여정보다 상당히 좁은 데다 2D 맵이라고는 해도 고지대에 있다는 게

전해진다. 상당한 긴장감이다.

게다가 이 다리는 제대로 만들어진 게 아니라서, 드문드문 크게 끊어져 있다.

◆루시안 : 잠깐, 이거 점프해야 하나요?!

◆고양이공주 : 물론이다냐! 애슬레틱이라면 점프! 렛츠 아슬아슬 점프다냐!

◆미캉 : 점프, 점프.

◆루시안 : 이쪽은 이쪽대로 평범하게 클리어하고 있고!

이런 후반에 단판 승부나 다름없는 점프를 매번 성공시켜야 한다는 무리한 상황에서도 태연하게 도전하는 미캉. 우리는 어째서 이렇게 배짱 두둑한 후배를 길러내고만 걸까.

아니, 이 녀석은 처음부터 이런 느낌이었다. 나는 안 길렀어.

그러나 조작 기술이라면 이쪽이 더 뛰어나다. 질 생각은 없어.

아슬아슬 점프는 밸런타인 이벤트에서도 실컷 했다. 이제 와서 떨어질 수는 없다.

얍얍얍, 타이밍 맞춰서 점프 버튼을 눌러 큰 구멍을 뛰어넘었다.

◆고양이공주 : 냐냐냐! 고양이공주 씨가 나름대로 어려울 거라고 생각한 점프 기믹을 두 사람 다 태연하게 넘어간다냐!

역시 채팅을 칠 여유가 없어진 우리를 대신해서 고양이공주 씨가 해설에 들어갔다.

나름대로, 라고 말한 만큼 타이밍은 상당히 빡빡하지만, 정말로 정말로 아슬아슬한 조작을 요구할 정도는 아니다. 고양이공주 씨의 따스한 인정이 엿보인다.

◆고양이공주 : 순식간에 최종 코스도 후반전이다냐! 두 사람 다 정확하게 점프하면서 나아가고 있다냐!

◆고양이공주 : 하지만 거의 논스톱인 루시안과 조금 어색한 미캉과의 차이가 벌어지고 있다냐! 이건 따라잡을 수 있을까?!

서로의 다리가 꺾이고 구부러지면서 거리가 줄어들었고, 나와 미캉의 차이를 확인할 수 있었다.

이쪽 다리는 커브를 돌파하면 거의 직선이지만, 미캉 쪽은 이후에 커브가 계속 이어진다. 시간이 더 걸릴 거다. 이건, 이겼다!

미안하네, 후타바. 아직 져줄 수는 없다고. 하하하!

그런 여유를, 아마 내다보고 있었겠지.

◆고양이공주 : 냐냐? 미캉이 트랩을 설치했다냐?

연속 커브 직전, 내 다리에 접근했을 때 미캉에게서 스킬 표시가 나왔다.

사용한 건 단순히 폭발하는 타입의 트랩 스킬, 마인 봄. 방어 무시에 고정 대미지를 주는 데다 단시간이지만 둔화도 시키는, 적에 따라서는 쓸만한 스킬이다.

그래도 쓰러뜨릴 상대 같은 건 없고, PvP가 아니니까 나에게는 안 맞는다. 애초에 설치한 건 미캉의 발밑이다.

　그렇다. 자기 발밑에 폭탄을―.

　아, 설마, 혹시, 그런 바보 같은 짓을.

　◆루시안 : 아니아니아니, 농담이지? 그건 무리라고.

　◆미캉 : 사부의 가르침. 1.

　딸깍. 미캉의 발밑에 있던 트랩이 기폭됐다.

　적이 없더라도, 설치한 본인은 트랩을 발동할 수 있으니까 당연히 마인 봄은 그 자리에서 폭발해 설치한 미캉을 크게 날려버렸다.

　◆미캉 : 자기 스킬은, 누구보다도 잘 이해할 것.

　점프로는 도저히 닿지 않는, 내 다리 방향으로.

　◆고양이공주 : 냐냐냐냐냐~! 미캉이 발밑 폭파로 대점프! 루시안의 다리로 뛰어올랐다냐!

　◆루시안 : 그 거리가 닿는다고?!

　◆미캉 : 트랩 마인 자폭은, PvP의 기본.

　◆루시안 : 본 적 없다고! 그건 길거리 공연이잖아!

　그런 용도를 알 수 없는 테크닉을 쓰는 게 빡겜러이기는 하지만!

　그러나 미캉은 숏컷을 써서 내 다리 앞쪽으로 넘어가긴 했지만, 둔화 효과도 확실하게 받았다. 스킬의 자폭에 의한 상태 이상은 디메리트가 무거워서 만능약으로도 해제할 수 없다.

그동안 추월하면 이제는 직선뿐. 나는 지지 않아!

◆고양이공주 : 고양이공주 씨에게도 예상 밖이었던 숏컷을 사용한 미캉!

◆고양이공주 : 그러나 이대로 가면 루시안이 추월해버린다냐! 자, 어떻게 되는가냐?!

좋은 걸 보기는 했지만, 잔기술보다는 기초적인 테크닉! 승부는 나의 승리다!

……채팅으로 말하려고 생각해 봤지만 패배 플래그 같으니까 그만두자.

이런 생각을 하는 것 자체가 플래그였던 기분이 든다.

◆미캉 : 사부의 가르침. 2.

내가 미캉을 추월하기 직전, 그녀가 그렇게 말하며 스킬을 사용했다.

또 마인 봄으로 날아가서 전진하는 건가 했는데, 스킬명이 달랐다.

이번에는 스네어 트랩. 헌터가 익히는 함정 계통 스킬로, 적의 이동을 일시적으로 막는 덫을 놓는다. 꼼수로도 쓸 수 있으니 물론 존재는 알 수 있었다.

◆고양이공주 : 여기서 발밑 스네어인가냐?! 서, 설마 그건!

그 스킬 사용을 본 나는 솔직히 말해서 의미를 알 수 없었다.

당연하지만 발을 묶는 스킬이 플레이어에게 맞지는 않는

다. 오히려 발밑에 트랩을 둔 미캉의 다리에 엮여서 움직임을 막을 뿐이다.

미캉은 그 자리에서 발을 멈췄지만, LA는 캐릭터가 부딪치는 시스템이 아니다. 평범하게 뚫고 지나갈 수 있다.

이걸로 나의 승리는 확정적으로 분명―.

◆미캉 : 이상한 사양은 이용할 수 있다.

◆루시안 : ……엥?

미캉의 위를, 그리고 미캉이 설치한 트랩 위를 지나려던 순간이다.

갑자기 내 루시안이 옆으로 틀어졌다.

틀어진 곳은 당연하게도 다리 너머였고, 순식간에 루시안이 낙하하려 했다.

그동안, 나는 주마등처럼 떠올렸다.

LA는 플레이어 위를 지나갈 수 있다.

그러나 같은 곳에 다수의 캐릭터가 존재할 수는 없으니까, 두 사람이 완전히 같은 위치에 있으면 간섭해서 쌍방의 위치가 틀어지는 사양이 있다.

그리고 다른 플레이어의 트랩에 걸리지는 않지만, 『걸리지 않는다』라는 확인을 하기 위해 몇 프레임만 그 좌표에 머무는 판정이 생긴다고 한다.

LA의 조금 잡다한 시스템에 그런 게 있었을 거다.

결과적으로 일어난 일은.

◆고양이공주 : 이건 스네어의 사양이다냐! 스네어에 걸린 플레이어의 위를 지나가려고 하면 위치가 조금 틀어지는 미묘한 시스템을 훌륭하게 이용했다냐아아아아아!

내 패인의 설명, 감사합니다 젠장!

그렇다고. 자기가 밑에 놓은 스네어에 걸리면 위를 지나가는 플레이어의 위치가 틀어진다고! 그런 걸 즉석에서 떠올리다니!

그렇게 미캉은 발밑에서 밀려나 떨어지는 나를, 무척이나 빨라진 채팅으로 말했다.

◆미캉 : 게임 지식은, 자신을 구한다. 선배의 가르침이에요.

◆루시안 : 참 잘 배웠구나 후배여어어어!

나는 패배 대사를 외치면서 낙하했다.

젠장. 안 쓰는 직업이라서 궁수의 스킬에 어떤 사양이 있는지 확실히 기억하지 않고 있었다. 이건 완패다.

◆미캉 : 이걸로, 골인.

그리고 그대로 미캉이 골인했다.

결국 따라잡지 못했던 멤버들은 넘어가고, 마지막에 패한 나에게는 전혀 불평할 수 없는 승리였다.

◆고양이공주 : 고양이공주 씨는 사실 마지막에 서로 발목을 잡아당겨서 아무도 골인하지 못할 거라 생각했다냐.

◆고양이공주 : 그런데 확실하게 상대방만 떨어뜨린 건 훌륭하다는 말밖에 할 수 없다냐!

공중 발판을 탁탁 이동한 고양이공주 씨가 층계참에 내려섰다.

◆고양이공주 : 인정해 주겠다냥. 이번에는 고양이공주 씨가 졌다냥.

미캉이 골인한 전망대로 넘어가기 위해 고양이공주 씨가 마지막으로 점프했다.

◆미캉 : 무르네요.

◆고양이공주 : 냣?!

그 눈앞에서, 얼음벽이 솟아올랐다.

고양이공주 씨는 벽에 막혀서 공중에 멈췄고, 관성이 끊어진 순간 주르륵 떨어졌다.

아래에서 보니 미캉의 장비가 바뀌어 있었다.

◆아코 : 얼음꽃의 삼각모자, 라고요……?!

◆세테 : 알고 있어? 아코?!

◆아코 : 장비할 때 한정으로 아이시클 월 레벨 1을 쓸 수 있는 머리 장비에요.

말하자면 연회용 개인기와 타인의 방해 정도 말고는 쓸 수 없는 개그 장비 중의 개그 장비다.

그러나 이 레이스에 한정해서는 터무니없이 유용한 장비다.

나와의 승부에서는 장비를 교체하고 스킬 일람에서 고를 시간이 없었겠지만, 이런 마지막의 마지막에 보여줄 줄이야.

◆미캉 : 사부의 가르침, 3.

표정을 움직여서 웃은 미캉이 말했다.

◆미캉 : 도발할 수 있는 녀석은, 전원 도발해라.

◆고양이공주 : 그런 걸 배우길 바라지는 않았다냐아아아.

고양이공주 씨까지 포함한 모두를 낙하시키고, 골인 지점에 있는 건 미캉 한 명.

◆루시안 : 과연, 이건 완전 승리네.

◆애플리코트 : 음. 패배를 인정하지 않을 수 없겠군.

◆미캉 : 브이.

정말로 터무니없는 걸 메인으로 배워버린 기분은 들지만, 나도 고양이공주 씨도 미캉의 지식과 마음가짐에 진 거다.

이건 순순히 찬사를 보낼 수밖에—. 아니, 그래도 바츠는 대체 내 후배에게 뭘 가르친 거야?

◆고양이공주 : 으그극이다냐……. 확실히 고양이공주 씨가 떨어진 건 예상 밖이다냐…….

◆미캉 : 씨익.

◆고양이공주 : 하지만, 하지만 말이다냐.

◆고양이공주 : 처참하게 패배한 성주가, 마지막에 할 일이 뭘 것 같은가냐……?

상공의 다리 아래, 즉, 로비로 떨어진 고양이공주 씨가 슬금슬금 성 입구로 이동하면서 말했다.

어, 아니. 잠깐잠깐.

◆루시안 : 설마 그런, 여기까지 와서 전부 엉망이라니.

◆미캉 : 치, 치사해.

◆고양이공주 : 마지막으로 가르쳐주겠다냐.

고양이공주 씨는 당당하게 로비에서 나갔다.

◆고양이공주 : 어른은! 치사한 법이다냐아아아아아아아.

대포의 폭발과는 비교도 안 되는, 커다란 폭발이 성 여기저기에 울려 퍼졌다.

로비 중앙에 서 있던 나의 머리 위에서 잔해가 쏟아졌고, 계단을 오르던 다른 일행들이, 그리고 골인 지점인 전망대에 있던 미캉이 위에서 떨어졌다.

◆고양이공주 : 냐~하하하! 고양이공주 씨에게 이기는 건 100년은 이르다냐아아아아아아!

◆아코 : 폭발 엔딩이라니 최악이에요오오오오오오.

"자신들한테 바로 패배하는 엔딩이라니, 말이 돼?"

3장

북부 노스엔드 지구에 우뚝 솟은 눈에 뒤덮인 하얀 산봉우리.

언제나 겨울인 그 산봉우리를 제패한 자는 절대영도의 산 꼭대기에 있는데도 얼지 않는 신전, 그 이름도 천상의 샘을 목격하게 된다.

그곳은 속세의 룰에서 벗어난 장소.

과거나 미래 어느 것과 연결되어 있다는 말이 전해진다.

◆애플리코트 : 이 신전에서 신과 다시 만나 두 번째 인생을 시작할 수 있는 거다.

로드스톤의 모임장에서 마스터가 해설에 들어갔다.

보너스 혜택으로 미캉도 간단히 레벨 업했다. 전원의 레벨이 100을 넘겼기에, 오늘 경사스럽게 환생에 도전하게 되었다.

◆애플리코트 : 이게 이른바 환생 시스템이다.

◆아코 : 강해져서 뉴 게임이네요!

◆애플리코트 : LA의 환생은 스테이터스 보너스, 스킬 보너스, 일부 스킬 파워 업 정도지만 말이지.

정도, 라고 말하지만 그 차이는 크다. 레벨로 따지면 10 정도는 올라갔다고 봐도 될 만큼 강해질 거다.

그러나 혜택에는 리스크가 있다.

레벨 1부터 재시작하는 건 물론이고, 레벨 업에 필요한 경험치는 두 배라고 해도 좋을 만큼 늘어난다.

우리가 급하게 환생하지 않았던 이유도 이거다. 레벨을 되돌리기에 필요한 시간이 너무 기니까.

섭종 전의 경험치 보너스 덕분에 이제는 신경 쓸 필요도 없지만.

◆아코 : 두 번째 인생……. 왠지 두근두근해요…….

◆애플리코트 : 강해져서 뉴 게임은 모든 게이머의 꿈이니까.

나에게는 기다리고 기다리던 순간이다. 두근거림이 멈추지 않는다.

◆애플리코트 : 자, 그럼. 시련의 산에 가본 적 있는 사람은?

◆슈바인 : 없네.

◆아코 : 잠깐 들어갔다가 적이 강해서 도망쳤던 기억이 있어요.

◆루시안 : 나도 같이 있었지. 조금 쓰러뜨렸지만 경험치가 전혀 안 들어왔어.

다행히 이 맵을 진행하는 다른 플레이어가 없는지, 눈앞의 적을 잡으면서 진행하자 큰 문제 없이 나아갈 수 있었다.

그리고 도착한 산 정상.

◆아코 : 구름 위의 신전! RPG라는 느낌이 드네요!

◆슈바인 : 스샷 찍자 스샷! 집합은 안 해도 되니까 근처에

있어!

지금까지 올라온 건 눈투성이 설산이었고, 삼림 한계 위인지 초목은 거의 없었다.

그러나 그 위에 있는 신전은 어째서인지 공중 정원처럼 풍부한 물이 흘렀다. 왜 안 어는 거야. 어떻게 된 건데?

◆루시안 : 여기부터는 적이 없나 보네.

◆애플리코트 : 지역이 마을로 되어있군. 만약 죽더라도 사망 페널티는 없을 거다.

◆미캉 : 세이프.

어떻게든 죽지 않고 도착한 미캉은 숨을 내쉬는 감정 표현을 했다.

아름다운 수로에서 구름 아래로 물이 흘러가는 장엄한 신전. 분수 옆을 지나 걸어가는 우리에게 부드러운 햇살이 쏟아졌다.

◆아코 : 이곳에서 환생하는 거네요……. 다음 생에서 기회를 얻는 걸 실행할 때가 마침내…….

◆루시안 : 아코는 걸었다. 다음 생에서 커뮤력 강자에 포지티브, 의욕 넘치는 인싸가 되는 것에 자신의 목숨을 걸었던 거다.

◆슈바인 : 아무리 그래도 요구가 너무 많지 않아? 그건 이 세계에서도 무리잖아.

◆아코 : 이세계 환생할 때는 함께 가요, 루시안.

◆루시안 : 동반자살 선언은 그만둬.

우선은 이쪽 세계에서 행복해지자고?

목적지는 어딜까 하고 맵을 보자, 안쪽에 있는 커다란 건물에 퀘스트 표시가 있다.

건물 내부에는 아름다운 여신상이 우뚝 솟아서 우리를 내려다보고 있다.

◆아코 : 본 적이 있어요! 처음 영상에 나온 거죠?!

◆애플리코트 : 오프닝에서 플레이어를 과거로 보낸 여신이군.

◆슈바인 : 흑막은 이런 곳에 있었구나!

신 악역설이 아직도 남아있어!

스토리를 끝까지 보지 않아서 모든 건 어둠 속에 있지만, 진상을 알고 싶기는 하네.

◆루시안 : 좋아. 말을 걸면 환생할 수 있는 것 같아. 이걸로 퀘스트 클리어인가?

아~. 두근두근하네. 줄곧 꿈이었다고. 환생하고 강해져서 뉴 게임 하는 거.

환생하면 보너스 포인트를 스테이터스에 투자하고, 바로 중급 사냥터에서 렙업을—

◆애플리코트 : 음? 루시안, 이후의 예습은 하지 않은 거냐?

◆루시안 : 어? 뭔가 있었던가?

여기서 퀘스트가 끝나는 건 기억하고 있으니까, 달리 갈 곳이 없다는 건 알고 있다.

그러나 그렇게까지 확실히 조사한 건 아니다.

◆슈바인 : 캑. 또 다음이 있어?

◆애플리코트 : 굳이 말할 것도 없겠지. 말을 걸어봐라.

마스터의 말에 맹렬하게 불길한 예감을 느끼면서, 여신상을 클릭.

말을 걸자 퀘스트가 진행되었다.

▶잘 돌아왔습니다— 나의 마지막 아이여—.◀

여신이 말한 거겠지. 글이 화면에 표시되었다.

▶당신은 이 전설의 시대에서— 하나의 도달점에 도달했습니다—.◀

▶그러나 자신의 한계를 넘어서는 것으로— 또 다른 미래로 향할 수도 있겠지요—.◀

▶자, 도전하십시오— 자기 자신을 꺾고— 새로운 가능성의 지평으로—.◀

화면이 어두워졌다.

다음에 표시된 건 지금까지 있던 신전이 아니라, 아무것도 없는 하얀색 공간.

◆슈바인 : 이 정신과 시간의 방 같은 곳은 뭐야?

◆아코 : 신이 환생을 시켜주는 공간 같네요.

◆루시안 : 말 그대로네!

실제로 지금부터 환생하니까.

그러나, 다음에 나타난 건 신이 아니었다.

푸슝, 하고 맵 이동 효과음이 들리더니 캐릭터 하나가 모습을 드러냈다.

나타난 건— 나?

◆아코 : 어……? 루시안, 인가요?

◆슈바인 : 너는 이쪽에 있잖아?

◆루시안 : 응. 나는 아니네. 나와 같은 외모의 무언가 같아.

루시안과 같은 모습을 한 캐릭터가 공격이 닿지 않는 거리에서 갑자기 나왔다.

게다가 SE가 연속으로 들리면서 아코, 슈, 마스터, 세테씨, 그리고 미캉과 똑같은 모습의 캐릭터가 펑펑 나왔다.

◆슈바인 : 이거 뭐야?! 우리가 있잖아!

◆애플리코트 : 이게 시련이다. 자신을 뛰어넘고 잠재 능력의 문을 여는, 환생 퀘스트의 최종 단계.

마스터가 여신인가 싶을 만큼 엄숙한 말투로 채팅을 쳤다.

과연. 지금부터 또 전투라는 건가.

◆슈바인 : 요컨대 도플갱어가 이 퀘스트의 보스라는 거네. 좋다 이거야.

◆미캉 : 바라던 바.

슈바인과 미캉, 자신에게 지는 걸 제일 싫어하는 두 사람이 의욕적이긴 한데.

◆아코 : 잠깐만요! 자신에게만큼은 이길 수 있을 것 같지

않은데요!

　◆루시안 : 크으. 이해해.

　같은 캐릭터와 매칭되는 건 불리한 나와 아코 부부는 이제 고전할 예감밖에 들지 않았다.

　이야~, 자신에게 이긴다! 같은 개념과는 상성이 안 좋단 말이지!

　◆루시안 : 하지만, 상대는 인간이 아니잖아?

　◆슈바인 : AI겠지. 살로 이루어진 이쪽이 질 리가 없어.

　◆애플리코트 : 음. NPC가 된 자신 따위는 잔챙이나 마찬가지!

　이게 레전더리 에이지에서 도전하는 마지막 퀘스트일지도 모른다.

　마음속의 두근두근을 천천히 가라앉힌 나는 크게 숨을 들이쉬었다.

　자, 승부다. 앨리 캣츠!

　◆루시안 : 간다! 일단은 어그로 모을게!!

　그렇게 말한 내가 앞으로 나선 순간.

　상대도 루시안이 선두로 돌진해 왔다!

　◆루시안 : 내가 한꺼번에 끌어올 테니까, 광역으로 단숨에…… 캑!

　광범위 어그로를 벌어서 타깃을 모으는 스킬을 썼지만, 딱히 효과가 발휘되지 않은 채 이펙트가 사라졌다.

어그로가 없는 타입인가!

◆루시안 : 타운트가 안 통해! 어그로를 전부 모으는 건 무리야!

도발 스킬을 무효화하는 특성은 적다. 적용되는 건 일부 보스 속성과 호위 타깃 속성, 그리고 플레이어 속성.

이건 아마 플레이어 속성이다. 플레이어에게 도발은 효과가 없다.

◆슈바인 : 너는 자기를 막고 있어! 배시가 없다면 지지는 않아!

서로 때리는 나와 루시안 옆을 빠져나온 슈가 전방으로 워프.

양손검을 허리춤까지 들고, 스킬 모션에 들어갔다.

그 머리 위에, ……라는 침묵 마크가.

스킬 실링! 적 아코가 스킬을 봉인했다!

◆슈바인 : 스킬이 안 나와! 잠깐, 아코 너 멀쩡하게 일하지 말라고!

◆아코 : 저쪽은 제가 아니에요! 바로 해제할게요!

◆세테 : 커버할게!

아코가 해제하려고 슈바인에게 다가갔다.

그 앞에 선 경장인 세테 씨에게, 실이 휘감겼다.

◆세테 : 어?

그대로 당겨진 세테 씨가 점점 적 쪽으로 끌려갔다.

◆아코 : 세테 씨~!

◆세테 : 이거 뭐야~!!!

끌려가는 동안에 화살이 연속해서 꽂혔다. 적 미캉이 저격하는 모양이다.

◆세테 : 아우아우아우!

◆아코 : 바로 구하러 갈게요!

◆슈바인 : 내 쪽이 가까워! 너는 뒤에!

◆애플리코트 : 안 돼. 전원 떨어져라!

굳어져 있던 슈, 아코, 세테 씨와 무땅의 머리 위에서 노타임으로 떨어지는 운석.

◆슈바인 : 마스터! 릴리스 타이밍 완벽하잖아!

◆애플리코트 : 내가 아니다! 저쪽의 나다!

쓸려가는 세 사람.

슈와 아코는 마법 한 방은 어떻게든 버틴 모양이지만.

◆세테 : 무리~!

가짜 미캉의 화살이 박혀있던 세테 씨는 멋들어지게 격침됐다. 큭, 소환사가 죽으면 단번에 인원이 불리해져!

◆루시안 : 이쪽은 연계도 가능하고 회복도 있어. 하나씩 쓰러뜨리면 가능할 텐데.

◆슈바인 : 알고 있어! 너는 절대 자기를 통과시키지 말라고!

◆루시안 : 미안해, 미안해.

도움이 안 돼서 미안해……!

◆애플리코트 : 성가신 나에게 딜을 집중하자!

◆아코 : 안 돼요. 도망치고 있어요!

다가가려 하자, 마스터는 아이스 볼트를 뿌리면서 거리를 벌렸다. 왜 AI 주제에 움직임이 세련된 거냐고!

그 와중에도 화살이 날아오고, 쭉 뻗어온 실이 이쪽을 구속하려고 움직였다.

◆슈바인 : 아아, 정말. 이 실 귀찮아!

◆미캉 : 이거, 뭔가요?

함정을 휘감는 실에서 도망친 후타바가 꺼림칙하다는 듯 채팅을 쳤다.

◆루시안 : 파우스트의 스킬이야! 거미 소환수 아라크네!

◆세테 : 에에엑?! 나는 무땅밖에 안 부르는데?!

오히려 펜리르 단독인 편이 더 특수하긴 하지!

세테 씨는 만능형 솔로 빌드지만, 저쪽은 지원형이겠지. 도플갱어인 주제에 본인의 복사는 아닌 모양이다.

그렇게 움직이는 사이, 설치되어 있던 덫이 적 마스터에게 히트.

◆슈바인 : 나이스 미캉! 가자!

◆미캉 : 노릴게요.

앞으로 나온 슈바인과 함께 미캉도 전진했다.

그 옆에서 마법을 노리는 마스터, 그 앞을 커버하듯 아코도 움직였다.

네 명이 애플리코트에 딜을 집중했고, 적 아코가 사용하는 엑스 힐도 뚫고 격침했다.

◆슈바인 : 한 명!

◆애플리코트 : 이걸로 반반이다. 이대로 숫자를 줄이면⋯⋯.

모인 아군 한가운데에, 휴용 하는 가벼운 SE와 함께 대검을 든 전사가 나타났다.

아, 이건 큰일 났다! 전원 스킬을 모두 쓴 이후야!

◆슈바인 : 나의 슈바인 님이 두 명으로! 뭐야 이거, 천국?!

◆루시안 : 도플갱어야!

슈의 옆에 플래시 블링크로 단거리 워프한 도플갱어가 검을 허리춤까지 내렸다.

아까 슈바인이 하려고 했던, 적 한가운데 램페!

◆슈바인 : 큰일!

◆애플리코트 : 아코, 스킬을.

◆아코 : 늦었어요!

유감이지만 이쪽의 아코는 순간적으로 반응해서 스킬을 막을 만큼 하이 스펙이 아니다.

붕붕 휘두르는 양손검이 아군의 HP를 단번에 깎아냈다.

◆슈바인 : 아아아, 즉사!

◆아코 : 슈~!

◆애플리코트 : 큭, 미안하다!

몇 번이나 교전했던 슈바인이 소드 램페이지에 맞아서 격침.

조금 후방에 있던 미캉은 어떻게든 피했고, 대미지는 컸지만 아직 살아있는 마스터와 아코가 거리를 벌리려고 물러섰다.

　　전원이 적 슈바인에게서 조금 거리를 두고 굳어져 있다.

　　—그렇다면 즉.

　　◆슈바인 : 그 위치는 안 돼! 더 떨어져!

　　자기 일이니까 바로 눈치챈 세가와의 목소리는 이미 늦었다.

　　즉시 용으로 모습을 바꾼 드래곤 나이트가 전면에 맹렬한 불을 뿜었다.

　　◆애플리코트 : 무리한 말을 하지 마라! 드래곤 브레스는 피할 수 없어!

　　◆아코 : 잘 구워졌습니다!

　　마스터와 아코, 미캉에 불타서 그 자리에 쓰러졌다.

　　그동안 나는 적 루시안과 맞부딪치면서 그럭저럭 HP를 깎아냈지만.

　　◆루시안 : 어라? 남은 건 나뿐?

　　◆이코 : 이겨주세요, 루시안……!

　　살아남은 적의 타깃이 이쪽으로 향했다.

　　마법이, 화살이, 검이, 방패가 전부 나에게 날아왔다.

　　◆루시안 : 이길 수 있겠냐!

　　나도 바로 무너졌고, 퀘스트 실패 표시가 화면에 크게 나왔다.

　　AI인 자신에게 패배할 리가 없는데!

이쪽은 제대로 조작하고 있는데!

◆아코 : 이야, 우리는 강적이었네요.

◆슈바인 : 기뻐하듯이 말하지 말라고!

◆슈바인 : 여기까지 와서 자신들한테 바로 패배하는 엔딩이라니, 말이 돼?

◆루시안 : 아니, 그냥 못 이겼네.

◆미캉 : 분해요.

◆세테 : 미캉, 레벨 내려가지 않았어?

◆미캉 : 사망 페널티, 안 붙었어요.

◆루시안 : 필드가 마을 맵 취급이니까 사망 페널티는 없는 건가.

◆애플리코트 : 몇 번이고 실패하면서 도전하는 게 전제인 것처럼 보이는군.

처음부터 패배하는 게 상정되어 있다는 건가.

역시 환생 퀘스트 최후의 벽. 만만하지 않네.

◆세테 : 으으. 내가 처음으로 당해버린 탓이네.

세테 씨가 미안해, 라며 넙죽 엎드리는 감정 표현을 켰다.

◆슈바인 : 그건 기습이잖아. 실로 잡아당길 줄은 몰랐으니까.

◆애플리코트 : 도플갱어가 본인과 다른 스킬을 쓴다는 건 비겁하잖나.

스킬 구성이 전혀 다를 줄은 몰랐다.

상대가 자신인 만큼 예상 밖의 일을 당하면 맞아버린다.

게다가 처음에 당한 게 세테 씨였을 뿐이고, 나도 자신을 억누르는 것 말고는 아무것도 하지 못했다.

메인 탱커가 타깃을 모으지 못했으니까 그야 다들 고전할 만하다.

◆루시안 : 어그로 개념이 없는 적이라서 때린 상대 말고는 타깃을 모으지 못했어. 도움이 안 돼서 미안.

◆슈바인 : 생각을 바꾸는 편이 좋을지도. 이건 유사한 대인전이야.

◆아코 : 스턴을 넣고, 저도 엑스뎀 넣을 테니까 한 명씩 쓰러뜨릴까요.

◆미캉 : 그럼, 스네어 뿌릴게요.

◆애플리코트 : 기본은 단일 딜로 공격한다. 어느 정도 유도할 수 있다면 광역으로 한꺼번에 태워버리는 것도 생각하자.

우리도 지금까지 놀았던 건 아니다.

아니, 놀기는 했지만, 제대로 진지하게 놀았다.

작전만 세우면 AI 제어 도플갱어 같은 것에 절대 지지는 않아!

대인전 장비를 창고에서 끄집어내고, 귀찮은 필드를 달려서 다시 신전으로 돌아왔다.

◆루시안 : 좋아, 리벤지 매치다!

◆아코 : 우리의 팀워크를 보여줘요!

오~! 그렇게 주먹을 들어 올리고 전투에 돌입했다.

저번과 마찬가지로 진형을 짜고 앞으로 나오는 도플갱어.

제일 성가신 건 아마 애플리코트다. 광역 마법도 단일 마법도 성가시기 그지없다.

◆루시안 : 내가 앞에서 마스터를 막을게!

◆슈바인 : 타이밍을 봐서 돌진할게.

공격을 받아내면서 앞으로 나온 루시안과 사이드에서 돌아 들어가는 슈바인.

뒤를 지키고자 무땅이 함께 앞으로 나왔고, 퇴로를 커버하듯이 미캉이 함정을 설치했다. 이쪽도 연계는 확실히 가능하다.

◆루시안 : 이런, 둔화 맞았어!

◆아코 : 해제 넣을게요.

가짜 애플리코트가 아이스 볼트로 둔화를 먹였지만, 즉시 아코가 리커버리를 넣어줬다.

덕분에 중앙을 돌파했다. 이제는, 이렇게!

◆루시안 : 스턴 들어갔어!

◆슈바인 : 좋아, 왔다~!

◆미캉 : 맞출게요.

블링크로 날아온 슈의 검과 미캉의 화살이 가짜 에플리코트에게 꽂힌, 직후.

스턴된 가짜 애플리코트의 몸에 실이 휘감기더니, 쭈욱

뒤로 끌려갔다.

　◆슈바인 : 도망쳤어?!

　◆아코 : 저런 사용법도 있나요?!

　◆애플리코트 : 피아 불문, 단시간 행동을 제한하고 자기에게 끌어들이는 스킬이다!

　◆세테 : 너무 편리하잖아〜!

그래서 이쪽 빌드가 많기는 하지!

　◆루시안 : 쿨타임은 있으니까 그렇게 연발할 수는 없을 텐데.

그래도 실드 배시와 그리 다르지 않은 정도로는 쓸 수 있다. 적당히 스턴을 넣어서는 쓰러뜨릴 수 없나.

게다가 상대의 움직임이 음흉하다.

어디까지나 원거리를 유지하며 이쪽의 체력을 깎으면서 지구전을 노리는 태세다.

　◆슈바인 : 이렇게 되면 어쩔 수 없어. 슈바인 님부터 퇴장시키자.

어느 정도 리스크는 감수했는지, 슈가 가짜 슈바인에게 돌격했다.

같은 모습의 상대에게 대검을 후려쳤다.

　◆슈바인 : 내 약점은! 방어력이라고!

게다가 마스터의 단발 마법과 미캉의 화살도 몇 발 명중했다.

좋아, 이걸로 한 명은—

◆슈바인 : 거짓말? 버텼어?!

안 죽었다! 가짜 슈바인은 건재해!

그뿐만 아니라, 반대로 맞부딪쳤던 슈의 HP가 팍팍 줄어들고 있어!

◆슈바인 : 무리이이이이.

◆루시안 : 나와 교대해! 일단 물러나!

◆아코 : 바로 회복할게요!

◆세테 : 콤보 노려볼게!

가짜 애플리코트를 억누르던 루시안이 서둘러 커버에 들어갔다.

다른 일행도 커버에 들어가서 엉망이 된 우리의 진형.

그 한가운데에 커다란 마법진이 나타났다.

익숙한 화속성 대광역 마법의 마법진. 그러나 이건 마스터가 아니다.

◆애플리코트 : 흩어져라!

◆아코 : 너무 제각각으로 도망치면 힐이.

◆슈바인 : 잠깐, 슈바인 님의 공격으로 히트 스톱이.

◆루시안 : 한 방은 버틸 테니까 내가 남아서 발을 묶을게!

릴리스! 가짜 애플리코트의 머리 위에 그런 스킬이 표시되었다.

아아…… . 그쪽도 릴리스 스펠을 쓸 수 있었지…… .

미티어 스트라이크의 영창 완료와 동시에 즉시 발동한 또 하나의 대광역 스킬.

게다가 세련되게도 반대 속성인 퍼펙트 블리자드.

◆루시안 : 이건 죽어. 두 방은 못 버텨.

◆슈바인 : 나는 미티어 시점에서 즉사야.

◆아코 : 도중에 회복을!

◆루시안 : 아, 다가오면.

◆아코 : 아우!

회복하려 했던 아코에게 실이 휘감겨서 광역 마법 안으로 끌려들어 갔다. 아아, 이쪽이 하려던 작전을 그대로 써먹고 있네.

그리고 아까 진짜가 했듯이, 돌진해서 미캉을 베려고 하는 가짜 슈바인. 내가 했던 것처럼 마스터를 몰아세우며 막는 가짜 루시안. 세테 씨는 계속해서 화살을 쏴대는 미캉에게 대응책이 없었고—

우리는 무사히 전멸했다.

◆슈바인 : 못 이기겠는데! 나 주제에 평범하게 단단하고!

◆아코 : 저인데도 회복 강한데요!

◆미캉 : 함정이 아니라 화살이 강함.

◆세테 : 새삼스럽지만 애완동물이 다른 거 이상해!

◆애플리코트 : <u>으으음.</u>

한 번 모임장으로 귀환해서 작전회의에 들어갔다.

아무리 그래도 이건 예상과 너무 다르다. 그저 자신과 싸우는 느낌이 아니다.

◆루시안 : 어차피 AI니까 대충 하면 이길 수 있다는 발상은 버리지 않으면 안 될지도.

◆애플리코트 : 이판사판 도전해봤자 이길 수 없는 건 확실하겠지.

◆슈바인 : AI 조작이 저렇게나 강하네.

◆루시안 : 최근의 AI는 사실 강하단 말이지.

AI 제어 NPC한테 지다니, 같은 생각을 해버리기 쉽지만, 얕볼 수 있는 건 아니다.

예를 들어 액션 게임의 CPU는 최강 설정으로 해두면 인간으로는 불가능한 초반응으로 반격하니까, 한정적인 상황이라면 인간보다 강한 경우도 일반적이다.

이번에도 폐쇄 공간에서의 대인 전투니까 의외로 CPU에게 유리한 조건이다.

◆세테 : 그렇다고 이렇게나 질까?

◆미캉 : 연습은, 하고 있는데요.

◆루시안 : 애초에 그 녀석들 뭐냐고. 같은 직업이기만 한 다른 캐릭터인가?

◆아코 : 그런 것 같아요.

패배한 이유를 생각하기 전에, 어떤 사양의 퀘스트인지 좀처럼 알 수가 없다.

이쪽을 파악하지 않으면 전략이ー. 그렇게 생각하던 와중, 입점하는 가벼운 SE가 들렸다.

모임장으로 쓰는 가게로 들어온 건 경장 플레이어 한 명.

◆고양이공주 : 냐? 다들 아직 전생하지 않은 건가냐?

복장이 평소와 다른, 노비스 디폴트 복장인 고양이공주 씨.

보통 쓸데없이 하늘하늘한 복장을 입고 있으니까 꽤 위화감이 있다.

◆아코 : 고양이공주 씨. 벌써 환생한 건가요.

◆고양이공주 : 냐. 들어오는 게 늦어지니까, 같이 올릴 수 있게 먼저 환생해놨다냐.

◆세테 : 그렇다면!

◆미캉 : 퀘스트, 클리어했음?

◆애플리코트 : 지도를 부탁하고 싶다!

◆슈바인 : 선생님 공략법!

◆루시안 : 어서어서.

◆고양이공주 : 냐아아아아아악?!

††† ††† †††

◆고양이공주 : 이 퀘스트는 캐릭터 육성에 필요한데 난이도가 높다고 해서 운영진이 설명을 했었다냐.

노비스 복장에서 갈아입어서 지적인 정장 같은 복장에 안

경을 쓰고 위치를 슥 고친 고양이공주 씨가 말했다.

　◆고양이공주 : 그에 따르면, 보스로 싸우는 도플갱어는 각자 직업에 따라

　◆고양이공주 : 운영진이 상정한 노멀한 육성을 한 캐릭터가 되어있다냐.

　노멀한 육성. 즉, 추천 빌드라는 건가.

　◆아코 : 정석 캐릭터가 되어버렸네요.

　◆슈바인 : 운영진이 정답을 정하다니, 어떻게 된 거야.

　◆고양이공주 : 어디까지나 하나의 예시고, 그것만이 정답인 건 아니다냐.

　아무튼, 하고 냐아냐아 말하고는.

　◆고양이공주 : 상대는 우수한 스킬과 적절한 스탯 투자, 어느 정도 괜찮은 장비를 갖춘 도플이다냐.

　◆고양이공주 : 정면에서 싸우면 그럭저럭 강할지도 모른다냐.

　◆세테 : 어, 그래도 그래도, 파우스트는 거미를 애완동물로 쓰는 게 추천이야?

　세테 씨가 무땅을 쓰다듬으며 고개를 갸웃했다.

　◆세테 : 거미는 솔로로는 싸우기 힘들잖아?

　◆루시안 : 그럴 텐데.

　서머너 육성에 관해 세테 씨와 검토했을 때 그런 이야기를 한 적이 있다.

거미 빌드는 인기는 있어도 어디까지나 파티용. 솔로 전문이라면 딜로 봐도 내구로 봐도 펜리르에게 뒤떨어진다.

◆고양이공주 : 좋은 질문이다냥! 그야말로 거기가 문제다냥!

저렙용의 심플한 지팡이로 바닥을 두드린 고양이공주 씨가 고개를 끄덕였다.

◆고양이공주 : 놀랍게도 그 퀘스트는 어떤 편성으로 도전하느냐에 따라 나오는 적이 크게 달라지게 되어있다냥!

과, 연?

그야 나와 같은 직업의 적을 쓰러뜨려야 하니까, 편성은 달라지겠지만.

◆루시안 : 적이 이쪽과 같은 편성이 되는…… 그 정도의 이야기는 아닌 것 같네

◆고양이공주 : 물론이다냥! 운영진이 준비한 환생 퀘스트는 그렇게 어설프지 않다냥!

어째서인지 고양이공주 씨가 자랑스러워하고 있다.

씨익 웃으며 가슴을 펴고, 이게 포인트! 라고 채팅을 쳤다.

◆고양이공주 : 환생 퀘스트 『전설의 시간으로』의 적 도플갱어는 상대 편성에 맞춰서 자유자재로 스킬이나 스테이터스, 편성이 달라진다냥!

편성에 맞춰서 달라진, 다고?

스킬, 스테이터스, 장비라니— 직업 말고는 전부잖아!

◆세테 : 달라진다는 건 얼마나 변하는데?

◆고양이공주 : 완전히 달라진다냐. 예를 들어 세테가 솔로로 도전하면 SAD 펜리르형 메피, 파티로 도전하면 IVD 거미형 메피가 적이 된다냐.

◆세테 : 전혀 달라!

◆고양이공주 : 물론 장비도 그에 맞춰서 조정된다냐.

◆슈바인 : 우와, 귀찮아!

◆루시안 : 나는 솔로라면 SAD 창딜형, 파티로 도전하면 VSD 탱커형일까요.

◆고양이공주 : 그런 느낌이다냐. 솔로로 도전하면 솔로에, 파티로 도전하면 파티에 따라 적절하게 육성된 정석 캐릭터가 공격해 온다냐.

◆아코 : 즉, 저희가 싸운 건…….

◆고양이공주 : 이상적인 정석 구축의 파티다냐.

◆슈바인 : 그야 당연히 강하겠네.

◆애플리코트 : 음…… 성가시군…….

힐력이 떨어지는 아코와 그녀를 커버하기 위해 지나치게 단단해진 나.

그런 내가 적을 끌어들이니까, 안전하게 때릴 수 있는 슈는 딜에 특화되었다.

그리고 나중에 들어온 세테 씨는 솔로형 만능 타입이고, 미캉은 본인의 기질에 맞춰 절반은 대인전 빌드.

우리의 파티로서의 완성도는, 정석이 모인 파티보다는 당연히 뒤떨어진다.

◆애플리코트 : 나는 완성형이라 뒤떨어지는 점은 없다고 생각한다만.

◆슈바인 : 도플갱어는 돈이 들지 않는 게 우수하잖아.

◆애플리코트 : 그건 우수한 점인가……?

마스터는 평범하게 도플갱어보다는 강하겠지.

우리가 발목을 잡고 있네요.

◆아코 : 저기, 그럼 저희는 클리어할 수 없는 건가요?

◆슈바인 : 맞아. 정석 캐릭터 말고는 환생이 무리라는 거야?

◆고양이공주 : 그렇지는 않다냥.

고양이공주 씨는 아니라면서 고개를 내저었다.

◆고양이공주 : 솔로일 때는 비교적 약한 설정이 되어있어서 자신의 특기 부분을 밀어붙이면 이길 수 있다냥.

◆고양이공주 : 상대는 포션을 별로 쓰지 않으니까 포션을 연타하는 방법도 있다냥.

◆아코 : 흠흠.

◆슈바인 : 난 정면에서 맞붙어서 정석 드나한테 이길 수 있을 것 같지 않은데.

◆루시안 : 움직임은 AI잖아? 광역 대스킬을 블링크로 피하면서 싸우면?

◆슈바인 : 아~, 그러게.

◆아코 : 저는 어떻게 이겨야……. 평범하게 성속성 공격

마법으로 정화되는 게…….

◆루시안 : 스킬 봉인을 유지하면서 계속 때리면 아마 여유롭게 이기지 않을까.

◆아코 : 아, 실링은 통하는 거네요.

◆고양이공주 : 이쪽은 봉인 내성 장비를 준비할 수 있지만, 상대는 평범한 장비니 말이다냐.

스테이터스가 평균적이니까 평타를 때려도 강한 게 아코다. 오히려 여유로울지도.

◆슈바인 : 나나코는 일대일이라면 러시를 걸어서 쓰러뜨릴 수 있잖아.

◆세테 : 피하지 않는다면 괜찮을지도?

내구력을 생각하면, 하울링 러시가 통한다면 아마 잡을 수 있다. 싸움의 흐름에 따라 안 통할 가능성도 있지만, 그래도 끝장낼 때까지 마라톤하면 이기겠지.

◆루시안 : 마스터는 물론 이길 수 있겠고, 미캉은…….

◆미캉 : 자신에게는, 안 져요.

그야 그런가. 바츠에게 훈련받은 미캉이 일대일에서 AI에게 진다고는 생각할 수 없다. 아까도 함정으로 한 명 잡았으니까.

◆루시안 : 과연, 상황은 알았어. 즉, 각자 솔로로 도전해서 클리어한 뒤에 합류해서 전생하면 되는 건가.

그렇게 간단한 해결책을 말해보긴 했지만.

◆루시안 : ……이걸로, 되겠어?

전혀 와닿지 않는다.

이 선택지. 패배한 느낌밖에 안 들잖아.

◆슈바인 : 운영진의 도전장, 패한 채로 마지막이라니, 말이지?

◆세테 : 우리가 못난 파티 같잖아!

◆애플리코트 : 음. 최고의 길드인 우리가 운영진의 예상을 뛰어넘지 못한다니, 있을 수 없지.

정석보다 완성도가 낮더라도, 물론 약한 건 아니다. 지금까지 모두 함께 해왔는데 파티로는 어찌할 수 없다고 솔로로 한다는 건 납득할 수 없다.

◆애플리코트 : 일단 제안하겠는데, 완포나 물방울까지는 아니더라도 포션을 난타하면 바로 이길 수 있을 것 같다만.

◆루시안 : 그쪽은 포션 수에 제한이 있잖아? 연타하면 질 것 같지는 않네.

◆슈바인 : 상대가 인간이라면 몰라도, NPC 상대로 물량 작전이라니 분하잖아. 오히려 이쪽은 포션을 제약해도 될 정도 아니야?

우리는 보통 이기기만 하면 된다고 생각하는 경우가 많지만, 환생 전의 중요 퀘스트, 그것도 운영진의 도전장이라는 말을 들으면 정면에서 돌파하고 싶어진단 말이지.

이것저것 제약할 생각은 없지만, 상대 파티와 같은 조건에서 이기고 싶다. 그 정도라면 어떻게든 될 거다.

◆아코 : 그러게요. 마지막의 마지막에 함께여서는 못 이기니까 솔로로 끝낸다든가, 아이템을 잔뜩 써서 억지로 이기는 건, 좀 싫잖아요.

아코도 의욕이 담긴 표정으로 수긍했다.

이게 모두 함께 도전하는, 레전더리 에이지가 주는 최후의 퀘스트.

지금까지 육성해온 애착 있는 캐릭터가, 정말로 강하게 육성된 건지 증명하는 퀘스트인 거다.

그래. 이제 마지막이니까—.

◆세테 : ……아코. 지금 마지막의 마지막이라고 말하지 않았어?

◆아코 : 어.

입을 바로 막는 동작을 안 아코가 고개를 붕붕 내저었다.

◆아코 : 말하지 않았어요. 저의 로그에는 아무것도 없어요.

◆슈바인 : 너 클라이언트 망가졌어.

◆세테 : 망가졌으니까 이 이상은 운영하지 못하잖아.

◆아코 : 망가지지 않았어요! 아직 계속할 수 있을 거예요!

모두의 이야기를 듣는 사이, 아코도 받아들이고 있는 걸지도 모른다.

이 게임은 이제 곧 끝난다고. 할 수 있는 일을 하지 않으면 후회가 남을 거라고.

좋아. 모두의 마음은 하나다.

◆루시안 : 하자! 마지막은 전원이, 자신에게 이기는 거야!

◆슈바인 : 우리가 최고의 파티라는 걸 증명하자!

◆애플리코트 : 우리가 정석 캐릭터 따위에게 지는 건 있을 수 없지!

◆세테 : 우정 파워를 보여주자~!

오오! 하고 주먹을 들어올렸다.

마지막의 마지막에 보람있는 퀘스트를 준비해줘서 오히려 감사하고 싶다.

반드시 쓰러뜨려 주겠어, 가짜 앨리 캣츠 녀석.

그런 우리에게, 고양이공주 씨가 나지막하게 말했다.

◆고양이공주 : 먼저 클리어한 건 실패였던 것 같다냐…….

고양이공주 씨가 있었다면 밀어붙여서 클리어했을지도 모르니까! 지켜봐 주세요!

―그렇게 도전해서 벌써 10회.

◆애플리코트 : 큭, 커버로 릴리스를 쓴다! 스타라이를 벽으로 써서 물러나라!

◆아코 : 어디에 쐈나요?! 뒤인가요?!

◆세테 : 아코 쪽에서 오른쪽! 함께 물러나자!

◆미캉 : 죽었어요.

◆아코 : 아아앗, 죄송해요. 회복이 안 닿아서!

◆미캉 : 저의, 실수예요.

아코의 힐링 서클 범위 밖에서 활을 쏘던 미캉이 대마법 바깥쪽에서 접근한 슈바인에게 격추당했다.

잡을 수 있는 상대는 확실하게 잡는 AI의 견실한 사고가 빛난다.

◆아코 : 소생 쓸테니까 영창 시간 주세요!

◆슈바인 : 미안, 타격전 들어갔어! 소생 중에 내가 죽어!

◆루시안 : 일단 오버실 쓸게. 거리를 벌려줘!

가짜 슈바인을 날려버리고 리셋하려고 앞으로 나온 루시안에게 아라크네의 실이 빙글 휘감겨서 끌려간다!

◆루시안 : 그거 치사하잖아! 그만둬~!

◆세테 : 잠깐만, 조금만 더 있으면 내가 잡을 수 있으니까!

하울링 러시를 건 세테 씨가 가짜 세테 씨를 잡으려고 했지만, 아라크네는 본체를 무시하고 이쪽에 공격을 이어갔다.

◆애플리코트 : 몸을 버리고 연계라고……?! AI가 인간보다도 인간답다는 거냐?!

◆슈바인 : 계산뿐인 상대에게 질 수 있겠냐고! 이렇게 되면 내가……. 아, 미안, 그냥 죽었어.

◆아코 : 가짜 미캉의 딜 너무 세요! 슈의 회복이 따라갈 수 없어요!

◆애플리코트 : 인원차가 생겼다. 아코를 지키면서 재정비를끄흑.

◆루시안 : 마스터!

마스터가 쓰러지고, 전위인 나와 슈바인이 빠진 앨리 캣츠에게 승산은 없었다.

오늘도 패배하고 도전이 끝났다.

미안, 솔직히 말해서 은근히 평범하게 이길 수 있다고 생각했습니다. 환생이 완전한 엔드 콘텐츠라는 인식이 부족했다.

몇 번이나 도전을 거듭했지만, 여전히 패배하고 있다는 게 우리의 현실이었다.

††† ††† †††

여기저기에서 스샷을 찍거나, 다른 길드와 교류하거나, 딱히 의미도 없이 모임장에서 빈둥빈둥하는 등 바빴으니까 계속 도전하고만 있던 건 아니거든?

그래도 계속 패배하면서 시간이 흘러, 점점 봄방학도 다가왔다.

벗어날 수 없는 종말이 다가오는 압박감이 사라지지 않은 채, 우리는 매일을 보내고 있었다.

"아까운 싸움을 하고 있기는 하지만…… 왠지 못 이기고 있네."

부활동을 마치고 귀가 중, 내가 나지막하게 중얼거리자 아코가 태평하게 대답했다.

"약간의 행운이 따라준다면 이길 수 있겠죠?"

"우연히 잘 맞는 경우가 3연속 정도 나오면 될지도 몰라."

정말 딱 들어맞으면 역전할 수 있는 난이도라고 생각한다. 굳이 따지자면 지금까지 우리는 운이 없었던 거다.

그러나 문제는.

"우연히 이기고 싶은 건 아니라는 거지."

"그렇다니까요."

내 옆에서 보폭을 맞춘 아코가 몇 번이고 고개를 가로저었다.

"가짜보다 우리가 더 강하다는 걸 증명하고 싶으니까요!"

"압승까지는 아니더라도, 이제 다 읽었다! 같은 화려한 승리를 노리고 싶단 말이야~."

애초에 이길 수 없는 상태에서 무슨 소리를 하는 거냐 싶기는 하지만, 몇 번이나 지다 보니 오히려 승리 방식에 집착해 버리는 현상이 아닐까? 나는 있을 법하다고 생각하는데.

"장비가 좀 더 좋았다면."

"찾고는 있지만……."

우리가 사용하는 장비는 조금 떨어지는 대인전 장비라 그렇게 강하지는 않다.

장비를 튼실하게 갖추면 상대하기 쉽기는 하겠는데.

"찾아도 비싸니까요."

"가격이 안 내려가는 건 예상 밖이었어……."

섭종에 맞춰 장비 가격이 내려가기는 했지만, 모든 게 폭락한 건 아니었다.

마지막의 마지막에 대인전을 하고 싶다거나, 지금까지 모아두었던 돈을 써버리는 사람도 있어서 일부 아이템에 수요가 집중되었다.

가게 판매가 해금되지 않은 보스 대책 장비나 대인전 장비는 오히려 가격이 올라간 것조차 있다.

사냥 특화 장비는 폭락된 가격으로 팔리지만.

"세련된 장비는 잔뜩 샀는데 말이죠~."

"거기에 쓴 돈이 있다면 비싼 대인전 장비도 살 수 있지 않았을까. 밥은 의아해했다."

"LA는 아직 이어질 테니까 비쌀 때는 사지 않아도 돼요."

아코는 「쇼핑 잘하죠~!」라면서 기쁜 듯이 말했다.

아코가 그래도 괜찮다면 상관없지만.

"그래도 추억을 만들기 위해, 기왕 산 의상으로 스샷을 찍어둬야겠지."

"아, 네. 그건 슈하고 매일 여기저기서 하고 있어요."

"나도 끌려다니고 있어……."

세가와와 함께 나의 루시안도 여기저기서 스샷을 찍고 있다.

각 멤버의 촬영 예정을 멋대로 집어넣고 있는 상태다.

아, 그리고. 봄방학 전에 움직여야 하는 게 또 있었다.

"마스터가 슬슬 오프 모임 회의를 한다던데."

"그것도 있었죠!"

이제 와서 오프냐는 생각도 들지만, 마스터가 하는 거라면 뭔가 이유가 있을 거다.

오히려 이유가 없어도 참가하겠지만!

"봄방학 전에는 입시 학원도 가야 하니까. 타이밍은 상담해야겠지."

"엑."

평범한 대화 흐름이었는데, 아코가 갑자기 굳어졌다. 왜 그래 왜 그래?

"그 반응은 대체 뭐야? 이상한 말이라도 했나?"

"무서운 단어가 들린 것 같아서……. 입시, 학원……?"

"이제 수험생이니까 공부해야지. 입시 학원 견학 가는 겸 주말 체험 수업에도 갈 거야."

잘 가르친다 싶은 강사가 있다면 본격적으로 다녀보자는 체험회다.

마음에 들면 봄방학에 진행되는 본격적인 강습도 신청할 수 있다고 한다.

마스터도 작년에는 몇 군데 받았다고 하고, 세가와는 정기적으로 다닐 예정이라나?

"어느 날 갑자기 다니기 시작하는 것보다 수업을 한 번 받아보고 정하는 게 좋잖아."

"루시안은 제대로 생각하고 있네요……. 으으, 그래도 굳이 공부를 위해 멀리 나가는 건 힘드니까……. 저는 집을 지킬게요…….”

“아코도 갈 건데.”

“후엣?”

후엣, 이 아닙니다. 그런 귀여운 얼굴로 이쪽을 봐도 안 됩니다.

“내가 입시 학원에 가는데 아코가 안 갈 수는 없잖아. 당연히 같이 가야지.”

“아뇨아뇨, 하나도 신청하지 않았는데요.”

“했거든.”

아코의 어머니가.

“딱히 준비도 안 했고요.”

“준비도 했거든.”

아코의 어머니가.

“어째서인가요?! 어째서 본인이 모르는 사이 이야기가 진행된 건가요?!”

“서로의 부모님을 만나게 한 건 아코에게도 리스크였다는 뜻이야…….”

“설마 엄마와 아빠가!”

“양쪽 부모님이 결탁해서 둘이 함께 강습에 꽂아 넣었다고!”

결정 사항이라고 들었기에 어찌할 도리가 없었다. 게다가 조금 수업도 추가했다.

“배신한 건가요, 엄마…….”

"그래도 아코의 어머니한테서 『입시 학원에서 돌아오는 데이트는 하교 데이트와는 또 다른 맛이 있으니까 안 하면 손해』라는 어드바이스가 있던데."

"그건 조금 매력적이지만요!"

좌우로 시선을 움직이던 아코는 조심조심 나와 눈을 마주쳤다.

"참고로 그 체험은 몇 시 정도에 끝나나요?"

"아침부터 시작해서, 1시부터는 자유야."

"그 정도라면…… 입시 학원 데이트를 위해 참을 수도…… 으으으……."

"그 아코가 입시 학원을 조금 받아들이다니 대단하네."

역시 어머니. 아코를 움직이는 법을 잘 알고 계신다.

"밤에는 도플갱어에게 도전하고, 빈 시간에 스샷도 찍고, 오프 모임도 하고, 덤으로 입시 학원도 다니고, 바쁜 봄방학이네요~."

"섭종이 다가오면 전용 이벤트도 있고, 마지막까지 즐겨야겠지."

솔직히 말해서 LA가 섭종하는데 입시 학원 같은 데 갈 때냐고! 같은 생각은 있다. 그 마음은 부정할 수 없다.

그러나 내가 수험에 도전할 때 『LA에 시간을 쓰지 말고 공부할 걸 그랬어……』라며 후회하는 건 절대로 싫다. 실패 이유를 LA로 돌리고 싶지 않다.

가슴을 펴고 서비스 종료를 맞이하기 위해서라도 할 일은 한다. 그렇게 생각하게 된 것도 조금은 미련이 줄어들었기 때문일지도 모른다.

"그래도 말이지. 우리의 미련에만 도전하고 있는데…….
아코는 괜찮아?"

나와의 결혼 생활이라고 말했지만. 그것 말고도 하고 싶은 게 있다면 어울려 줄 텐데.

"LA는 끝나지 않으니까, 저는 느긋하게 해도 돼요."

내게서 시선을 돌리고 정면을 바라본 아코가 평탄한 목소리로 말했다.

"그래도 괜찮아. 하지만 만약 끝난다면, 그렇게 생각했을 때 떠오르는 게 있다면 말해줘. 우리는 언제든 함께 갈 테니까."

"다정하게 대해주면 반대로 꺾일 것 같으니까 그만둬주세요오."

"언제든 꺾여도 된다고."

울상인 아코의 머리를 쓰다듬으면서 나도 앞길로 고개를 돌렸다.

레전더리 에이지가 끝난다.

새 학기나, 수험도 본격적으로 다가오고 있다.

우리 앞에는 새로운 길이 이어지고 있다. 바라든, 바라지 않든 간에.

억지로 밀어붙일 수는 없지만, 모두에게 이끌려서 천천히 받아들이게 된 아코도 새로운 길을 골라준다면 좋을 것 같다.

납득할지는 몰라도, 나에게는 끝이 다가오고 있으니까.

환생 퀘스트만 클리어한다면—.

아니, 그걸 못하고 있기는 하지만!

4장

"자기소개를 부탁해 볼까요"

◆애플리코트 : 차라리 나의 자금으로 전원의 장비를 제련하면 이길 수 있지 않을까.

◆아코 : 괜찮나요!

◆루시안 : 안 되니까 받아들이지 맙시다.

마스터의 자포자기 같은 제안을 아코가 받아들이려고 한 걸로 알 수 있듯이, 오늘도 무사히 패배. 신전까지 가는 건 생각보다 귀찮아서 그렇게 몇 번이고 몇 번이고 도전할 기력이 나지 않는다.

◆아코 : 너무 지니까 슬슬 응석을 부려보고 싶어져서…….

◆루시안 : 냉정해져. 그런 마개조 아코가 이긴다고 해서 정말로 이겼다고 할 수 있겠냐고!

◆애플리코트 : 으으음. 우리가 바라는 승리는 아닌가.

조금 더 렙업하는 건 물론 괜찮겠지만, 아무리 그래도 마스터의 강화 수술로 이기면 의미가 없잖아. 그럴 거면 포션을 마구 마시자고.

◆루시안 : 뭐, 오늘의 본론은 그쪽이 아니지만.

◆애플리코트 : 음. 오프 모임에 관해 검토하고 싶다.

오늘의 도전 실패 후, 나와 아코, 마스터만이 모임장에 남은 건 오프 모임에 관해 상담하기 위해서다.

미캉은 추가 렙업, 세테 씨와 슈는 스샷을 찍으러 가는 김에 노리던 인챈트를 얻으러 갔다.

물론 길챗은 보고 있지만 진행은 이쪽입니다.

◆아코 : 처음으로 다시 확인하겠는데요. 오프 모임은 몇 번이나 하지 않았나요?

아코는 「어째서 또 하고 싶은 건가요?」라며 ? 마크를 띄웠다.

여행 같은 대대적인 일도 했었고, 당일치기 서바겜 등등 지금까지 오프 모임은 몇 번이나 해왔다.

◆애플리코트 : 그렇긴 하지만, 아니다.

마스터는 일어나서 가게 안을 뚜벅뚜벅 돌아다녔다.

◆애플리코트 : 첫 번째 오프 모임을 기억하나?

◆루시안 : 잊을 리가 없지, 그런 충격적인 오프.

◆아코 : 현실에서는 처음 만났으니까요~.

아코는 그렇게 태평하게 말하지만, 그런 포근한 이야기는 아니었다고.

같은 반의 사이 나쁜 애, 학교의 학생회장, 그리고 학교에서 본 적이 없는 것 같은 귀여운 여자애하고 한 번에 만났다니까.

영문 모를 멤버라서 대혼란이었다.

◆애플리코트 : 그건 꽤나 특이한 모임이었을 거다. 자기를 좋아하는 아코에게 곤혹스러워하는 루시안, 그런 루시안과

충돌하던 슈바인.

◆애플리코트 : 그리고 은근히 무시당했던 나까지, 첫 오프 모임치고는 그리 멀쩡하지 않았지.

◆루시안 : 뭐, 확실히.

그 이후에는 굳이 따지자면 동급생, 부활동 동료와 만난다는 느낌이어서 그다지 오프 모임이라는 느낌은 들지 않았다.

◆애플리코트 : 마지막이 되어버렸지만, 그 최초의 오프 모임을 다시 하고 싶다고.

◆애플리코트 : 아니, 다시 해야만 한다고 줄곧 생각하고 있었다.

◆아코 : 처음을 다시 한다는 건가요.

아코가 조금 의아한 듯이 채팅을 쳤다.

◆아코 : 지금 다시 하면 뭐가 있는데요?

◆애플리코트 : 있다. 나에게는 중요한 의미가.

마스터가 무겁게 끄덕였다.

오케이. 그것만 들으면 문제없어.

◆아코 : 알겠습니다. 그럼 평범하게 1회 오프 모임이라는 느낌으로 해보죠.

◆루시안 : 그러게. 세세한 부분을 정하자.

◆애플리코트 : ……그렇게 간단히 납득해도 되는 거냐?

이야기를 바로 진행하려는 우리를 보자 오히려 마스터가 의아한 모양이었다.

◆루시안 : 그야 괜찮지. 그게 마스터에게 중요한 거라면 무조건.

◆아코 : 동료니까요!

어떤 의미가 있는지는 분명 말해줄 거고, 사실 듣지 않아도 된다.

아마 설명할 수 없다는 말을 듣더라도 망설임 없이 개최했을 거다.

◆애플리코트 : 미안하다…… 미안하다…….

마스터는 눈가에 눈물을 펑펑 흘리는 감정 표현을 띄웠다.

최근 눈물샘이 약하니까, 현실에서도 울고 있을 것 같다.

◆아코 : 어떤 흐름으로 할까요?

◆루시안 : 마스터는 생각하는 예정 있어?

◆애플리코트 : 어느 정도는 생각해놨다.

그렇게 말한 뒤, 마스터는 한동안 뜸을 들인 뒤 이어 붙였다.

◆애플리코트 : 모두의 평소 활동 범위가 아닌 번화가에 모여서, 어떤 사람인지 긴장하면서 SNS로 위치 보고를 하며 합류. 본명을 모르기에 작은 목소리로 캐릭터명을 부르면서 노래방 등으로 이동해서야 겨우 멀쩡한 토크를 시작하게 되고, 점원이 올 때마다 조금 목소리가 줄어들면서 서로에게 익숙해지고, 말할 수 있는 범위의 현실 토크와 게임 토크를 나누면서 나중에 또 오프 모임을 하자고 말하며 헤어지는 형태로 하려고 한다.

채팅 길어!

읽는데 그런대로 시간을 들여야 하는 레벨이라고!

◆슈바인 : 잠깐만, 로그 묻혔거든?!

◆애플리코트 : 미안하다. 저도 모르게 열기가 담기고 말았다.

전투 중인 슈바인이 참지 못하고 태클을 걸 정도의 열량이었다.

읽어보니 엄청 구체적이었고.

스테레오 타입의 오프 모임! 그런 것에 고정된 이미지가 있는 모양이다.

그래도 하고 싶은 말은 전해졌다. 그런 의미에서는 최초의 오프 모임도 스탠다드는 아니었지.

◆루시안 : 오프 모임이라고 말하면서도 현실에서 만나면 본명 말했었으니까……

◆아코 : 제일 부끄러운 이름은 누구일까요? 고양이공주 씨?

◆미캉 : 돼지 씨.

◆슈바인 : 너 도플갱어전에서도 계속 조용히 있었잖아?! 인사 다음 채팅이 그거라니 시비 걸고 있는 거지?!

아마 시비는 걸고 있겠지만 받아주지 말고 진정하라고.

◆루시안 : 마스터의 희망 사항은 대충 알겠어. 이제는 일정이려나.

◆루시안 : 각자 비어있는 날을 로그에 넣어줘.

◆아코 : 네~에. 적어둘게요!

◆슈바인 : 오키.

◆세테 : 오키~!

◆애플리코트 : 어울려 주게 해서 미안하다.

◆아코 : 왠지 즐거워 보이니까 괜찮지 않을까요!

◆루시안 : 반대로 신선할지도.

이크, 고양이공주 씨에게도 연락을 넣어놔야지.

◆루시안 : 가게도 처음 때처럼 개인실을 예약하거나 그러지는 않아도 되겠지?

◆애플리코트 : 물론이다. 적당히 맞춰서, 평범한 가게를 찾아 평범하게 진행하자!

"아, 안녕하세요. 처음 뵙겠습니다. 아코에요. 후, 후히히히."

빨리 개최하자고 해서 날짜는 다음 주말, 토요일.

모이기로 한 노래방의 좁은 한 방에서, 처음으로 입을 연 건 아코였다.

"이건 극혐."

"그 일그러진 웃음 그만둬."

"어떻게 해야 웃음소리가 후히히가 되는 거야?"

"리얼리티가 있다. 고득점이군."

아코의 터무니없는 자기소개는 평가가 엇갈렸다.

"정말로 처음하는 오프라면, 그렇게 생각해서 긴장하면서 꺼내본 건데요……."

"타마키 선배, 처음에도 그런 느낌?"

"처음에 저런 웃음소리는 내지 않았어."

오히려 지금보다 더 편한 태도였을 거다.

"그보다 아코, 너 처음 오프 모임에서 긴장했었어?"

"처음부터 신부 무빙 전력이었는데."

"남편과 처음 만나는데 거리감이 있다면 슬프잖아요!"

"이제 무슨 말을 하는 건지 전혀 모르겠어."

부부도 아니고 남편과 처음 만난다니 영문을 모르겠고, 아코에게는 게임에서 만났으니까 초대면이 아닌 거냐는 의문도 있고.

지적할 곳이 너무 많아서 손쓸 수가 없다.

"다들 남 일은 아니다. 자기소개를 계속하자."

그렇게 말한 마스터의 시선이 내게로 향했다.

"아, 루시안임다. 잘 부탁해요."

그래서 편하게 말했다.

"느슨해."

"대충 말하는 거 치사해!"

"아니아니, 나는 그냥 오타쿠거든!"

노래방에서 캐릭터의 이름으로 부르는 걸로 쑥스러워하지 않아!

아니, 당시에는 내심 조금 부끄러웠지만, 그래도 평범하게 이름은 댔으니까.

"그럼 다음은."

마스터가 내 정면에서 시선을 스르륵 옮겼다.

거기에 앉아있던 세가와는 조금 고개를 숙였다.

"……."

"왜 그러나? 자기소개를—."

전원의 스마트폰에 작은 소리가 났다.

어라? 하고 화면을 보니…….

—이 몸이 슈바인이다. 잘 부탁한다. (°Д°)

"앗, 슈가 입 밖으로 내지 않는 작전으로 나왔어요!"

"치사함 2호!"

"이거 오프 모임이라면 흔하잖아! 자, 계속하라고!"

세가와가 옆에 있던 아키야마의 옆구리를 찔렀다.

"나나코입니다! 7이라서 세테입니다~! 잘 부탁해!"

"큭, 나나코는 본명에서 유래한 거니까 전혀 쑥스러워하지 않네……."

"평범한 이름인걸."

세가와가 으으윽, 하고 분한 듯 신음했다.

"나는 쿄우(살구)니까 애플리코트다. 자기소개를 빼앗기고 말았구나."

그때 흐름을 타고 마스터가 자기소개했다.

"미캉입니다. 본명이에요."

"잠깐, 본명 시리즈 많지 않아?!"

"이름이 그대로 캐릭터명인 건 치사하네."

"맞아요. 다들 좀 더 노력해 주세요!"

"아코가 그 말을 하는 거냐, 아코가."

본명 그대로 쓰는 사람의 대표면서.

그렇지만, 자연스럽게 넘어가는 자기소개에도 다들 불만은 없었다.

그렇다. 전원이 알고 있다. 여기까지는 이른바 전초전.

진짜는 지금부터다.

"그럼 남은 한 명, 자기소개를 부탁해 볼까요."

"으으……."

전원의 시선을 받은 사이토 선생님.

남은 건 누구보다도 연상이고, 누구보다도 부끄러운 캐릭터명을 가진, 이 사람이다.

"저, 전원이 자기소개했으니까 누구인지는 알고 있으니, 딱히 상관없지 않니?"

"외부인이 섞였을 가능성도 있습니다. 역시 소개를 해주셔야죠."

"실은 읽는 법이 다르다거나, 그런 일도 있을 수 있잖아."

"억양도 모르니까요."

"역시 본인의 입으로 들어야겠지."

"초기 멤버인 애들이 가차 없다냐……."

선생님은 쓰라린 듯이 고개를 숙인 뒤.

"─에라이."

고개를 홱 들고는 일어났다.

"반갑다냐! 모두의 아이돌, 성천사! 고양이공주 씨다냐! 잘 부탁한다냐!"

눈 옆에 손을 대고는 반짝☆ 하고 포즈를 잡았다.

괴, 굉장해! 저질렀어! 저질렀다고 이 사람!

"오오오오!"

"고양이공주 씨 안녕하세요!"

"이건 틀림없이 진짜 고양이공주네!"

"음. 고양이공주 씨는 의심할 여지가 없다!"

우리는 웃으며 박수를 보냈다.

"⋯⋯애처로움."

그러나 미캉이 나지막하게 중얼거리자⋯⋯.

"냐아아아아아아아아아! 이 나이 먹고 흑역사가 늘어나는 건 싫었다냐아아아아!"

고양이공주 씨는 양손으로 얼굴을 가리며 외쳤다.

괘, 괜찮아요! 느낌 좋았다니까요?!

"그, 그냥 귀엽지 않았어? 완전 오케이잖아? 응?"

"나나코의 커버가 따갑다냐⋯⋯"

"아~, 버거워."

"세가와한테만큼은 듣고 싶지 않다냐! 그 문화제를 잊은 건 아닐 거다냐!"

"돼지공주 씨는 이만 잊어줘! 정말로!"

"아니, 모두의 휴대전화에 영상 남아있고……."

"아아아아, 소멸시키고 싶어!"

엄청 잘 만들었으니까 괜찮다고! 고양이공주 복장도 잘 어울렸고!

"그럼 다들 무슨 노래 부를래? 누구부터 할까?"

아키야마가 두근두근 태블릿을 들고 말했다.

"네? 노래 안 부를 건데요?"

"응?"

아까까지의 흥겨운 모습과는 달리 갑자기 냉정해진 아코가 차갑게 말했다.

"오프 모임에서 노래방에 모였는데 노래를 부를 리가 없잖아요."

"노래방은 카드 게임 대전이라든가, 근거리 통신으로 게임을 하러 오는 곳이지."

"거짓말?! 애니송이나 게임송 같은 거 부른다고 들었는데!"

"그거 어디 정보인가요?"

"믿을 수 있는 정보통한테서 들은 정보였는데!"

정보원은 의심해야죠. 하하하.

"나는 그렇게 잘 아는 편은 아니지만, 노래를 부르는 패턴도 있지 않겠나……?"

"그럼 노래 못 부르는 나 같은 녀석이 소외감을 느끼니까."

"부르면 되잖아."

"맞아~."

큭, 세가와와 아키야마의 노래 부를 수 있는 콤비가 압력을!

에에잇, 이러니까 가창력 있는 녀석은!

"애초에 뭘 위해 노래방에 모인 거야? 노래 부르기 위해서 아니야?"

"싸게 쓸 수 있는 개인실이니까요!"

"캐릭터명도 부를 수 있고, 음료수도 시킬 수 있으니까!"

편리편리. 나와 아코는 그렇게 목소리를 모아 호소했다.

"으으, 알았어! 대화도 즐거우니까! 그럼 무슨 이야기를 해?"

"첫 오프 모임 같은 이야기, 겠죠?"

"그럼 별것 아닌 이야기부터 해야겠네."

세가와가 으음, 하고 고개를 갸웃한 뒤.

"일단 나이와 직업이네. 17세, 학생입니다."

"첫수부터 큼지막한 걸 던졌네, 너."

"학생이 나이를 댔을 뿐인데 이상한 의미로 받아들이는 인터넷 밈이 이상한 거잖아!"

역시 알고서 한 말이잖아!

"아, 슈라고 하니까! 슈바인은 돼지라는 뜻이라고 해요!"

"시끄럽네, 알고 있어."

"즉, 자각이 있다는…… 것?!"

"아코, 그 대사 열 받으니까 두 번 다시 하지 마."

"우리 집에서 개 기르는데, 그 개의 이름도 무땅이라고 해!"

"손 내밀라는 명령이 확률로 성공한다지? 들었다."

"참고로 동생이 했을 때는 손 내밀라는 명령의 성공률이 내려가!"

"얕보이고 있음. 조련을."

"고양이공주라는 이름은 꽤 보이는데, 개공주는 별로 안 보인다냐."

"네코마타와 늑대인간의 인기 차이라든가?"

"늑대공주는 글자에 파워가 있어 보이는데 말이지."

"어흥~! 잠깐 외쳐봤다~!"

"미안, 아코. 소재를 모르겠어!"

"늑대공주라면, 일반적으로는 네가 세테를 가르칠 수 있겠냐! 이거 아니야?"

대화의 흐름이 빨라! 멈출 타이밍이 없어!

그보다 평범하게 이야기하고 있는데 이거 첫 오프 맞아? 평소와 똑같지 않아?

"마스터, 이미 처음 오프 모임 같지 않아졌는데. 어쩌지? 분위기 되돌릴까?"

"아니, 괜찮다."

마스터는 평온하게 탄산수를 흔들었다.

"어느 정도 무리하게 분위기를 바꿔봤지만, 결국 평소대로 가 되었다. 즉, 처음 만남이 어떻게 되었든 이런 공간이 된다…… 그런 게 아닌가 싶다."

"그야……. 만나기 전부터 첫인상이 좋았으니까."

친해질 수 없는 사례가 더 적었지.

게다가 이 멤버, 느긋한 바보들밖에 없으니까.

"하지만……. 음. 그래. 다들, 잠시 괜찮을까?"

마스터가 이야기를 가로막으며 손을 들었다.

"하나 이야기 해줘야 하는 게 있다. 나는 이걸 위해 이번 오프 모임을 소집한 거다."

"지, 진지한 이야기인가요? 설교라든가."

아코가 약간 겁먹으면서 묻자, 마스터는 고개를 저었다.

"아니, 내가 사과해야만 하는 거다."

"마스터가 사과할 일이라니 전혀 없는 것 같은데."

"고양이공주 씨는 그럭저럭 있다냐."

선생님은 조금 처지가 다르니까 넘기고.

"이번이 아니라 2년 전. 진짜 의미로 처음 열린 오프 모임 말이다만……. 사실 나는 그 모임을 개최하기 전부터 아코 와 루시안, 슈바인을 알고 있었다."

마스터의 말을 듣자, 나와 아코, 세가와는 순서대로 눈을 마주쳤다.

"듣고 보니 초대면일 때부터 알고 있다는 분위기를 보이고 있었지."

"확실히 그러네."

첫 오프 모임에서 전원이 모였을 때 마스터만큼은 전혀 동요하지 않았다.

오히려 이걸로 다 모였다는 말을 태연하게 했을 정도다.

"다, 다들 지금까지 신경 쓰지 않았던 거야?"

"마스터라면 그런 일도 있을 법하다고 생각했어요!"

새파래진 아키야마가 묻자, 아코는 태평하게 대답했다.

아니 정말, 마스터라면 이상한 이야기가 아니지.

"뭐, 탐정이라도 고용했었어?"

"그런 건 아니다. 실은 채팅이 오가던 중에 조금씩 정보를 수집해서, 그 시점에서 이미 개인을 특정하는 데 이른 거다."

"어? 뭐야? 호러계 이야기?"

뭔가 어느 공포담보다도 몸이 떨리는 이야기가 나온 것 같은데.

"예전에도 말했듯이 지진, 번개, 태풍 등의 자연 현상을 토대로 거리가 가깝다는 건 알고 있었다."

"흔들렸다는 한마디로 지역을 알아챌 수 있다는 그거 말이네."

"로그인 빈도의 변화를 보고 학생이라는 것도 확신했었다. 이제는 각자 개별적으로 이야기를 나누는 타이밍에 들키지 않는 정도로 가까운 곳에 관해 물어봤었지."

"가까운 곳이라니…… 예를 들어?"

"평소에 쓰는 철도 노선이나, 역의 설비 등은 알기 쉽다.

쾌속 급행이 멈춘다는 이야기를 듣게 되면 끝이지."

"어째서 탐정 같은 일을 한 거야……."

세가와가 역시 미묘한 표정을 짓자, 마스터는 극도로 진지한 표정을 지으며 말했다.

"취미다."

"지금 당장 그만둬."

"폐가 되지 않게 고민해서 물어봤다고? 모두가 모여있을 때는 그런 이야기를 피하고, 페어로 행동할 때만 조금씩 파고든 거다."

평범하게 무섭다. 탐정이 아니라 범인의 발상 아닐까?

"거기서 개인 특정은 어떻게 한 건데."

"루시안은 간단했다. 정말로 우연이었지만, 교내에서 스쳐지나간 학생이 LA 이야기를 해서 말이지. 어라? 하고 들어보니 일치하는 부분이 많았던 거다."

"아~. 어제는 온라인 게임에서 그걸 해서 졸리다고 말했었으니까, 나……."

입학하자마자 바로 나는 오타쿠라는 어필을 했던 시기니까 그런 발언을 했었을 거다.

"그, 그래도. 나 같은 녀석이 있다고 해서 개인 특정이 가능해?"

"근처에서 메시지를 보내니까 너의 휴대전화가 울렸다. 몇 번이나 해서 확인했었지."

"그건 들키겠네!"

엄청 억지스러운 방법이었다!

"루시안에게서 줄줄이 사탕 식으로, 동시에 휴대전화에 반응하는 장면이 많았던 슈바인에게도 의혹을 가지게 되었지."

"니시무라 쪽에서 들켰어?!"

"에에엑……. 같은 반이었던 나는 전혀 눈치채지 못했는데."

내 휴대전화와 세가와의 휴대전화가 동시에 울린 적이야 있었을지도 모르지만, 굳이 그렇게까지 주목하지는 않았으니까.

"그, 그래도 나는 게임 친구한테서는 메시지가 와도 학교에서는 확인하지 않았었는데? 슬쩍 휴대전화를 봤을지는 모르지만."

"음. 그 시점에서는 어라? 하는 정도였다. 확신을 가진 건 다른 타이밍이다."

"어디서 들킨 거야……?"

"슈바인은 경험치 보너스를 목적으로 인터넷 카페에 간 적이 있지?"

"공식 인터넷 카페라면 보수가 늘어나니까 가끔 갔지만……. 어, 설마."

등골이 서늘해진 듯이 몸을 웅크린 세가와가 조심조심 마스터를 올려다봤다.

그녀는 씨익 웃으며 가슴을 폈다.

"그 설마다! 같은 타이밍에 마에가사키 근교의 공식 인터넷 카페를 찾아갔더니, 게이밍 PC가 있는 리클라이닝 박스에서 나오는 세가와 아카네의 모습을 목격한 거다."

"스토커! 스토커가 습격하고 있어요!"

"무서워! 무서워! 무섭잖아! 쿄우 선배!"

이미 하는 일이 완전 사이코 호러인데!

"사전에 의혹을 품고 있었기에 하루만에 알았다. 루시안 덕분이기도 하지."

"아무리 그래도 니시무라 탓이라고 말하고 싶지는 않네……."

"세상에는 무서운 사람이 있다고 생각하고 살아야겠어."

"하에~. 여러 부분으로 알게 되네요."

겁먹은 우리와는 달리, 아코는 왠지 태평했다.

"마스터. 아코는 어떻게 특정한 거야? 학교 많이 쉬기도 했으니까 정보도 별로 없었잖아."

"아코 군에 관한 건 미안하다. 처음부터 알고 있었다."

"숨겨야 한다고 생각하지 않아서, 고등학교 수험 공부 같은 걸 배웠어요."

"에, 에에엑……. 그런 사정이."

"수험 전에는 루시안의 로그인도 줄어들어서 한가해서, 일단 공부는 해두는 게 좋을까요? 그렇게 마스터한테 상담했거든요."

"어째서 수험은 합격한 건지 궁금했는데, 그런 이유였구나……."

아코가 마에가사키 고등학교에 합격한 이유는 우리의 로그인이 줄어들어서 한가해진 바람에 공부한 결과라는 건 들었지만. 마스터가 가르쳐준 거였나. 이러면 납득이 가지.

"애초에 아코는 주소, 이름, 연령, 수험 예정 학교까지 자기가 털어놓더군."

"히엑."

"얘가 제일 무섭지 않아?!"

"으, 음. 너무 태연하게 이야기해서 말이지. 내가 더 초조해졌을 정도다."

뭔가 벌써 대화가 상상이 간다.

『마에가사키 고등학교라는 곳을 보려고 하거든요. 이쪽이 사는 집에서도 조금 가까우니까요! 여고 같은 곳도 생각했지만, 멀면 바로 포기할 것 같아서요.』

그런 식으로 자기 쪽에서 전부 이야기했겠지.

"그러나 모든 것이 진실일 리는 없다고 생각했었다. 그러나 입학 후에 바로 등교 거부가 잦은 아코라는 학생이 있다는 걸 알게 되어서……. 나는 현실의 무서움을 깨닫게 되었지……."

"그야 진짜냐고 생각하게 되겠네."

역시 마스터라도 이것에는 기겁한 모양이다.

"처음에 말한 게 마스터였고, 전부 말하면 안 된다며 혼났으니까 그때부터는 말하지 않게 되었어요."

"처음 만난 나쁜 사람이 마스터라서 정말 다행이었어……."

"나는 나쁜 사람인 거냐."

"시끄러워, 스토커범. 두 번 다시 하지 마."

"그 일에 관해서는 미안하다고 생각한다."

이건 정말로 죄책감이 있는지, 마스터는 웬일로 시무룩하게 어깨를 떨궜다.

확실하게 반성해 줬으면 좋겠다.

"아, 혹시 마스터. 오프 모임을 하자고 말한 것도 처음부터 아코를 학교에 보내기 위해서이거나 그런 거야?"

"구~뤈건가여~?"

세가와가 아코의 뺨을 눌렀고, 아코는 그대로 말했다.

마스터는 살짝 고개를 기울였다.

"전혀 없다고는 할 수 없지만, 교정할 생각도 없었다. 학교에 가든 안 가든 본인의 인생이니까."

"마스터는 학교에 가라! 라든가 공부해라! 같은 말은 별로 안 하네요."

"그러고 보니 그러네."

실제로 마스터는 그렇게까지 아코의 생활 태도나 공부에 대한 것에 말을 얹지 않는다.

그보다 우리도 말 꺼내고 싶지 않지만, 보충을 받는 레벨의 낙제점이라든가, 진학이 위태로운 레벨의 출석일수라든가, 대학 진학 희망이면서 수험 공부를 안 한다든가, 그런 건 지적하게 된단 말이지.

"나는 타인의 삶에 이러쿵저러쿵 참견할 만큼 훌륭한 인간은 아니다. 정해진 최저한을 만족한다면 그걸로 충분하다고 생각하지."

"그러게요! 제 인생은 제가 정하는 거니까요!"

"등교하지 않는다면 순순히 자퇴해야 한다는 생각은 하지만 말이지."

"그렇게까지 내팽개치면 조금 울고 싶어지는데요!"

"넌 학생 신분만 유지하고 온라인 게임을 하고 싶을 뿐이잖아."

"어째서일까? 쿄우 선배는 다정한 걸까, 방임주의인 걸까?"

"다정해요. 제 시험도 무시해 줬어요."

역시 성적이 별로인 후타바가 이런 말을 하는데?

"미안하지만 내가 부장이 된 이상, 미캉의 성적에는 슬슬 말을 꺼낼 거야."

지금 부장은 당당하게 타인의 인생에 말을 얹는 타입이다.

"돼지 부장의 퇴진을 요구합니다."

"너는 아코보다 엄하게 갈 테니까 각오하고 있어."

"거짓말이죠?"

후타바는 공부를 싫어한다기보다는 외모만 보고 성적 좋아 보인다고 생각하는 것에 화가 나니까 일부러 땡땡이치고 있는 느낌이 든다. 세가와 부장의 곁에서 노력했으면 좋겠다.

"그래도 어느 정도 좋은 방향으로 가길 바란다고 생각하고는 있었다. 이렇게 부를 만든 것도, 아코를 포함해 모두를 모은 것도, 독선적이어도 도움이 될 것 같아서 한 일이지만……."

그렇게 어울리지도 않게 시선을 내린 마스터가 참회하듯이 말했다.

"그 이상으로, 동료와 함께 고등학교 생활을 보내고 싶다는 소망이 이유였다. 나의 이기적인 생각으로 모두의 인생을 일그러뜨린 거다."

천천히 고개를 숙인 마스터가 딱딱한 목소리로 말했다.

"정말로 미안했다. 올바른 형태로 열려야 했던 첫 오프 모임을, 일반적인 고등학교 생활을 빼앗은 것은 나다. 정말로 미안하다."

마스터는 정중하게, 이것이야말로 사과라는 식으로 고개를 숙였다.

어, 어쩌지? 솔직히 말해서 곤란한데.

"으음. 진심으로 사과하고 있네. 마스터……."

"나는 어떻게 리액션해야 좋을지 모르겠는데."

"웃으면, 된다고 생각하는데요?"

"웃는 건 절대로 아니야!"

어쩌지 어쩌지? 그렇게 굳어진 우리를 보고 마스터는 느릿느릿 고개를 들었다.

"이쪽은 진지하다만……."

"그러니까 곤란한 거잖아. 우리가 조금이라도 화내고 있다고 생각한 거야?"

"그렇거든? 쿄우 선배가 모두를 모아서 나도 동료가 된 거잖아!"

"마스터 덕분에 저는 루시안과 행복한 학교생활을 보내고 있어요!"

"오히려 모두 자기 덕분이라며 가슴을 펴줘. 마스터가 MVP니까."

정말로 괜한 일을 신경 쓴단 말이지.

지금의 우리가 즐겁게 보내고 있는 건 틀림없이 마스터 덕분이다.

오프 모임에서 모두와 만나지 않고, 부활동도 없이, 그저 온라인 게임만 하면서 지내던 내가 되고 싶다는 마음은 전혀 들지 않아.

"MVP인가……. 그런가…… 그건 자랑스럽구나."

익숙한 단어를 듣고 뺨의 힘을 푼 마스터가 우리를 돌아봤다.

전원이 진심에서 우러나온 미소를 보내는 걸 본 그녀는 겨우 자신감 넘치는 미소를 지었다.

"모처럼 받은 평가다. 가능하다면 제군의 인생에서 MVP 자리를 노리기로 하마."

"대체 얼마나 얽힐 생각이야, 마스터."

"역시 스토커 아닐까?"

"끄응. 부정할 여지는 없을지도 모르겠군."

그건 역시 부정했으면 하는데!

흥겨운 대화로 시간을 잊어가던 중. 방의 전화가 울렸다.

근처에 앉아있던 아키야마가 폴짝 일어나서 전화를 받았다.

"아, 네~에. 얘들아, 앞으로 10분이면 퇴실 시간이래. 연장할까~?"

"어? 벌써 시간? 정말로 아무도 노래 안 불렀는데?!"

아키야마가 수화기를 놓고 묻자, 세가와가 일어나서 말했다.

처음에 부르지 않겠다고 선언하고 나서 농담이 아니라 아무도 마이크를 안 잡았다. 오히려 노래하자는 발상이 애초부터 없던 레벨이다.

그래도 은근히 만족감이랄까, 달성감이 있었다.

"나가도 되겠지만, 다음 가게를 생각해야겠네~."

"이렇게 차분하게 이야기할 수 있는 가게가 또 있나요?"

안 쓴 탬버린을 짤랑짤랑 울린 아코가 물었다.

"으~음. 패밀리 레스토랑이면 캐릭터 이름으로 부르기 힘드니까~."

"개인실이 있는 레스토랑은 선택지에 넣을 수 있겠다만……."

"학생 오프 모임에서 쓸 가게는 아니잖아."

"응. 연장으로!"

결정! 아키야마가 프런트에 전화를 넣었다.

주말이라 혼잡하기는 하지만, 아직 시간을 늘릴 수 있는 모양이다. 감사합니다.

"근데 아무도 해산이라는 말을 하지는 않네."

"당연하지. 만족할 때까지 오프 모임을 만끽하지 않는다면 나의 미련이 사라지지 않는다."

"그렇구나……. 그렇겠네."

마스터의 미련이었던 『오프 모임 다시 열기』가 끝나면, 이후에는 환생해서 레벨을 올리는 것 정도 말고는 할 게 없다.

요컨대 여느 때처럼 전투와 퀘스트를 반복할 뿐이라 마지막이라는 느낌은 전혀 나지 않는다. 나의 목표가 마지막으로 남은 건 조금 미안할지도.

─아니, 잠깐만. 내 목표가 마지막이 아니잖아.

"지금 떠올랐는데, 아키야마의 미련은 아직 못 들었잖아."

"세테 씨는 나중에 말한다고 했었잖아요."

"윽. 그랬었지."

아코의 시선을 받은 아키야마가 소파에 다시 앉았다.

이렇게 말하기는 좀 그렇지만, 아키야마에게 후회라든가 미련이 있다는 이미지는 없다. LA에 어떤 미련이 있는 걸까.

"그게 말이지. 조금 말하기 힘든데……."

"이제 와서 우리한테 말하기 힘든 게 있어?"

"응. 나도 그렇게 생각하긴 하거든?"

우물우물 입을 웅얼거렸다.

언제나 쾌활한 아키야마답지 않은 말투여서, 우리는 약간 긴장감이 감돌았다.

"그, 그런 중대한 이벤트인가요?"

"서비스 종료까지 보름 정도 남았다. 준비할 필요가 있다면 움직이고 싶은데."

"아냐. 시간은 전혀 들지 않으니까!"

걱정스러워하는 우리에게 고개를 내저은 아키야마가 숨을 들이쉬었다 내쉬었다.

그리고, 입 밖으로 나온 건 이런 말이었다.

"실은 너희한테 하나 묻고 싶은 게 있는데."

묻고 싶은 것? 어? 그렇게 망설일 만큼 묻기 힘든 건가?

"뭐든 물어도 되는데……. 그거, 미련하고 상관있어?"

세가와가 의아한 듯이 물었다. 아키야마는 진지한 기색으로 답했다.

"내가 이 게임을 시작한 목적은, 아카네가……. 모두가 즐거워 보이니까, 동료로 끼고 싶다는 거였어."

"그런 느낌이었죠."

"조금 추억을 미화하지 않았어? 내 비밀을 폭로하려는 생각이지 않았어?"

"그것도 있지만!"

"아무튼 달성은 하지 않았나?"

세가와가 중증 온라인 게이머라는 건 폭로했고, 정신이 들자 어느새 길드 멤버가 되어 녹아들었다.

그런데 무슨 미련이 있는 걸까?

"응. 그래도 딱 하나 모르는 게 있어서."

아키야마는 세가와와 마스터, 그리고 나와 아코에게 시선을 보내고는.

"내가 물어봐도 되는 건지 모르겠지만⋯⋯."

자신 없이, 그래도 각오를 다진 표정으로 말했다.

"지금 길드⋯⋯. 앨리 캣츠는, 어떤 경위로 결성한 거야?"

─앨리 캣츠 이야기?

"⋯⋯어? 묻고 싶은 건 그것뿐?"

"중요한 일이잖아?!"

세가와가 어이없다는 표정으로 묻자, 아키야마는 양손을 움켜쥐었다.

아니, 나도 세가와하고 같은 의견인데. 그런 걸 진지하게 묻지 않아도 되잖아.

"생각했던 것보다 훨씬 가벼워⋯⋯."

"애초에 이야기한 적이 없었나?"

"없어없어!"

"그랬었나?"

딱히 숨길 일도 아니어서, 어느 타이밍에 이야기한 줄 알았다.

"언젠가 가르쳐주지 않을까 생각했는데, 아무도 안 가르쳐주는걸!"

안 가르쳐주는걸, 이라고 말해도.

"혹시 물어봐서는 안 되는 건가 해서 걱정했거든?!"

"전혀 그렇지 않다만."

"길드 멤버가 물어봐서는 안 되는 결성 이유라니, 대체 어디의 암흑 길드야?"

하지만 생각해 보면 자주 있는 패턴일지도.

길드 설립 멤버 말고는 창설 에피소드를 모르고 들어오는 사람이 대부분이니까.

"그보다 길드 같은 건 아무 이유도 없이 만드는 편이 많잖아?"

"그러게~. 원래부터 친구 몇 명이 모여서 시작하다가 친목용으로 만들었다는 길드가 대부분일 거야."

길드를 만들 수 있게 되었으니까 별생각 없이 창설했더니 많은 사람이 왔다, 그런 단순한 이유로 만들어진 톱 길드도 흔하게 있다.

"그래도 다들 이 게임에서 만났다고 했잖아. 뭔가 이유가 없으면 길드는 안 만들 것 같았어."

아키야마가 우리를 반짝반짝 빛나는 눈으로 바라봤다.

"분명 운명적인 만남이 있었겠지?"

"그걸 묻고 싶었던 건가요."

"미련이라고 말할 정도의 문제라면 빨리 말해주면 됐을 텐데."

나와 아코가 서로 고개를 끄덕였다.

아니 하지만, 곤란하게도.

"아~. 그래도 저기, 말이지?"

아키야마의 절친으로서, 세가와가 우리를 대표해 말했다.

"기대하고 있는데 미안하지만, 이야기할 정도로 대단한 이벤트는 없었어."

"거짓말이야!"

"정말이라니까."

정말로 죄송하지만, 정말로 대단한 이유가 없었다.

"대단하지 않아도 되니까 가르쳐줘! 뭐가 있었어?"

"간단히 말하면, 아코와 루시안, 그리고 마스터가 곤란해할 때 내가 도와주러 들어갔어. 그게 조금 즐기다가 흐름을 타서, 이 멤버로 길드를 만들자는 이야기가 되었다는 느낌."

세가와가 이쪽에 시선을 보냈다.

그런 그녀의 말을 듣자마자 반사적으로 입에서 목소리가 나왔다.

"뭐?"

"네?"

옆에서 아코도 비슷한 말을 꺼냈다.

이 근육뇌 검사는 대체 무슨 소리를 하는 걸까.

"이 녀석 대체 무슨 소리냐는 표정은 뭐야?"

"표정만큼은 거의 정답을 맞히네."

그야 그런 표정이 나오지.

"저, 저기, 제 기억하고는 전혀 다른데요."

"내 기억하고도 달라."

"에에에에엑! 너희 벌써 잊어버렸어?!"

"이쪽이 할 말이거든?!"

"음. 슈바인의 기억 착오다."

마스터도 고개를 깊이 끄덕이며 말했다.

"정확하게는 아코와 루시안, 그리고 슈바인을 내가 화려하게 구해내고, 거기서 나를 신봉하게 된 세 사람이 따라오게 되었다고 할 수 있지."

"그럴 리가 없잖아."

"그것도 아닌 것 같은데요."

"거짓말이지? 이 녀석들."

기억을 자신에게 유리하게 날조하고 있어······!

이거 못 써먹겠네. 설마 설립 멤버 사이에서 착오가 발생하다니.

"몇 년 전이지만, 이렇게 기억이 애매해지다니······."

"이렇게 바로 잊어버리다니 슬퍼요."

아코가 으으으, 하고 노골적으로 우는 흉내를 냈다.

"아코의 기억은 어떻게 되어있는데."

"저와 루시안의 첫 데이트에 두 사람이 끼어들었어요."

"그런 짓을 할 리가 없잖아!"

"누명이다. 그런 말에게 걷어차일 짓은 안 한다."

두 사람은 이렇게 말하는데—. 어, 어쩌지.

"뭔가 편중된 기억이지만, 그렇게까지 틀리지도 않은 것 같은데……."

"보세요! 맞잖아요!"

"엥?! 아코가 정답이야?!"

"서, 설마 그럴 리가."

"아니, 완전히 정답인 것도 아니지만."

데이트에 끼어들어서 길드를 만들었다니 영문을 알 수 없으니까.

아무래도 기억이 조각조각인 우리를 교대로 바라본 아키야마가 물었다.

"니시무라는 자신 있어 보이는데, 제대로 기억하고 있어?"

"나는 게임을 막 시작했던 것도 아니니까."

기억에 혼란이 오는 초심자가 아니었으니 대체로 기억하고 있다.

"그럼 말해봐. 내 기억과 어느 쪽이 올바른지 확인해 주겠어."

"음. 나도 기억력에는 자신이 있다. 어디 한번 들어보마."

"그럼 요약해서 이야기할 테니까, 아코도 기억 나는 게 있다면 보충해줘."

"네~에."

"겨우 앨리 캣츠 창설 비화를 들을 수 있겠네! 기대돼~!"

정말로, 그렇게 재미있는 일은 없었지만 말이지?

5장

“우연이 아니라 운명이네요.”

And you thought there is Never a girl online?

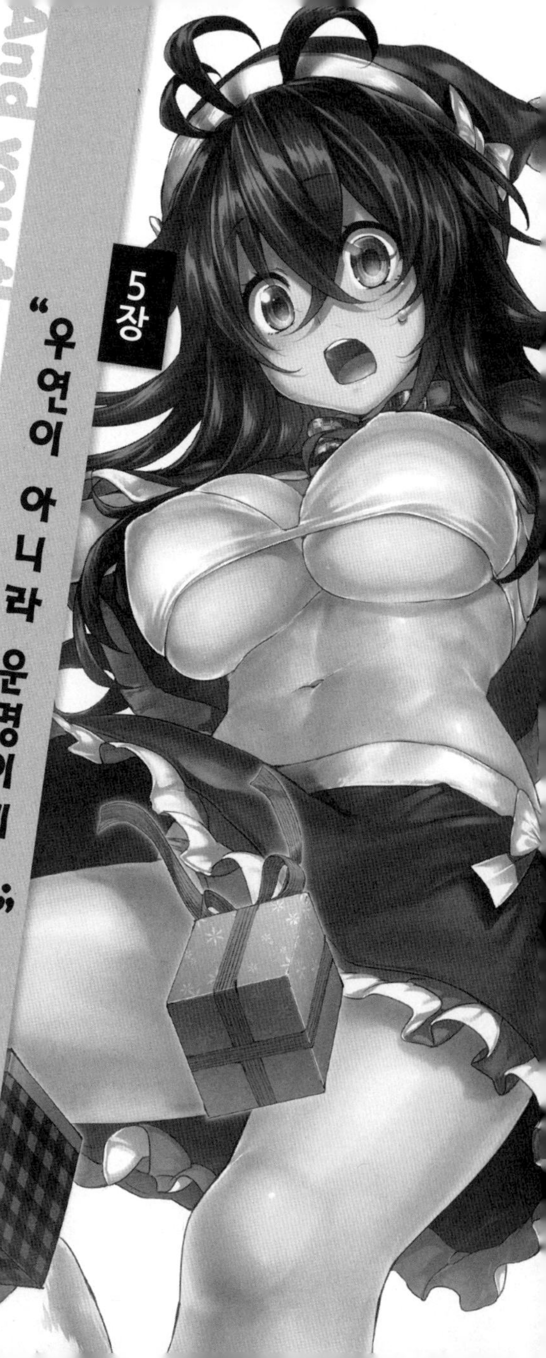

머나먼 옛날, 원래 나는 대검사였다.

검사는 역시 주역 같아서 멋있다. 단순히 그렇게 생각했었으니까.

그러나 고양이공주 씨에게 차인 뒤, 이제 멋있는 자신에게는 미련이 없어졌다.

오히려 그런 것에 혐오감이 들었을 정도다.

그야 아무리 폼을 잡아봤자, 보는 상대도 남자뿐이니까.

지금에 와서는 남자끼리 폼을 잡는 것도 싫지 않지만, 당시에는 중학생이었다. —아니, 나이 문제는 아니겠지. 아직 꼬마였던 나는 의미를 느끼지 못했다.

그럼 상관없잖아. 하고 싶은 대로 솔직하게 해야지.

그렇게 생각해서, 사실은 흥미가 있었지만 조역 같아서 피하던 탱커를 골랐다.

대검사 루시안을 지우고, 탱커 루시안을 다시 만들었다. 이제 머릿속이 꽃밭이었던 그 시절의 나로는 돌아가지 않겠다는 각오를 다지고.

그리고 다시 만들어서 레벨이 낮은 그 캐릭터로 마을을 돌아다닐 때.

나는 아코와 만났다.

◆루시안 : 힐 쓰는 법은 알아?

◆아코 : 정령에게 기도를.

◆루시안 : 으으음. 어느 버튼에 단축키를 할당했는지를 묻고 있는 건데.

그건 NPC가 꺼낸 분위기 있는 대사니까 믿지 말라고.

어디까지나 마우스와 키보드, 덤으로 말하면 컨트롤러 조작으로 움직이는 게 온라인 게임의 캐릭터다.

조작도 불안정한데 어째서인지 매일 같이 나를 따라오는 아코.

진짜로 막 시작해서 각인 효과가 일어난 건지, 나를 부모처럼 생각하는 걸지도 모른다.

역시 내버려 둘 수가 없어서, 조작 연습과 첫 전직까지는 같이 해줬다.

그러다 보니 나도 정이 들어서.

◆루시안 : 그럼 조금 더 같이 렙업 할까.

◆아코 : 네.

나도 캐릭터를 만든 지 얼마 되지 않았으니까 딱 좋아 보여 그렇게 권유했다.

◆루시안 : 레벨대는 포포와링 정도인가.

◆아코 : 포포.

◆루시안 : 포포야.

◆아코 : 포포~.

시간 여유가 있으니까 아마 주말. 그래도 저렙 사냥터는 비어있어서 거의 대절 상태였던 걸 기억한다.

내가 선도해서 맵을 뚜벅뚜벅 걸어 포포와링 맵으로 찾아 갔다.

◆루시안 : 내가 때릴 테니까 적당할 때 힐 부탁해.

◆루시안 : 그리고 한가하면 공격도 해보자.

◆아코 : 네.

가까이 온 포포와링을 적당히 검으로 공격했다.

탱커인 데다 저렙인 나는 공격력이 낮다. 효율도 결코 좋 지는 않다.

그렇기에 한 번 싸울 때마다 그럭저럭 시간이 걸리니까 익 숙해지기는 나쁘지 않다고 생각하고 있었다.

몸통박치기를 날리는 포포와링.

낮은 대미지의 공격을 필사적으로 펼치는 나의 루시안.

그리고 가끔 포와~앙 하고 힐을 거는 아코.

그 광경은 참으로 평온한 분위기였다.

◆아코 : 평화.

◆루시안 : 평화롭네~.

그러던 와중, 나무 뒤에 있던 포포와링 하나를 골라 때리 러 갔을 때.

휘두른 나의 검이 명중한 동시에 나무 뒤에서 또 하나의 검이 포포와링을 때렸다.

◆루시안 : 아.

◆슈바인 : 앙?

표시 관계상 안 보이는 위치에서 대검을 휘두른 플레이어가 있었다.

멋있는 캐릭터를 피한 나와는 정반대인, 꽃미남스러움에 몰빵한 캐릭터였다는 걸 잘 기억한다.

내가 더 빨랐다고 생각하지만, 타깃이 겹쳤으니까. 보통은 무시해도 괜찮지만, 지금은 초심자를 데리고 있으니 양보할까.

◆루시안 : 미안합니다.

내가 그렇게 채팅을 치자…….

◆슈바인 : 이 몸의 사냥감이라고. 무슨 속셈이야?

첫인상은, 이 녀석 뭐지? 였다.

타깃이 겹친 건 누구의 책임도 아니건만, 잘난 듯이 말하는 건 좀 그렇지 않나? 응?

애초에 화면을 보니.

◆루시안 : 타깃이 온 건 나니까, 아마 이쪽이 먼저 때렸을 텐데.

◆슈바인 : 안 들렸냐? 이 몸의 사냥감이야.

◆슈바인 : 타깃이 어쩌고 하는 문제가 아니라고.

이거 말이 안 통하는 타입이네!

말다툼을 벌이는 건 좋아하지 않고, 초심자인 아코에게 다투는 모습을 보여주는 건 피하고 싶다.

적당히 사과할까. 그렇게 생각해서 대충 대답을 쳤다.

◆루시안 : 그럼 가져가라고.

◆슈바인 : 말할 것도 없지.

검사는 대검을 붕붕 휘둘렀다. 아마 레벨은 그리 다르지 않겠지만 직업과 스탯 분배가 다르다. 역시 딜이 나와서, 태연하게 포포와링을 날려버렸다.

그리고 발밑에 드롭이 떨어졌다.

◆루시안 : 아, 젤리 매시.

포포와링의 드롭 중에서는 조금 레어한 편이다. 고가는 아니지만, 그래도 포션값은 벌 수 있는 금액으로 팔 수 있다. 조금 기쁜 아이템이다.

그래도 대미지상 이 사람에게 소유권이 있고, 나에게 우선권이 있더라도 눈앞에서 주우면 더 화를 내겠지.

아까까지 둘이서 사냥했을 때는 안 떨어졌는데, 이럴 때만 드롭된단 말이야.

한없이 불쾌한 기분에 잠긴 자신을 얼버무리면서 눈앞의 검사가 드롭을 줍는 걸 지켜보던 나에게……

◆슈바인 : 그럼 이만.

검사는 떨어진 아이템을 줍지도 않고 떠나갔다.

응? 필요 없어? 꽤 비싼데?

◆루시안 : 잠깐, 드롭은?

◆슈바인 : 없애버릴 때까지가 사냥이야. 나머지는 흥미 없어.

흥, 하고 숨을 내쉬는 감정 표현이 나오더니.

◆슈바인 : ……네놈 덕분에 편하게 잡았으니까. 감사는 표하마.

그것만 말하고 떠나갔다.

이 외모만이 아니라 행동까지 이 몸 계열 꽃미남 캐릭터는 대체 뭐야!

이건 틀림없다!

그냥 롤플레잉 특화형 츤데레다!

장비가 레벨에 맞으니까, 아마 서브캐는 아니다. 팔 수 있는 소재는 뭐든 갖고 싶은 레벨대겠지.

그런데도 태연하게 양보하는 게 참 그릇이 크다.

일단 롤플레잉에 편승해주기 위해, 나는 아직 채팅이 닿는 거리에서 말했다.

◆루시안 : 이건 빚으로 달아두겠어! 언젠가 갚을 테니까!

◆슈바인 : …….

그는 굳이 무언 채팅을 치더니, 발을 우뚝 멈췄다.

◆슈바인 : 멋대로 해.

그리고 못 말리겠다는 듯 어깨를 으쓱하는 감정 표현을 치고는 화면에서 사라졌다.

완성되어 있어! 완성된 타입의 사람이야!

◆루시안 : 츤데레였네.

◆아코 : 츤데레.

◆루시안 : 의외로 좋은 사람이라는 뜻이야.

◆아코 : 무서워요.

◆루시안 : 글만 보면 기세가 셌지만, 꽤 좋은 사람이었어.

◆아코 : 그런가요.

꽤 재미있는 사람이었다.

롤플레잉을 확실하게 하고 있으니까 저자세로 나가지는 않지만, 뿌리는 좋은 사람이니까 드롭을 양보하면서 미안하다는 어필을 한 거다.

사실 비싼 아이템을 양보해서 좋아하는 타입 아닐까? 그런 예상도 든다.

슈바인의 성격을 고려하면 그게 정답이었겠지.

◆루시안 : 다음에 마주치면 친구 등록 보내둘까.

◆아코 : 친구인가요?

◆루시안 : 그래그래. 플레이어끼리 친구가 되는 기능이 있으니까.

◆아코 : 친구는, 간단히 될 수 있나요.

◆루시안 : LA에서는 은근히 간단해.

현실에서 어떻게 친구를 만드는지는 모르지만, 게임이라면 버튼 하나다.

◆루시안 : 자, 이걸로 등록할 수 있으니까.

아코를 선택하고 친구 등록을 송신.

고양이공주 씨가 있던 길드를 나오고 나서 처음 친구 신청을 보내네.

◆아코 : 이거, 예스를 누르면.

◆아코 : 예스를 누르면.

◆루시안 : 알았으니까, 괜찮아.

입력 중에 알파벳을 넣는 건 채팅 초심자에게는 귀찮다.

아마 그녀의 화면에는.

▶루시안에게서 친구 신청이 들어왔습니다. 승인하시겠습니까?◀

▶YES NO◀

이렇게 표시되어 있을 거다.

◆아코 : 친구가 될 수 있나요?

◆루시안 : 등록하면 당연히 친구지.

◆아코 : 등록.

아코는 되풀이해서 말했다.

짧은 채팅이었지만, 그래도 그 말에 어딘가 감동하는 기색이 있는 것 같았다.

그리고 한동안 기다리자, 딩동 하는 작은 SE가 들렸다.

▶아코가 친구로 등록되었습니다.◀

그런 표시가 나왔다.

◆아코 : 친구.

◆루시안 : 그래. 이제 친구로 등록되었으니까, 무슨 일이 생기면 말을 걸면 돼.

가끔 누구더라? 싶은 친구도 일람에 있지만, 아코처럼 인상이 강한 사람이라면 좀처럼 잊지 않을 테니까.

◆아코 : 처음 생긴 친구예요.

◆루시안 : 그건 영광이네.

—지금 생각하면, 이런 현실도 포함해서 한 말이야?

—물론이죠! 저의 첫 친구는 루시안이고, 첫사랑도 루시안이고, 첫 결혼도 루시안이에요!

—무거워 무거워 무거워 무거워.

—너, 인생의 비중이 니시무라에 편중되어 있잖아.

—첫 선배는 내가 되는 셈이로군.

—왜 대항 의식을 불태우고 있는 거야.

그렇게 고생하며 채팅을 치고 있을 아코를 바라보면서 생각나는 게 있었다.

◆루시안 : 아, 매번 채팅을 치지 않아도 감정 표현으로 대답하는 것도 괜찮으니까.

◆아코 : 감정 표현.

◆루시안 : 감정 표현. 감정을 아이콘으로 표현하는 거지.

! 나 ? 등의 알기 쉬운 기호를 표시하거나, 가위바위보에 쓰는 가위와 바위와 보, 감정으로서 식은땀을 흘리거나 전구를 꺼내면, 그에 맞춰 캐릭터의 표정도 달라진다.

익숙해지면 설정을 조정해서 감정 표현 표시를 끄고 캐릭터의 표정만 변화시킬 수도 있게 되는 편리한 기능이다.

◆루시안 : 화면 우하단에 웃는 마크 같은 아이콘이 있잖아.

◆루시안 : 거기서 감정표현을 고르면 돼.

◆아코 : 알겠습니다.

솔직한 아이인지, 아코는 이걸 해봐라, 저걸 해봐라 지시하면 그대로 시험한다. 가르치는 보람이 있어서 이쪽도 즐겁다.

◆루시안 : 그러면 일람이 나오게 되잖아. 이제는 버튼을 누르기만 해도 표시할 수 있어.

◆루시안 : 채팅을 치지 않아도 그것만으로 대부분 가능해.

거의 채팅을 치지 않는 사람도 평범하게 있을 정도다. 쓰지 않는 건 아깝다.

바라보자, 아코가 좌우로 어슬렁어슬렁 움직였다. 분명 감정표현을 확인하기 위한 클릭이 종종 어긋난 거겠지.

어떤 감정표현이 마음에 들었을까. ! 같은 스탠다드일까, 의외로 전구 마크일까.

아니면 아까부터 의문이 많으니까 ? 가 나올까?

그렇게 예상했는데, 그녀가 꺼낸 건.

◆아코 : ♡

내 옆에서 하트 마크를 꺼내고는 행복하게 웃었다.

화면을 보던 내가 순간 동요했던 걸 기억한다.

여자아이는 이런 걸 좋아하고, 아무런 의미도 없이 하트 마크를 꺼내기도 한다. 동요하지 마. 아니아니, 애초에 온라인 게임에 여자는 없어!

그렇게 냉정함을 되찾으려는 도중에.

◆아코 : 틀렸어요.

◆루시안 : 틀린 거냐.

채팅을 보고 단번에 머리가 식었다.

헷갈리는 일을 하지 말았으면 좋겠다. 이쪽은 온라인 게임의 연애에 트라우마가 있다고.

하는 방식을 알았으면 상관없지만.

◆루시안 : 계속 클릭한 채 이동시켜서 아까 힐을 등록했던 단축키에 넣으면 원 버튼으로 나오니까.

◆아코 : 편리해요.

◆루시안 : 그렇지?

머리 위에 전구 마크를 꺼낸 아코를 보고 나도 고개를 끄덕이는 감정표현으로 답했다.

―있잖아, 아코. 그 하트 감정표현은 정말 틀린 거야?

―그, 그건 말이죠. 틀렸지만 틀리지 않았다고 해야 할까요.

―그게 무슨 뜻이야?

―익숙하지 않아서 그때의 마음만으로 하트 마크를 고른 거예요.

―제가 그런 그림 문자를 쓰면 우왓, 어려워……. 그렇게 생각할 것 같아서 틀렸다고…….

―소녀! 아코가 소녀다워!

―이 시절에는 소녀였다고요!

―지금은 소녀가 아닌 거냐……?

뭐, 옛날이야기다.

그건 넘어가고. 나와 아코는 그대로 포포와링을 계속 잡았다.

그래도 역시 한 마리 잡는 데 시간이 걸린다. 레벨은 좀처럼 안 올라갔다.

◆루시안 : 나한테 좀 더 공격력이 있으면 좋을 텐데 말이지.

아코는 ? 마크를 꺼냈다.

◆아코 : 다들 더 힘이 강한가요?

◆루시안 : 힘에 한정된 게 아니라, INT나 DEX 같은 딜이 더 오르는 스텟을 올리니까.

그렇게 채팅을 친 것과 거의 동시였다.

가까이 있는 포포와링에게 번개가 직격했다.

마법사계 공격 스킬, 라이트닝 볼트.

포포와링은 포와아, 라는 비통한 소리를 내며 일격에 날아갔다.

대미지 수치는 거의 오버킬 수준이었다.

◆아코 : 저렇게 강한 게 보통인가요?

◆루시안 : 저건 시험 삼아 쏘러 온 강한 사람이니까 달라.

◆애플리코트 : 으음?

마법을 쓴 플레이어가 우리의 채팅에 반응해서 다가왔다.

파티 채팅의 개념이나 귓속말 같은 걸 설명하기 힘들어서 줄곧 오픈 채팅으로 이야기했었으니까.

◆애플리코트 : 약한 자를 괴롭히는 식으로 대하는 건 유감이다만.

◆루시안 : 아, 미안합니다.

반응할 줄은 몰랐다. 초심자 사냥터에서 지나가다 스킬을 날린 사람일 테니까 바로 이동할 줄 알았는데.

◆루시안 : 시험 사격이 아니라면 뭔가 노리는 드롭이라도?

젤리 매시라면 있으니까 물어봤다.

◆애플리코트 : 이쪽은 적정 레벨이다.

◆루시안 : 그건 거짓말이야.

저도 모르게 진심으로 대답하고 말았다.

그 딜에 적정 레벨일 리가 없잖아.

◆애플리코트 : 무슨 소리냐. 공략 사이트에서 15~20은 이 맵이라고 확인했다.

◆루시안 : 에에엑……. 그럼 어째서 그런 딜이 나오는 거죠.

◆애플리코트 : 무기와 방어구에 관해서는 가능한 한 강화했다만.

게다가, 라고 말한 애플리코트가 전신에 오라를 두르는 이펙트를 꺼냈다.

◆애플리코트 : 이 스킬 위력 강화 포션을 쓰면 마법의 위

력이 올라간다.

◆루시안 : 그거 뽑기의 꽝에서 자주 나오는 녀석!

◆애플리코트 : 단품으로 샀다. 개당 10엔이니 싸게 샀지.

◆루시안 : 왜 저렙을 잡는데 과금 아이템을 쓰는 거죠?!

배율로 생각하면, 그런 게 없더라도 일격이잖아!

애초에 단시간에 끝나는 저렙 장비를 그렇게 강화해봤자 의미도 없고!

빡겜러의 서브캐라도 그렇게까지는 안 한다.

지식으로 봐서 고렙 캐릭터를 가지고 있지는 않은 것 같으니까, 중렙 캐릭터를 다시 만들고 있는, 시간이 없는 사회인인가? 당시의 나는 그렇게 예상했었다.

뭐, 완전히 틀렸지만.

◆루시안 : 추천 레벨은 평범한 장비가 전제니까, 더 위로 갈 수 있을걸요.

◆애플리코트 : 음. 그런가. 묘하게 손맛이 없다 했는데.

그러나 애플리코트는 잠시 고민한 뒤.

◆애플리코트 : 하지만 조작에 어느 정도 익숙해지고 싶다. 좀 더 여기를 쓰기로 하지.

◆루시안 : 그런가요.

뭐, 마음대로 하라는 게 솔직한 심정이었다.

설마 이렇게 오래 알고 지내게 될 줄은 몰랐으니까, 이러쿵저러쿵 따질 생각은 없었다.

그래서 이만 작별하려고 했는데.

◆애플리코트 : 그나저나 루시안과 아코인가.

그렇게 이름을 부른 애플리코트가 우리를 정면에서 보는 위치로 이동하더니 말했다.

◆애플리코트 : 둘이서 대화를 나누며 게임을 진행하는 건 꽤 즐거워 보이는군.

◆루시안 : 그렇죠. 친구와 하면 저렙이라도 은근히 즐거워서요.

내가 그렇게 말하자, 옆에 있던 아코가 고개를 끄덕이는 감정표현을 꺼냈다.

아, 즐기고 있구나. 조금 안심했다.

잘난 듯이 지시를 내리는 선배 게이머라고 생각하면 부끄러워서 조금 걱정했었다.

◆애플리코트 : 과연. 친구라는 건 게임의 묘미 중 하나로군.

◆애플리코트 : 마음에 담아두도록 하마.

마법사는 그렇게 말하고 떠나갔다.

내가 보 감정 표현을 쓰고 보내주자, 아코도 뒤늦게 보를 냈다. 저쪽도 똑같은 감정표현으로 응해줬다.

◆루시안 : 이런 게임은, 이런 우연한 만남이 즐겁단 말이지.

◆아코 : 그런가요.

그렇게 말한 아코가 잠시 움직임을 멈춘 뒤.

◆아코 : 저희는.

◆루시안 : 우리도 우연이었으니까.

내가 아무 생각 없이 채팅을 치자, 아코는 조금 고민하고 나서 하트 감정 표현을 냈다.

또 잘못 쓴 걸 테니까 이번에는 동요하지 않았지만.

지금 생각해 보면 우리는 우연이 아니라 운명이네요, 라는 걸 하트 마크로 전하려고 했던 것 같다.

—그게 네 사람의 만남?

—재미있는 부분은 없지만, 이런 느낌이었어.

—그립네요!

—듣고 보니 조금 기억에 있어.

—확실히 초대면 때 조금 상처받은 기억이 있군.

—미안하다니까. 초심자의 딜이 아니었으니까.

—근데 이거라면 정말로 스쳐 지나갔을 뿐이네.

—그런데 어째서 길드를 만들게 되었어?

—아~, 그건 말이지.

—나도 조금 떠올랐어.

—음. 그 맵에는 포포와링만이 아니라.

—킹 포와링이 나왔었어요.

◆아코 : 크네요.

눈앞을 뿅뿅 점프하는 거대한 포와링을 본 아코가 ! 마크를 띄웠다.

◆루시안 : 킹 포와링이야. 작은 포와링이 잔뜩 합체해서

탄생한다더라.

◆아코 : 굉장하네요. 합체하는 거 보고 싶어요.

◆루시안 : 그런 설정의 필드 보스니까 실제로 합체하지는 않습니다.

◆아코 : 유감이에요.

아코는 시무룩한 표정을 지었다.

꽤 조작에 익숙해진 느낌이라 기쁘다.

아니, 채팅과 감정표현에 관해서는 익숙해졌어도 회복과 공격은 여전히 별로긴 하지만.

딱히 힐러는 공격하지 않아도 되는 타입의 게임이지만, 저 렙이라면 그런대로 딜도 나온다. 처음에는 딱히 상관없지만.

그때, 너무 느긋하게 다가가 있었다. 아무리 포와링이라고 해도 보스가 비선공일 리가 없다.

포와와와와!

◆아코 : 귀여워~.

◆루시안 : 귀여워……라고 말할 때가 아니야!

킹 포와링이 다가온 모험가에게 조금 화낸 표정을 짓더니 이쪽에 몸통박치기를 날렸다.

우왓, 생각보다 아파! 디펜스 타이밍을 모르겠어!

◆루시안 : 미안, 힐 부탁해! 타이밍을 봐서 도망치자!

◆아코 : 네.

힐이 날아왔다.

상당히 오버 힐이라서, 아코가 초조해하고 있는 걸 알 수 있었다.

여유가 있어 보이는 말투였지만, 당시의 나는 꽤 곤란했으니까 초심자 두 명이 보스에게 고전하는 모습 그대로였다.

포와와!

간단히 죽지 않는 나를 보고 인내심이 바닥났다는 움직임을 보인 포와링이 힘을 꾹 담았다.

그리고 포와~앙, 이라는 효과음을 내며 뛰어올랐다.

◆아코 : 귀여워라!

실제로 모션은 무척 귀엽다.

단, 뛰어오른 뒤에는 어떻게 되는가.

상공으로 사라진 포와링. 그리고 그림자만이 느릿느릿 다가온다.

◆아코 : 아.

직감적으로 무슨 일이 일어나려는 건지 짐작한 모양이다.

한 글자만 치고 이동하려던 아코였지만, 이미 늦었다.

포와앙! 하고 떨어진 킹 포와링에 맞아 날아간 아코의 HP가 70% 날아갔다.

◆아코 : 아파요.

◆루시안 : 어라? 의외로 버티네.

이 레벨대의 힐러라면 즉사할 줄 알았는데, 의외로 제법이 잖아.

지금 생각하면 스테이터스를 균등하게 투자했으니까 쓸데 없이 내구력이 있을 뿐이었지만.

이렇게 조금 기합이 들어간 적과도 가끔은 싸우는 편이 즐겁고 공부도 되지만, 이대로 가면 두 명 모두 당한다.

이쪽은 짬짬이 끼워 넣는 일반 공격이나 힘을 모은 강공 격만으로도 반죽음 상태.

내가 확실하게 방어했으면 되었을 텐데 아직 서툴러서 점 점 궁지에 몰렸다.

◆루시안 : 이거 힘들겠네.

◆아코 : 힐을 못 쓰게 됐어요.

MP가 떨어졌나. 이건 이제 나는 포기하는 게 좋겠다.

◆루시안 : 같이 도망치는 건 무리야. 나는 버리고 혼자 마 을까지 달려.

◆아코 : 안 돼요.

◆루시안 : 여기는 나에게 맡기고 먼저 가……!

그렇게 채팅을 친 직후.

◆슈바인 : 으랴아아아아압.

기합이 들어간 채팅이 화면에 표시되었다.

그리고 포와링의 등을 힘껏 대검으로 후려쳤다.

◆아코 : 어.

아코와 내가 ? 마크를 띄웠다.

아까 만났던 슈바인은, 그런 우리에게 씨익 웃으며 말했다.

◆슈바인 : 모르는 사이도 아니지. 도와주마.

아까 그 츤데레 검사!

뜻밖에도 도와주러 오기는 했지만, 그거 딱히 필요 없어!

우리는 이길 생각으로 싸우는 게 아니니까!

◆루시안 : 잠깐, 그거 못 이긴다고.

공격을 이어가는 슈바인에게 말했지만.

◆슈바인 : 이 몸이 없다면 못 이겼겠지!

신바람을 내는 와중에 미안하지만 그런 이야기가 아니라고!

◆애플리코트 : 이야기는 들었다!

포와링의 등에 번개가 꽂혔다.

이번에는 뭔가 싶어서 화면을 돌리자.

◆애플리코트 : 옷깃이 스친 것도 무언가의 인연. 의리에 따라 도와주기로 하마.

아까 과금 아이템을 써서 포와링을 잡던 마법사 애플리코트!

◆슈바인 : 누구인지는 모르겠지만 이 몸을 방해하지 말라고.

◆애플리코트 : 내가 있음으로 해서 너의 존재는 불필요해지겠지만, 그건 방해에 들어가는 건가?

◆슈바인 : 말 잘하는데. 그런 남자는 싫지 않다고.

◆루시안 : 잠깐잠깐. 우리는 도망칠 생각인데.

◆아코 : 저기, 포와링 씨.

지금만큼 온라인 게임에 익숙하지 않았던 나는 채팅에 집중하면 화면을 잘 보지 않았었다.

아코의 채팅에 반응해서 킹 포와링에게 시선을 돌리자.

◆아코 : 굉장히 커졌는데요.

킹 포와링이 확 부풀어 오르더니, 당장에라도 파열할 듯이 점멸하고 있었다.

아, 이거 위험한 패턴!

◆루시안 : 앗.

◆슈바인 : 어?

◆애플리코트 : 음.

지금 당장 여기서 벗어나! 그런 채팅을 칠 시간은 없었고.

포와아아아아아아! 하고 킹 포와링이 대폭발했다.

◆루시안 : 아, 못 보고 있었어······.

◆슈바인 : 말도 안 돼. 이 몸이.

◆애플리코트 : 일격사라고······?

◆아코 : 꺄우.

폭염이 걷히자 그곳에는 전원의 시체와 만족스럽게 가슴을 펴는 킹 포와링의 모습이 있었다.

─아~, 그런 느낌이었죠~.

─거짓말이지?! 나, 그런 한심한 등장은 하지 않았는데?!

─음. 채팅에 집중하다 폭사하다니 나답지 않다.

─저기, 두 사람은 이렇게 말하고 있는데?

─그럼 떠올려 봤으면 하는데, 합류한 직후에 그대로 쓰러

뜨린 기억 있어?

ㅡ……한 번 작전회의를 했을지도 모르겠네.

ㅡ재정비한 기억은 있을지도 모른다.

ㅡ봐봐, 그렇지?

◆애플리코트 : 믿을 수가 없군. 이게 소문으로 듣던 게임 밸런스 붕괴라는 건가.

◆슈바인 : 이 몸이 슬라임 따위에게 당하다니.

◆아코 : 퍼어~엉.

세이브 포인트로 돌아오자 이미 세 명이 모여있었다.

복귀 지점이 전원 수도 중앙 세이브였는지, 이대로 합류하게 되었다.

◆슈바인 : 이봐, 복수하러 가자. 이대로 지고만 있을 수 있겠냐.

◆애플리코트 : 당연하지. 지금의 나에게 방심은 없다.

◆루시안 : 진정해. 여기서 소란을 부리면 방해되잖아.

수도 한가운데, 리스폰된 세이브 포인트 눈앞. 사람이 제일 많은 곳이다.

이런 곳에서 오픈 채팅을 늘어놓는 건 마음에 걸린다.

으으음. 어딘가 주변에 사람이 없어 보이는 곳으로 가자. 마을 필드가 아니라 실내 맵으로.

그렇게 이동한 곳이, 간판에 고양이 마크가 그려진 한 카페.

◆애플리코트 : Catloaf라. 고양이 식빵 자세라는 뜻이군.

◆슈바인 : 고양이 가게인가.

◆아코 : 고양이에요 고양이, 고양이가 있어요.

지금도 모임장으로 쓰는 가게는 이렇게 그 자리의 분위기에 따라 들어갔던 곳이다.

◆슈바인 : 이 가게, 손님이 한 명도 없잖아.

◆루시안 : 아무것도 안 파니까.

찻집이나 카페, 혹은 술집이라는 설정인 가게다. 무언가를 판매하는 NPC조차 없다.

낮은 확률이라도 버프 식품을 파는 NPC가 있다면 어느 정도 이용 가치가 있지만, 그것조차 없다. 수도이면서 소외되고 있는 드문 맵이다.

◆루시안 : 일단, 으∼음.

소란을 부리기는 미안하다는 이유로 세 사람 모두 데려왔는데, 애초에 목적이 있는 것도 아니니까.

어쩌지? 그렇게 잠시 고민하다가 왠지 귀찮아졌다.

◆루시안 : 좋아. 일단은 자기소개!

◆슈바인 : 왜 이 몸이 그런 짓을 해야 하는데.

◆루시안 : 진지하게 태클을 걸다니.

◆슈바인 : 시비 거는 거냐, 너.

◆아코 : 무서워요.

◆루시안 : 보라고. 화내니까 아코 씨가 겁먹었잖아.

◆슈바인 : 누구 탓인 줄 알아? 아앙?

말하기는 했지만, 내 뒤에 숨어서 우는 감정 표현을 꺼낸 아코를 보기 가슴이 아픈 모양이었다.

◆슈바인 : 젠장. 미안하다고. 자기소개라고 했지? 자기소개.

슈바인은 마지못해 동의했다.

◆애플리코트 : 음. 인간관계의 첫걸음은 자기소개부터지.

애플리코트 쪽은 순순히 수긍하며 말했다.

◆애플리코트 : 나는 애플리코트. 언젠가 이 세계의 정점에 설 마법사, 레벨 25다.

◆루시안 : 레벨 낮아!

그렇게나 딜이 나와서 꽤 높을 줄 알았는데, 진짜로 낮다! 확실히 포포와링이 적정 레벨이었어!

◆슈바인 : 세계의 정점인 주제에 레벨 낮잖냐, 응?

◆애플리코트 : 언젠가라고 하지 않았나.

애플리코트는 불만스럽게 의자에 다시 앉았다.

◆애플리코트 : 그럼 다음은 네 차례겠군.

◆슈바인 : 흥. 이 몸은 슈바인 님이다. 이 최강의 검사가 힘을 빌려주는 거라고. 울면서 기뻐하시지.

◆루시안 : 참고로 레벨은?

◆슈바인 : 230이다.

◆애플리코트 : 최강인 주제에 나보다도 약하지 않은가.

◆슈바인 : 닥쳐, 세계의 밑바닥 주제에.

◆아코 : 친하게 지내 주세요!

말다툼을 벌이는 두 사람을 보자 아코가 다시 눈물 감정 표현을 꺼냈다.

그런 그녀를 보자, 그들은 땀을 흘리며 옆에 나란히 섰다.

◆슈바인 : 아니, 이건 이것대로 커뮤니케이션이라고 생각하는데.

◆애플리코트 : 은근히 즐기고 있다. 친하다 친해.

◆아코 : 그런가요.

아코가 그럼 괜찮다면서 납득하자, 두 사람은 홱 떨어졌다.

선의밖에 없는 초심자 앞에서는 파워 밸런스가 역전되네.

◆슈바인 : 뭐, 됐어. 이 몸은 경의를 담아 슈바인 님이라고 부르라고.

◆아코 : 슈뱌인.

◆슈바인 : 바야.

◆아코 : 슈우아인.

◆루시안 : 컴퓨터 초심자한테 어려운 걸 치게 하지 말라고.

◆애플리코트 : 약칭이면 되지 않겠나?

슈바인이라고 치는 거 귀찮으니까.

◆루시안 : 슈, 라든가?

◆아코 : 슈.

◆슈바인 : 죽인다?

◆아코 : 삐이.

◆루시안 : 아코 씨가 삐이 하고 있잖아. 신고한다?

아코가 우니까 너무 강한 말은 쓰지 말라고.

◆애플리코트 : 살해 예고는 한 방에 정지도 가능하지.

◆슈바인 : 말투가 거칠었던 건 사과하겠어. 슈든 뭐든 상관없으니까 신고는 봐줘.

아무리 슈바인 님이라도 정지에는 못 이기는 모양이다.

그럼, 다음 자기소개다.

아코는 마지막에 해도 되려나. 다음은 나겠네.

◆루시안 : 나는 루시안. 탱커고 레벨 29.

◆슈바인 : 달리 뭔가 없는 거냐.

◆애플리코트 : 아직 잘 아는 건 아니지만, 장비를 보건대 메인 캐릭터가 따로 있지 않나?

◆루시안 : 아니, 이게 메인. 원래 메인이었던 캐릭터는 지웠으니까.

◆애플리코트 : 지운 건가.

그야 뜻밖이겠지. 굳이 메인을 지우는 경우는 별로 없으니까.

◆슈바인 : 서브를 만들면 되는 거 아니야?

◆루시안 : 이 이름을 그대로 쓰고 싶으니까 지웠어. 후회는 없어.

과거의 기억을 없던 걸로 하고 싶었다는 것도 크다.

◆애플리코트 : 꽤 독특한 남자 아닌가.

◆슈바인 : 괜찮잖아. 그 모습에 영혼을 담은 건 나쁘지 않아.

◆루시안 : 그런가?

이 루시안의 캐릭터 그래픽을 칭찬한 건, LA 공식 일러스트에서 슈바인과 비슷한 캐릭터와 나란히 그려져 있던 방패 든 전사와 닮았기 때문이겠지만.

◆루시안 : 그럼 마지막으로 아코 씨, 자기소개.

◆아코 : 아코에요!

◆애플리코트 : 잘 부탁한다.

◆슈바인 : 그래, 잘 부탁해.

◆루시안 : 나와의 취급 차이 뭔데.

홍일점이니까 어쩔 수 없다. 아코 말고는 남자뿐이니까.

◆루시안 : 그럼, 힐탱근딜마딜로 밸런스는 괜찮은 편인데.

문제는 지금부터다.

레벨은 적정, 작업도 문제는 없다.

그러나 전원이 초심자거나 초심자에서 살짝 벗어난 수준이다.

◆루시안 : 이 멤버로 킹 포와링에게 리벤지할 수 있나?

◆애플리코트 : 당연하지. 그런 패배를 한 채로 도망친다는 거냐?

◆슈바인 : 그 슬라임 자식, 이 몸을 날려버린 뒤에 만족스럽게 잠이나 자던데.

두 사람도 의욕적이다.

나도 이런 건 온라인 게임의 묘미 중 하나니까 사실 내키는 마음이기는 한데.

◆루시안 : 아코 씨. 예정과 다르지만 킹 포와링에 도전해도 될까?

◆아코 : 괜찮아요.

짧은 채팅이었지만, 아코는 주먹을 드는 감정표현도 보여줬다.

도전 결정이다. 이길 자신은 없지만, 할 만큼 해보기로 할까.

◆슈바인 : 그럼 파티 짤까.

◆루시안 : 아코 씨와 맺고 있으니까 이대로 보낼게.

파티칸에 루시안, 아코, 슈바인, 애플리코트의 이름이 늘어섰다.

이 네 명이 처음으로 파티를 맺은 게 이 순간이다.

나에게 4인 파티는 그리 드문 편이 아니지만, 왠지 세 사람 모두 감회가 깊은 듯이 화면을 보고 있었던 것 같다.

◆루시안 : 아코 씨. 익숙하지 않은데 성가신 적과 싸우게 되었지만, 잘 모른다면 적에게서 도망쳐도 되니까.

◆아코 : 괜찮아요.

아코는 내 옆으로 뚜벅뚜벅 이동해서 하트 마크를 꺼냈다.

◆아코 : 루시안을 혼자 두지는 않아요.

조금 두근거렸다는 건 부정할 수 없다.

일부러 넷카마 플레이를 할 것 같지도 않은 초심자 플레이어가 상대니까 순간 진심인 줄 알았다니까.

안 돼. 온라인 게임에 여자는 없어. 있어도 내 옆에는 없어.

◆슈바인 : 너희 사이좋네.

우리의 채팅을 본 슈바인이 어이없어했다.

그러나 애플리코트는······.

◆애플리코트 : 두 사람을 내버려 둘 수 없다며 도와줬으면서 무슨 소리냐. 우리도 같은 굴속의 무지나[#2]인 것을.

◆슈바인 : 뭐~, 그렇지.

그런 두 사람을 본 아코가 ? 마크를 띄웠다.

◆아코 : 같은 굴속의 카쿠(格)?

◆애플리코트 : 무지나(狢). 무지나다.

◆아코 : 狢.

한자를 변환한 거겠지. 과연, 하고 끄덕이고는.

◆아코 : 무지나?

◆애플리코트 : 너구리를 뜻한다.

◆아코 : 너구리.

다시 과연, 하고 끄덕이고는.

◆아코 : 같은 굴속의 너구리???

◆애플리코트 : 구글링해라! 지금 당장 조사하는 거다! 눈앞의 기계는 무엇을 위해 있는 거냐!

◆아코 : 구글링.

◆애플리코트 : 검색하라는 뜻이다! 브라우저를 열어라! 브

#2 굴속의 무지나 언뜻 달라 보여도 사실은 동류라는 걸 비유하는 일본 속담.

라우저는 알고 있나?

애플리코트가 돌봐주기 시작했다.

아코의 지도를 맡겨도 될지도 모르겠네.

마스터가 아코를 돌봐주게 된 것도 이 무렵부터 시작된 거다.

◆루시안 : 이 파티, 괜찮을까.

꽤 이상한 파티가 되었다고 무심코 생각하기는 했지만.

◆슈바인 : 재미없는 녀석이네. 문제가 있는 편이 재미있잖냐.

◆루시안 : 그건 동감이라고 말하지 않을 수 없겠네.

◆슈바인 : 오, 의외로 말이 통하는데.

슈바인은 사나이답게 씨익 웃었다.

나와 슈바인의 질긴 인연도 이때부터 시작됐다.

―그렇게 킹 포와링에게 도전한 거지?

―작전회의, 했나요?

―회의다운 회의는 안 했지.

―그 레벨로는 피하고 때리는 것 말고는 대책이 없으니까.

―특수한 속성 공격은 없고, 공략할 기믹도 없으니까. 당연한 일이다.

이 모션이 오면 공격 판정이 있다. 그러니까 피한다.

이후에는 열심히 공격합시다.

공략 사이트를 보고 나온 정보는 그 정도였다.

◆슈바인 : 대단하지도 않네. 잔챙이잖아.

◆애플리코트 : 이건 이겼군.

초심자에게는 간단한 일이 어렵다는 뜻이라고 생각하는데.

참고로 탱커인 나만큼은 막아야할 공격, 피해야할 공격이 몇 종류 있었고, 이 시점에서 식은땀을 흘리고 있었다.

◆슈바인 : 이제는 딜 승부야. 루시안의 내구와 아코의 회복이 떨어지기 전에 잡자.

◆루시안 : 그것밖에 없나. 아코 씨는 힐을 걸고 나서 앉는다는 마음가짐으로 해도 되니까.

◆아코 : 네.

콤보는 전혀 이어지지 않지만, 어차피 이 레벨대에서 콤보 스킬 같은 건 없다. 앉았다가 회복, 앉았다가 회복으로 버티고 싶다.

◆루시안 : 문제는 잘난 듯이 말하고 있는 내가 버틸 자신이 없다는 건데.

◆애플리코트 : 상관없다. 실수는 따라오는 법이다. 몇 번이고 도전하면 된다.

◆슈바인 : 여차하면 이 몸이 앞으로 나가주겠어.

◆아코 : 노력해서 잡아요.

◆루시안 : 고마워.

의외로 좋은 파티일지도 모른다. 아까는 불안하다고 생각했었건만, 어느새 정반대의 생각을 하고 있었다.

이미 누가 잡았다면 곤란했겠지만, 다행히 킹 포와링은

똑같은 곳에서 쿨쿨 자고 있었다.

전투 상태가 해제된 보스는 HP를 급속도로 회복한다.

당연히 킹 포와링은 완쾌 상태였다.

◆루시안 : 그럼 시작한다.

◆슈바인 : 언제라도 좋아.

◆애플리코트 : 준비는 만전이다.

◆아코 : 두근두근.

운명의 전투 개시다.

개막으로 아직 레벨이 낮은 도발 스킬을 써서 킹 포와링의 어그로를 조금 벌었다.

킹 포와링은 다시 포와와와?! 하고 눈을 떴다.

◆슈바인 : 좋아, 이 몸의 힘을 보여주겠어!

◆애플리코트 : 마력의 힘이 승패를 결정짓는다는 것을 보여주마!

일반 공격은 막고, 강공격은 가드하고, 회피 가능하다면 피한다.

내가 필사적으로 조작하는 사이에도 다들 공격을 거듭했고, 둘이서 싸울 때와는 몇 배나 빠르게 적의 HP가 깎여나갔다.

그러나 우리는 아직 초심자다. 일반 공격, 스킬, 회피까지 이것저것 하다 보면 대미지도 입는다.

◆애플리코트 : 큭, 횡으로 회전하는 공격인가. 알고 있었

건만.

◆슈바인 : 이거 비스듬한 위치에 서 있으면 마구 때릴 수 있지 않을까?

그렇게 말한 슈바인이 킹 포와링의 대각선 배후에서 공격했지만, 횡으로 회전하는 순간 날아가서 큰 대미지를 입었다.

◆슈바인 : 끄헉!

◆루시안 : 기술 쓰는 순간 전방위에 작은 판정이 나오니까, 밀착은 위험해.

◆애플리코트 : 공격 표시가 없는 곳에도 대미지라니 비겁하다.

◆아코 : 힐힐힐.

아코가 회복을 날리고는 있지만, 역시 과잉이다. 어느새 앉아서 MP를 회복하는 것도 잊어버렸고, 이대로 가면 소모가 빠르다.

그래도 이대로 싸우면 이길 수 있다는 분위기였다.

그게 무너진 원인은— 사실 나였다.

◆루시안 : 아, 큰일.

적의 공격을 가드한 직후, 황급히 채팅을 쳤다.

새삼스레 말할 것도 없지만, 이 게임은 레벨을 올려서 스킬 포인트를 얻고 그걸 투자해서 스킬을 익히거나 강화한다.

레벨이 낮을 때는 스킬도 약하고, 숫자도 적다.

이때의 루시안은 일정 시간 방어력을 올리는 버프 스킬과 타이밍에 맞춰 쓰는 것으로 방패를 써서 방어하는 스킬밖에 쓸 수 없었다.

선택지가 적으니까 생각할 일도 적다.

그러나, 반대로 말하면 실패했을 때의 리커버리 수단이 없었다.

◆애플리코트 : 왜 그러는 거냐.

◆루시안 : 미안, 디펜스를 쓸데없이 날려버렸어.

아직 탱커로서 미숙했던 나는, 이길 수 있다고 생각한 순간 냉정함을 잃어버렸던 것 같다.

회피할 수 있던 일반적인 전방 몸통박치기를, 필중 몸통박치기로 착각해서 가드해버렸다.

◆루시안 : 이거 다음에 강공격 오면 죽을지도 몰라.

◆슈바인 : 이봐, 덩치가 힘 모으고 있잖아.

◆루시안 : 이게! 이거 못 막아!

적의 공격은 랜덤이건만, 이런 때에 한정해서 안 좋게 나오는 게 온라인 게임이다.

킹 포와링이 나를 향해 힘을 꾹 모았다.

이 공격은 필중이라서 무조건 방어해야 하는데, 이미 써버린 탓에 막을 수가 없다.

◆루시안 : 이거 죽을지도!

말한 순간, 킹 포와링이 격렬한 몸통박치기를 날렸다.

죽어도 이상하지 않았지만, 아슬아슬하게 살았다. 힐 한

번 정도의 HP가 남았다. 위험했다. 단단한 스테이터스로 해둬서 다행이다.

지금 생각하면, 이건 아마 저스트 힐이 끼어들어서 대미지가 경감되어 아슬아슬하게 살아남았던 거겠지. 고마워, 쓸데없이 힐을 연타하던 아코.

─그거, 칭찬인가요?

─칭찬이야.

그래도 지금까지 방패로 막던 공격이 직격해서 루시안의 머리 위에 삐약삐약 스턴 이펙트가 나오고 말았다.

◆아코 : 루시안!

아코에게서 맹렬하게 힐이 날아왔다.

넘쳐날 정도로. 아니, 넘쳐났다. 엄청 대량으로 넘쳐날 정도의 오버 힐.

◆루시안 : 치유 과해! MP 온존해!

◆아코 : 아. 이제 못 써요.

◆루시안 : MP 다 떨어졌잖아!

상황이 나빠진 걸 알았는지 딜 담당인 두 사람도 초조해하기 시작했다.

◆슈바인 : 빨리 쓰러지라고.

◆애플리코트 : 회피를 줄이고 공격을 늘리자.

◆루시안 : 두 사람 다 초조해하지 마. 진정해.

내가 할 말은 아니지만, 공격에 편중된 두 사람은 노골적으로 피하는 게 어설퍼졌다.

이것이 초심자 파티. 초조해지면 단숨에 붕괴한다.

◆슈바인 : 아직이야. 나도 포션은 가지고 있다고.

◆애플리코트 : HP는 버틴다. 그러나 내 MP도 슬슬 한계다.

◆슈바인 : 이쪽도 그래. 검 스킬에 왜 MP를 쓰는 거냐고, 전장.

애플리코트와 슈바인도 리소스가 떨어지기 시작했다.

이건 무리일지도 모른다.

아직 아무도 죽지 않았다. 지금은 일단 후퇴하는 게 정답이 아닐까?

그렇게 약한 소리를 하려던 내 옆에서, 힐러가 긴 머리를 휘날리며 다가왔다.

◆아코 : 루시안은

후방에 있던 아코가 이동하면서 채팅을 표시했다.

◆아코 : 제가

나를 지키듯이 앞에 나와서 지팡이를 크게 들어…….

◆아코 : 지키겠어요!

그 지팡이를 크게 내리쳤다.

마법 공격이 아니었냐고! 물리 공격이냐!

◆루시안 : 아코 씨도 때린다고?!

◆애플리코트 : 아니, 하지만.

◆슈바인 : 의외로 세잖아.

생각보다 딜이 나온다. 뭐지? 힐러잖아.

물론 스테이터스를 STR에도 투자했기 때문이지만.

저렙이라면 그렇게까지 공격력에 큰 차이가 없다. 힐러인 아코라도 딜을 넣을 수 있는 거다.

◆슈바인 : 근성을 보이고 있잖아. 질 수 없겠어.

◆애플리코트 : 그렇군. 마력이 떨어지면 지팡이로 때린다. 지팡이가 부러지면 이 주먹을 휘두르겠다!

놀랍게도 전원이 킹 포와링에게 육박해서 각자의 무기로 두들겨 팼다.

뭐야 이 광경! 아까까지는 멀쩡한 레전더리 에이지였는데, 갑자기 피비린내가 나잖아!

◆아코 : 에잇에잇에잇.

◆슈바인 : 으랴으랴으랴압!

◆애플리코트 : 둘러싸서 막대기로 팬다! 이게 인간 최강의 전법이다!

전원이 주변을 둘러싸서 똑같이 두들겨 패는 것에 어안이 벙벙해진 내가 어그로를 올리는 스킬을 잊어버린 탓에 타깃이 루시안과 슈바인으로 분산되었다.

어그로가 균등한 탓인지 준비에 시간이 걸리는 강공격이 사라졌고, 킹 포와링의 공격이 여기저기로 흩어졌다.

범위 공격 표시가 나오면 다들 잽싸게 피했다.

패는 것밖에 하지 않으니까 전원의 집중력이 돌아온 거다.

◆루시안 : 에에잇, 해치워버려! 적은 두들겨 패면 언젠가 죽어!

◆애플리코트 : 가라, 밀어붙이자!

◆슈바인 : 좋았어, 이걸로 끝이다!

◆아코 : 에잇!

전원의 무기가 동시에 명중하자, 킹 포와링의 HP 게이지에 남아있던 마지막 도트가 사라졌다.

포, 포와, 포와와~.

슬픈 소리와 함께, 킹 포와링은 펑 터져서 사라졌다.

아까까지 크게 날뛰었던 포와링족의 왕은 바로 모습을 감췄다.

거짓말이지? 잡은 건가?

◆루시안 : 해냈, 나.

◆애플리코트 : 음. 해냈다.

◆슈바인 : 좋았어어어어어.

◆아코 : 와~.

우리는 이겼다.

직업도 스킬도 상관없이 모두가 보스를 마구 두들겨 팼다는, 게임의 룰을 착각한 듯한 영문 모를 전법으로 무사히 승리를 쟁취한 것이다.

지금 생각해 보면, 우리는 처음부터 왕도와는 인연이 없었던 모양이다.

◆루시안 : 절대 올바른 승리는 아니었지.

◆슈바인 : 인원을 모아서 패면 되는 거야.

◆애플리코트 : 이런 전법으로 괜찮은가?

◆루시안 : 괜찮아. 문제없어.

◆아코 : ?

지금 생각하면 그리운 대화를 나누는 우리에게 아코가 ? 마크를 띄웠다.

◆애플리코트 : 모르는 건가. 인터넷 밈 같은 건 몰라도 문제는 없다만.

이 시절의 아코는 순수했단 말이지.

뭐, 하다 보면 무조건 기억하게 되겠지만.

◆슈바인 : 모르면 일단 ㅋ라고 써두면 돼.

◆애플리코트 : 음. 모든 것에 통하는 만능 리액션으로 성립하는 말이다.

◆루시안 : 위험한 룰을 가르치지 마.

◆아코 : ㅋ

보라고. 바로 쓸데없는 걸 익혀버렸잖아!

―이때부터 아코가 인터넷의 이상한 걸 익힌 거구나.

―지금이라면 리액션은 전부 풀#3이면 된다고 가르쳤겠지.

―그건 풀이네요.

―벌써 막장 교육이 완성되어 버렸네.

#3 풀 일본에서 ㅋㅋㅋ에 해당하는 인터넷 용어인 www가 풀밭처럼 보인다는 것에서 유래된 용어.

―저기, 근데 지금 이야기에 길드를 만드는 흐름은 없었잖아? 어떻게 만든 거야?

―아, 그건 간단한 이야기야.

◆루시안 : 아, 드롭 보자.

◆루시안 : 보스를 잡으면 평범한 적보다 좋은 아이템이 나오거든.

◆애플리코트 : 호오.

◆슈바인 : 이 몸의 활약에 어울리는 물건이겠지?

그건 본인의 인식에 달렸으니까 모르겠지만.

아무튼 좋은 아이템이라고 해도 엄청 초반에 나오는 필드 보스니까.

굉장한 성능의 유니크 장비가 드롭! 같은 일은 당연히 없다.

가게보다 노점이나 경매장 쪽에서 비싸게 팔리는, 그런 아이템이 나온 시점에서 이미 행운일 정도다.

◆루시안 : 떨어진 건, 젤리가 잔뜩, 푸른 결정, 나머지는.

터져버린 킹 포와링의 발밑에는 포와링의 일반 드롭인 젤리, 약간 레어인 푸른 결정. 모두 가게에서 팔 수밖에 없는 아이템이다.

그중에서 한층 커다란 보석이 섞여 있었다.

◆슈바인 : 이봐, 그 빛나는 건 뭐야?

◆루시안 : 길크잖아. 이런 곳에서도 떨어지는구나.

◆아코 : 길크.

저도 모르게 약칭으로 말하고 말았다. 아코가 이제 몇 번째인지 모를 ? 마크를 띄웠다.

◆루시안 : 길드 크리스털이야. 길드를 만들 때 쓰는 아이템이지.

나머지는 성채를 빼앗을 때 설치하기도 한다. 의외로 용도가 많다.

일회용 아이템인데 NPC가 안 파니까, 언제나 어느 정도 수요가 있다. 팔아서 분배하면 그럭저럭 금액이 나올 거다.

◆루시안 : 지금이라면 얼마에 팔리려나. 150k 정도는 나올 텐데.

나를 제외한 세 명에게 50k씩 나눠주고 내가 팔면 되려나. 나는 그렇게 생각했지만…….

◆애플리코트 : 호오, 길드인가.

◆슈바인 : 그러고 보니 이름과 함께 엠블럼을 단 녀석들이 여기저기 있었지.

◆루시안 : 그래. 그 길드.

◆애플리코트 : 역시 어딘가에 소속되는 게 일반적인가.

◆루시안 : 그렇지는 않지만, 비교적 들어간 사람이 많을 거야.

길드에 들어가는 건 즐거운 동시에 귀찮기도 하다.

친해지는 상대도 있지만, 이 사람은 거북하다고 생각할 때도 있으니까.

그래도 마음이 맞는 동료와 파티를 짤 때의 재미는 온라인 게임이기에 맛볼 수 있는 유일무이한 즐거움이다.

나처럼 누군가에게 특별한 감정을 가졌다가 꿈이 깨져서 떠나는 플레이어도 있지만 말이지!

◆애플리코트 : 그리고 이 아이템이 있다면, 많은 플레이어가 소속되는 그 길드라는 걸 직접 만들 수 있다는 건가.

◆루시안 : 그런 거지.

◆애플리코트 : 흠. 길드. 길드라.

어라? 길드에 흥미가 있는 타입인 사람인가.

이미 과금도 많이 하는 것 같으니까 어딘가에 소속되는 걸 추천하기는 하지만.

◆애플리코트 : 다들 길드에 들어가지 않은 모양인데, 가입한다면 어떤 길드가 좋다고 생각하지?

◆슈바인 : 당연히 이 몸에 어울리는 최강의 길드지.

◆애플리코트 : 슬라임 한 마리에게도 필사적이었던 남자가 최강의 길드라니 크게 나오는군.

◆슈바인 : 너도 그렇잖아. 그러는 애플리코트 너는 어떤데?

◆애플리코트 : 이 나에게 어울리는 건 당연히, 이 서버에서 최고의 길드다.

◆슈바인 : MP 떨어져서 보스를 두들겨 패는 마법사가 최고라고요?

◆애플리코트 : 무슨 말을 하고 싶은 거냐.

◆슈바인 : 잘난 듯한 말투치고는 눈치가 나쁘구만.

◆아코 : 사이좋게 지내주세요.

◆애플리코트 : 네.

◆슈바인 : 네.

변함없이 초심자에게 약한 두 사람이다.

◆루시안 : 두 사람은 저래 봬도 잘 지내고 있다고 생각해.

오히려 말다툼을 할 때 즐거워 보인다.

이런 대화는 한 걸음만 잘못되면 진짜로 싸움이 벌어지니까, 정말로 상성이 좋은 것 같다.

◆슈바인 : 그러는 루시안 너는 어떤데?

◆루시안 : 나? 나는 글쎄다.

길드는 한 번 나온 뒤니까.

◆루시안 : 대인원은 피곤하니까 작은 편이 좋으려나. 가족 같은 느낌.

◆슈바인 : 향상심이 없구만.

◆루시안 : 난 안정 지향이거든.

진지한 길드에 응모도 했었지만, 면접 시점에서 무서워! 라는 생각이 들었으니까.

강해져서 남들에게 인정받고 파트너도 생기고— 그런 건 포기했다.

즐거운 일을 친한 상대와 하는 것만으로도 온라인 게임은 즐거우니까.

오늘 같은 재미난 일도 가끔 생기고.

◆애플리코트 : 아코 군은 어떤가?

묵묵히 이야기를 듣던 아코는 하트 마크를 띄우고는 말했다.

◆아코 : 루시안이 있는 곳이

◆아코 : 좋아요.

◆루시안 : 내가 솔로라서 미안해!

상심해서 탈퇴한 탓에, 권유할 길드가 없다!

아코 같은 초심자야말로 폭넓게 지원해 주는 대형 길드에 들어가면 귀여움을 받을 텐데!

◆루시안 : 그보다 모두에게도 강한 길드를 소개해 줄 수 있는데.

초심자 지원도 폭넓은 대인원 길드에 들어갈 수 있게 안내해 줬다면 분명 게임을 즐길 수 있을 거다. 나는 그걸 조금 후회했지만······.

◆슈바인 : 하극상도 매력적이지만, 어중이떠중이들 신경을 쓰는 건 좋아하지 않아.

◆애플리코트 : 나는 위에 서야 하는 자다. 잡병부터 시작할 생각은 없어.

◆슈바인 : 마음이 맞잖아.

◆아코 : 사람이 많은 곳은

◆아코 : 무서워요.

◆루시안 : 이 녀석들······.

이거 평범하게 길드에 들어가도 잘 지내지 못하겠네.

이 멤버의 상성이 우연히 좋았을 뿐이지, 꽤 독특한 녀석들이니까.

◆애플리코트 : 이 자리의 전원이 이미 거대한 길드에 몸을 의탁할 생각은 없고

◆애플리코트 : 적은 인원이 자신을 살릴 수 있는 최고의 길드를 원하고 있는 셈인가.

그리고 그런 빙빙 돌아가는 대화를 사는 사이 서로가 무슨 생각을 하는지 조금씩 알게 되었다.

아니, 알게 되어버린 것이 상성이 좋은 증거라고 생각한다.

◆애플리코트 : 아까 싸움은 실로 즐거웠다. 이 게임을 시작한 이래 최고의 시간이었다고 말해도 좋다.

◆슈바인 : 뭐, 나쁘지는 않았어.

◆루시안 : 확실히 오랜만에 온라인 게임을 했다는 느낌은 들어.

◆아코 : 즐거웠어요!

그리고 전원이 알면서도 입 밖에 내기 힘들었던 걸 솔선해서 말하는 것이 애플리코트라는 사람이었다.

◆애플리코트 : 그럼 이 네 명이 길드를 창설하는 게 어떠냐?

망설이지 않고, 물 흐르듯이 채팅을 표시했다.

◆애플리코트 : 내가 만드는 최고의 길드. 그 초기 멤버로 제군들을 받아들이고 싶다.

즐거웠다며 마음 편히 권유했다가 거절당하면 어쩌지. 그렇게 겁먹고 있던 나와는 전혀 다른, 단호한 결단력.

이 사람을 따라가면 즐거울 것 같다고 생각하게 만드는 힘이 있었다.

이 사람의 멋있는 권유를 듣고 어쩌지? 같은 분위기가 흐르기를 바라지는 않았다.

나는 바로 키보드를 두드렸다.

◆루시안 : 나는 좋아. 이 멤버라면 즐거울 것 같네.

◆애플리코트 : 음. 고맙다.

내가 바로 동의하자, 애플리코트는 왠지 안심한 분위기로 대답했다.

그리고 잠시 무언이었던 슈바인은…….

◆슈바인 : 잘난 척 말하는데. 네가 이 몸을 잘 다룰 수 있겠냐?

◆애플리코트 : 훗. 내가 길드 마스터에 어울리지 않다고 생각한다면 언제든 하극상을 일으켜도 좋다.

◆슈바인 : 좋아. 이 몸의 기대를 배신하지 말라고.

◆애플리코트 : 하하하. 물론이고말고!

이 네 사람이라면 즐거운 길드가 될 것 같아서 기대된다.
─그렇게 우회적으로 말한 슈바인에게 애플리코트도 만족스럽게 웃어줬다.

그리고 우리의 대화를 듣던 아코가…….

◆아코 : 네 사람이라니, 저도 들어가나요?

◆애플리코트 : 물론이다.

◆슈바인 : 당연하지. 왜 예외 취급인데?

◆아코 : 게임. 못해서요.

아코는 우는 감정 표현을 띄웠다.

아니아니, 무슨 소리야. 게임을 잘하고 못하고는 길드에서
그리 큰 문제가 아니라고.

◆루시안 : 아까까지 했던 대화를 떠올려봐.

◆루시안 : 아코 씨 없이 어떻게 이 두 사람을 말릴 건데?

◆슈바인 : 무슨 뜻이야? 아앙?

◆애플리코트 : 사람을 성가신 녀석처럼 말하지 말았으면
한다만!

◆루시안 : 보라고. 나만으로는 제어할 수 없어. 아코 씨도
있어줘야지.

◆아코 : 제가 없으면.

그렇게 말한 아코가 어슬렁어슬렁 우리에게 다가왔다.

그리고 몇 초, 십여 초 시간을 들이고는.

◆아코 : 부탁이 있어요.

길드를 만든다, 소속된다는 게 어떤 뜻인지, 단순히 한마
디로 표현해줬다.

◆아코 : 다들, 친구가 되어주세요.

†††　†††　†††

"앨리 캣츠의 시작은 대략 이런 느낌이었을 거야."

"너, 용케 기억하고 있네……."

"저는 좀 더 평범하게 채팅을 쳤다고 생각하는데요."

"아니, 내 기억으로는 오타가 더 많고, 잘못 친 채팅도 빈발했을 거다."

"에에엑?!"

역시 시간이 지나서 모두의 기억이 미화된 거겠지.

나는 그런 걸 냉정하게 보는 편이니까 제대로 기억하고 있지만—.

"그리고 루시안은 탱커가 그리 능숙하지 않았다고 말했는데. 오히려 평범하게 못했어."

에에엑? 그렇지는 않았을 텐데?!

"아니아니아니, 조금 실수는 있었어도 어느 정도는 했잖아!"

"움직이지 않으면 피할 수 있는 광역 공격을 자기가 맞으러 갔었다만."

"힐 힘들었는데요?"

"진짜로?"

기억이란 미화되는구나. 응.

뭐, 괜찮아. 결과적으로 보스는 잡았고. 지금은 어느 정도 능숙해졌으니까.

"길드명의 유래는 작전회의에 썼던 가게에서 따온 거야?"

"맞아. 마을로 돌아왔을 때 어쩌다 보니 같은 가게로 들어갔거든."

"변덕스럽게 길을 어슬렁거리던 우리가 고양이 곁으로 모였으니까. 길드명은 길고양이면 되지 않을까 해서 앨리 캣츠가 된 거다."

"슈바인 님과 종복들이 되는 것보다는 나았으니까……."

"그렇게 제안하기는 했지만, 정말로 정해질 것 같으면 막았을 거거든?!"

"무난한 이름이 되어서 다행이네."

"그 이름이었다면 안 들어갔어요."

후타바가 진지하게 말했다.

나도 그 이름으로 정해졌다면 도망쳤을지도 모른다.

"그래도 굉장하네~. 역시 운명의 만남이 있었고, 여러 일이 있어서 길드를 만든 거구나."

아키야마는 눈가에 손수건을 대면서 굉장히 감동하고 있지만 말이지.

몇 번이나 말했지만 정말로 대단한 이야기는 아니야.

"엄청 흔한 흐름이었다고 생각하는데."

"우연히 필드에서 만나서 어쩌다 보니 같이 보스를 잡았으니까 그대로 길드로, 잖아?"

"모든 온라인 게임에서 박스 단위로 존재하는 결성 이유겠지."

"엑! 근사하잖아. 운명이야!"

이걸 우연이라고 부를지 운명이라고 부를지는 다른 사람들에게 맡기려고 합니다.

운명이었다면 좀 더 화려한 만남이 필요했겠지만.

"그래도, 만약의 이야기인데."

그때, 세가와가 얼음이 녹은 우롱차를 흔들며 말했다.

"그 킹 포와링을 처음부터 사고 없이 무난하게 잡았다면, 어떻게 되었을까?"

"두 사람이 도와주러 들어가서 그대로 쓰러뜨렸다면, 말이야?"

"응. 그다지 분위기가 달아오르지는 않았겠지?"

"그건…… 확실히."

"이겼네요~, 하고 그대로 해산했을지도 몰라요."

한 번 지고 나서 집합하고 한 번 더 가자! 그런 흐름이 되었기에 파티를 맺었고, MP도 떨어지고 물자도 고갈되어 전원이 필사적으로 두들겨 패서 간신히 잡았기에 그 일체감이 있었던 거다.

간단히 바로 잡았다면, 이 멤버로 길드를 만들자는 이야기는 되지 않았을지도 모른다.

"평범하게 만나고 평범하게 채팅을 쳤을 뿐이라면, 이렇게 친해지지는 않았을 것 같기도 하네."

"네. 포와링에게 무너지는 모습을 보지 않았다면, 슈도 마스터도 무서웠을 거예요."

"그 시절에는 슈바인 님의 완성도가 낮았거든. 이 몸 캐릭터는 어려우니까."

"나도 배워온 교육을 내 나름대로 소화하지 못했다. 상당히 인상이 나쁜 플레이어였겠지."

저질렀다가 솔로가 되어, 리스크를 지는 걸 피하던 나.

채팅도 어설프면서 처음으로 친해진 나를 따라다니던 아코.

캐릭터 제작 때부터 무척이나 농도 짙은 롤플레잉을 이어가던 슈바인.

향상심과 과금력은 강하지만, 뭔가 잘난 척하던 애플리코트.

초대면부터 친해질 수 있는 커뮤력 강한 플레이어는 한 명도 없었다.

"처음이 엉망진창이었으니까 잘 풀렸던 걸지도 모르겠어."

"음. 실패에서부터 시작했기에, 거리낌 없는 관계가 될 수 있었던 거로군."

"이 길드, 엉망인 부분에서부터 시작한 느낌이네."

"그래서 친해질 수 있었던 게 아닐까요."

아코가 포근하게 웃었다.

"옛날에는 다들 이상했으니까, 이상한 사람이 모인 즐거운 길드가 생긴 거예요."

"지금도 이상한 것 같은데."

오히려 자랑스러워 보이는 아코를 보며 후타바가 태연하게 실례되는 말을 했다.

"너, 해서는 안 되는 말을 꺼냈구나."

"그걸 말하면! 전쟁이잖아!"

"무심코 본심이."

"그건 사과가 아니지 않아……?"

그래도 틀린 말은 아닐지도 모른다.

서비스 종료입니다! 라는 말을 듣고 다음 게임으로 옮기는 것도 아니고, 은퇴해서 해산하는 것도 아니고, 다시 처음부터 오프 모임을 개최한다! 라니 보통은 생각할 수 없다.

"괜찮지 않아? 이상한 길드가 이상한 흐름으로 생겨서, 마지막까지 이상하다는 걸로."

"마스터가 바라던 오프 모임 같은 이야기이기는 하네."

"응! 나는 완전히 만족!"

듣고 싶었던 아키야마도 만족하는 모양이니까.

"이제는 니시무라뿐?"

"그러게. 캐릭터를 완성하면 미련은 끝인가."

레벨을 올릴 시간은 아직 있고, 지금의 경험치 배율이라면 레벨도 금방 100이 된다.

환생만 하면 끝난 거나 다름없다.

"그럼 남은 건 그 퀘스트뿐이네."

"마지막 정도는 제대로 이기고 싶어."

"음. 자신과 같은 NPC에게 패배하는 건 굴욕이다."

"저희는 최고의 길드니까요!"

아코가 아까까지의 이야기를 떠올리듯이 고개를 끄덕였다.

그래. 최고의 길드이자 최고의 동료― 그렇게 잘난 듯이 말할 수 없을지도 모르지만, 그래도 운영진이 쉽게 환생을 허락하지 않을 레벨로 연계가 허접하다고 생각하고 싶지는 않다.

말은 이렇게 하고 있지만.

"……제대로 이긴다…… 제대로 이기는 게 우리였던가……?"

"뭔가 위화감이 있네."

세가와도 고개를 갸웃했다.

"저희는 처음부터 제대로 하지 않았으니까요."

"하나의 팀으로서 운영진의 예상을 뛰어넘고 싶다는 마음은 틀림없다. 하지만, 그렇다고 정면에서 도전하는 게 우리였던가?"

"스타트부터 잘못되었었네?"

지금까지 실컷 정석이나 왕도에서 벗어나서 제멋대로 해온 게 앨리 캣츠다.

마지막의 마지막에서만 예의 바르게 싸워서, 운영진의 이상적인 파티라는 인정을 받는 건 이상한 이야기였을지도 모른다.

"우리답게 제멋대로 해볼까."

이렇게 이기는 편이 기분 좋으니까.

익숙한 의자에 앉아서, 익숙한 화면을 응시했다.

맞은편에 앉은 마스터는 마우스의 상태를 확인하면서 말했다.

"부실에서 해도 괜찮은 건가? 인터넷 카페를 대절한다는 방법도 있었다만."

"필요 없어."

마지막이라면 여기가 당연히 좋다.

사이토 선생님이 있는 걸 이용해서 휴일 후반부터 부실을 열어서 쓰고 있다.

"선생님은 그대로 모두 함께 저녁을 먹는 게 불안감이 있었다냐."

밤거리에서 지내는 것보다는 관리할 수 있는 범위에 있었으면 좋겠다. 그런 느낌을 노골적으로 받았다.

그리고. 하는 일은 물론 환생 퀘스트, 전설의 시간으로.

지금까지 이런저런 작전을 세워서 그럴싸하게 이기려고 했지만.

"어떻게 이길까 같은 전술론은 고려하지 않기로 한다."

지휘를 맡은 마스터는 첫수로 지휘권을 내던졌다.

"그럼 어떻게 하는가? 묻고 싶은 것은, 우리는 어떻게 하고 싶은가, 다."

어떻게 해야 하는가, 가 아니라 어떻게 하고 싶은가?

지금까지의 싸움에서는 내가 루시안을 억누르거나 돌진해서 미끼가 되거나, 그런 느낌이었지만.

"탱커로서는 미묘하지만, 첫수부터 앞으로 나가서 유격으로 커버하고 싶네."

의무적으로 탱커를 억누르거나 적을 끌어들이려고 했지만, 원래는 자유롭게 움직이면서 앞으로 나서려고 하는 동료들을 지탱하는 것이 내가 하고 싶은 일이다.

실제로 지금까지 해온 대인전에서도 앞으로 나가서 미끼를 맡는 것보다는 타이밍을 노려서 스턴을 노렸으니까.

"내 슈바인 님은 전위로 평범하게 싸우는 것보다는 일격 필살을 노리고 싶어! 필요한 때 커다란 흑자를 벌어줄 테니까, 조금 뒤에 있겠지만 용서해줘."

"나는 반대가 되겠군. 후방에서 깨작깨작 마법을 날리는 건 취미가 아니다. 타이밍은 내가 만들지. 선두에 서도록 하겠다."

"파티의 한가운데에 서서 언제든 회복할 수 있게 하는 게 힐러라는 건 알지만요. 가능하면 루시안의 뒤에 있고 싶어요."

"나는 한 명 정도는 잡을 테니까 마음대로 움직여도 될까?"

"프리덤, 환영이에요."

오오. 다들 제멋대로 한다고 말하고 있어. 이 협조성 떨어지는 팀은 대체 뭐야?

"우리, 이런데 최고의 팀을 자칭할 수 있을까?"

"파티로서 성립하지 않네."

그래서 억지로 연계를 해보려고 했었지만. —딱히 상관없지?

평소처럼 해도 상관없지 않을까? 이러다가 진다면 오히려 납득할 수 있다.

"OK. 이대로 가자. 각자 하고 싶은 대로 해라!"

"이거, 이길 수 있나요?"

"이기지 못하더라도 즐거우면 되잖아."

세가와가 웃으며 고개를 내저었다.

그러나 그 얼굴은 체념의 웃음이 아니라, 물어뜯어 주겠다는 사나운 웃음이었다.

몇 번이고 봐온, 우리의 도플갱어와 마주했다.

바로 전투가 시작되지는 않는다. 디폴트 위치에서 앞으로 나온 순간에 상대가 움직인다는 흐름이다.

평소라면 타이밍은 내가 맡았다. 탱커니까.

그러나 선두에 나서는 건 딱히 내가 아니어도 된다.

"그럼! 우선 내가 가보도록 할까!"

마스터가 어깨에 폭신폭신한 망토를 뒤집어쓰고, 그 자리에서 시계가 고속 회전하는 이펙트를 냈다.

어깨 장비인 팰콘 망토. 일정 시간 이동 속도를 올리는 장비다. 또한, 방어력은 쓰레기.

마스터는 속도 증가 중에 망설임 없이 돌진했다. 그리고 적이 움직이기 시작한 동시에 장비를 교체했다.

"그리고 정석을 파괴하는 첫수 릴리스! 퍼펙트 블리자드! 상대는 죽는다!"

살의가 넘치고 있어!

마무리로도 아군 커버로도 쓰는 무영창 스킬, 릴리스 스펠을 첫수에 날렸다!

"엉망진창이네요?!"

"있어서는 안 되는 움직임이다냐……"

역시 이런 무모한 짓이 통하지는 않는다.

뭉쳐서 움직이던 가짜 루시안과 가짜 슈가 동결되었지만, 대단한 대미지는 나오지 않았다.

"옆, 받아갈게요."

이펙트가 나오는 사이 원거리 직업이면서 사이드에서 달리던 미캉이 가짜 아코에게 화살을 쏘기 시작했다.

어째서 후위인 마법과 활이 최전선에 서는 거냐고!

영창이 방해받아서 회복에 시간이 걸리는 가짜 아코를 커버하기 위해서인지, 가짜 세테가 미캉에게 향했다.

"그럼 내가 서포트에 들어가겠어!"

탱커가 뒤에서 후위를 커버하는 수수께끼의 전개.

가짜 세테에게 스턴을 걸러 갔는데.

"아, 아라크네 왔어. 미안, 포박 나우."

"허~접허~접."

"나는 미캉을 대신해서 맞은 건데 말이지!"

피했다면 그쪽이 맞았다고, 고마워해!

아라크네의 실에 휘감겨서 붙잡힌 루시안은 가짜 애플리코트의 마법, 가짜 미캉의 화살을 얻어맞았다. 오오, 아파 아파.

"루시안, 지금 구할게요!"

"괜찮아. 조금 더 기다리고 나서……."

"벌써 왔어요!"

"여기 최전선!"

내 옆에서 아코가 팍팍 힐을 걸었다. 이렇게 앞으로 안 나와도 된다고!

내구력이 약한 아코가 이런 곳에 오면 그야 당연히 노려진다.

동결이 풀린 가짜 슈바인이 돌격. 가짜 루시안도 오고 있다.

기분 탓인지 사악한 얼굴로 보이는 루시안. 지금까지는 계속해서 헛된 소모전만 벌였던 상대다.

"아~, 절망적이지만…… 왠지 미래가 보이네."

여기에는 나를 붙잡은 가짜 세테에 아라크네, 아코에게 덤벼드는 가짜 슈바인과 가짜 루시안이라는 도플갱어 세 명. 그리고 소환수가 집합했다.

나는 도발 스킬이 안 통하는 적에게서 어그로를 끌 수 없다. 그러나 내구가 낮은 힐러인 아코가 함께 있으니까, 우리에게 타깃이 모인 거다.

결과적으로 적이 모였으니까, 이후에는 전부 맡길 수 있다.

"아코! 나한테!"

"엑스트라 대미크헉"!

아코의 죽을힘을 다한 엑스댐이 슈바인에게 걸렸다.

이동 스킬을 연속해서 사용해 단숨에 거리를 좁힌 슈바인이 대검을 들었다.

◆슈바인 : 란란('·ω·')

1HIT, 2HIT, 3HIT.

대검이 화려하게 세 명과 한 마리를 휩쓸었다.

두 번째 공격으로 아라크네가 소멸, 첫수인 대마법에 더해서 엑스댐이 들어간 란란에 맞은 가짜 슈바인이 쓰러졌다.

그러나 이걸로 끝은 아니다. 아라크네의 실이 풀린 순간, 히트 스텝으로 움직임이 멈춘 가짜 세테의 안면에 방패를 후려쳤다.

◆루시안 : 스턴 들어갔어! ← 여기!

"받아간다! 일격 소각 드래곤 브레스! 나나코 격파~!"

"나는 살아있거든!"

"죄송해요, 죽었어요!"

드래곤 브레스를 한 명한테 쏘지 마! 딜이 아깝잖아!

가짜 슈바인, 가짜 세테를 쓰러뜨리기는 했지만, 공격에 맞은 이쪽의 아코가 격침.

가짜 루시안이 슈바인에게 다가갔고, 가짜 애플리코트의 마법도 이리로 날아왔다.

"아코와 교환해서 두 명. 내 차례는 여기까지인 모양이네."

"포기하는 게 빨라!"

아직 할 수 있는 게 있잖아!

"당하게 두지는 않는다! 당하게 두지는 않아!"

마스터가 화려한 마법 이펙트를 흩뿌리며 이쪽에 원호 공격을 날렸다.

그러나, 저쪽에는 아직 힐러가 있다.

"우옷."

"너무 기세를 타니까!"

가짜 아코에게 스킬이 봉인당해서 단번에 마스터가 침묵했다.

상대가 불리한 상황으로 판정했는지, 가짜 애플리코트가 다가오려고 했지만…….

"한 방 더!"

쿨타임이 끝난 슈바인이 앞으로 뛰쳐나왔다.

그러나, 물론 그렇게 간단히 맞을 리가 없었고.

"아, 미안 정말로 안 되겠어."

"목숨을 소중히 해!"

적들이 모두 재빨리 빠졌고, 아무도 없는 곳에서 검을 휘두른 슈바인에게 마법이, 방패가 꽂혀서 바로 격침됐다.

"잘도 슈바인을!"

겨우 스킬 봉인이 풀린 마스터가 대마법을 영창.

그러나 영창이 길다! 적은 마법 범위를 피해서 더욱 물러났다.

"받으세요."

"나이스!"

그 배후에서, 사전에 설치해둔 덫이 빛났다.

걸려든 건 처음에 물러나려던 최후위의 가짜 애플리코트.

움직이지 못하는 마법사는 적수가 못 된다. 공격에 얻어맞았지만.

"힐러가 마법을 쓴다! 미캉!"

"할 일 많음."

미캉이 가짜 아코에게 화살을 날려 회복을 방해했다.

그걸 방해로 봤는지, 가짜 루시안이 미캉을 막으러 돌진했다.

잠시 고민했다. 탱커라면 미캉을 지키면서 가짜 루시안을 막아야 한다.

그렇지만……. 뭐, 상관없나. 후타바니까.

"힘내라 후타바!"

"방치?!"

탱커에게는 있을 수 없는 행위, 미캉을 버리고 가짜 루시안과 스쳐 지나갔다. 가짜 아코에 스턴을 넣어서 회복을 막고, 가짜 애플리코트를 깎아냈다.

"좋아, 가짜 마스터 격파!"

"이쪽도, 죽었는데요?"

"미안하다는 마음만은 있어."

버림받은 미캉도 죽어서, 남은 아군은 나와 마스터. 그리고 세테 씨뿐이다.

"미안, 슬슬 무리~."

"이쪽도 죽었어?!"

전황을 보고 자유롭게 두면 곤란하다고 생각했는지 계속 사격을 맞으면서 가짜 미캉을 쫓아다니던 세테 씨가 쓰러졌다.

"과연, 남은 건 나와 루시안. 상대는 가짜 루시안에 가짜 아코, 그리고 가짜 미캉인가."

"이야~, 인원 부족이네."

나와 마스터는 핫핫핫 웃었다.

그러나 얕보지 말라고. 이쪽은 앨리 캣츠의 길마와 섭마. 실력적으로는 투톱을 자부하고 있단 말이지.

"마스터, 두 명 부탁해!"

"맡겨둬라!"

정석이라면 내가 두 명을 막고, 그동안 마스터가 한 명을 쓰러뜨리는 거겠지.

그러나 우리에게는 그런 룰이 없다!

HP가 깎인 가짜 미캉이 합류하기 전에 그쪽을 잡으러 간다!

"핫핫핫. 단독 행동하는 위저드는 먹잇감으로 보이나. AI 놈들!"

가짜 루시안과 가짜 아코가 마스터를 쫓았지만, 물러나면서 쏘는 것에 전념하는 마스터에게 좀처럼 다가가지 못했다.

반면 이쪽은.

"에잇에잇에잇에잇에잇."

"어째서 방패를 던져서 활하고 싸우는 건가냐……."

"이게 최강이라서요."

최대 강화라고는 말할 수 없지만, 그럭저럭 강화한 자랑스러운 방패다. 던지면 강하다고!

세테 씨에게 소모되었던 가짜 미캉은 내 방패 던지기 앞에서 처참하게 쓰러졌다.

"마스터, 괜찮아?"

"지금 괜찮지 않게 되려는 참이다."

"무슨 소리?!"

돌아가려던 내 눈에 들어온 건, 커다란 마법진 중앙에 선 마스터와 그걸 때리려는 가짜 루시안, 마법을 날리는 가짜 아코의 모습이었다.

"이 HP로 접근한다면 이긴다고 보고 있었겠지! 그러나 내 장비를 얕보았구나!"

마스터는 영창 방해를 받지 않게 되는 머리 장비를 쓰고 침묵 무효 액세서리까지 달고는 적의 공격을 맞으며 마법 영창을 이어갔다.

대인용 장비인데도 확실히 한계까지 강화했겠지. HP를 아슬아슬하게 남긴 채 발동까지 버텨냈다.

"이것이 나의 오의! 몸을 버리는 발밑 대마법이다!"

"마스터! 그런 무리를 하지 않아도 평범하게 싸웠으면 이겼을 텐데!"

우주에서 떨어진 번개가, 스타 라이트닝이 가짜 아코와 가짜 루시안을 쓸어버렸다.

동시에 마스터의 HP도 소멸해서 그 자리에 쓰러졌다.

이펙트가 사라지고 남은 건, 탱커인 주제에 별로 깎이지 않은 루시안뿐.

그리고 전원의 화면에 quest clear 글자가 표시되었다.

"이, 이겼다!"

"우와, 이걸로 가능했네."

"난 미캉을 쫓아다녔을 뿐인데?!"

"후하하하하. 우리의 연계가 승리했구나!"

"오히려 연계하려고 했던 건 도플갱어 쪽이었다냐……."

줄곧 어이없는 표정으로 바라보던 선생님이 아연실색하며 말했다.

"서로 도우려고 뭉친 상대에게 자유행동인 모두가 깊이 생각하지 않고 쓰고 싶은 스킬을 썼을 뿐이다냐……. 아무리 생각해도 AI와 인간의 입장이 반대다냐……."

"이게 팀플레이라는 겁니다!"

"스탠다드 플레이에서 생겨나는 팀워크에 지나지 않는다냐 아아아아!"

선생님은 「어째서 이런 걸로 이기는 건가냐?」라며 몇 번이고 고개를 갸웃했다.

"다들 엉망진창이니까 올바른 행동을 하는 AI의 움직임이 안 통하고, 이쪽이 하고 싶은 일만 꽂혀버린 게 아닐까요."

"절대 올바른 승리는 아니다냐."

하지만 그래. 우리는 이런 팀이지.

제멋대로 움직이는 딜러에 바로 죽어버리는 힐러, 불운한 일을 겪는 소환사와 허둥지둥 우왕좌왕하는 탱커.

전원이 제멋대로 하면서도 원할 때는 확실하게 서로 통하며 협력한다. 그거면 된다. 그게 좋은 거다.

"저희의 승리에요!"

그리고 처음에 바로 쓰러졌던 아코가 어째서인지 당당하게 승리 선언을 했다.

††† ††† †††

▶정말로 환생하시겠습니까?◀
▶환생 이후에는 취소가 불가능합니다.◀

▶레벨은 1로 돌아가며, 필요 경험치가 대폭 증가합니다.◀

퀘스트 클리어 후, 여신상을 클릭하자 나온 표시가 이거다.

"역시 끈질길 정도로 확인하네."

지금처럼 습득 경험치가 터무니없이 늘어나고 마나 피드 이어링 같은 밸런스 브레이커 장비가 있다면 모를까, 보통은 레벨을 다시 올리는 데 몇 달, 길면 연 단위가 필요하다. 그 야 확인도 끈질기게 할 만하겠지.

그래도 망설이지는 않는다.

이걸 목표로 삼았으니까. 서비스 종료 전에 달성하게 되어 서 기쁠지언정 슬픈 일은 전혀 없다.

"그럼 가볼까."

YES를 클릭.

짜잔, 하는 밝은 효과음과 함께.

나의 루시안이 초기 노비스 캐릭터로 모습을 바꿨다.

직업이 초기로 돌아가고 레벨도 1로. 스테이터스도 당연 히 초기 수치로.

그러나 스테이터스 포인트는 상당한 숫자가 남았다. 이건 대단하네. 레벨 1이라도 그럭저럭 싸울 수 있는 강함은 될 것 같다.

"좋았어어어어! 마침내 환생했어!"

"길고 괴로운 싸움이었네……."

"NKT였다. 우리답게 이겨서 다행이군."

"다들 축하해~."

주변에 있는 앨리 캣츠 멤버도 다들 초기 복장으로 돌아갔다.

노비스밖에 없는 감각 오랜만이네.

"다들 레벨 1 장비는 제대로 준비해놨어?"

"창고에 넣어놨어~."

"지금의 경험치 배율이라면 단번에 레벨이 올라갈 테니까."

"그보다도 이대로 스샷 찍자! 전직하면 다시 모여서 스샷! 당시에 놓쳤던 장면을 재현해서 다시 찍는 거야!"

"아카네~. 그거 작위적이지 않아?"

"연출이라고 말했네."

우리가 와글와글 소란을 부리던 와중, 아직 카디널인 아코가 말했다.

"다행이네요. 루시안. 마지막에 환생까지 진행해서."

"뭐, 그래도 레벨은 다시 올려야 하지만."

그것도 경험치 배율이 올라간 지금이라면 어떻게든 된다.

"딱히 레벨을 다시 올려서 할 일도 없지만, 마지막 순간은 레벨 100 정도는 되어서 맞이하고 싶네."

"그러게요. 마지막까지 노비스라면 불쌍하니까요."

조금 평탄한 어조. 언제나 감정이 풍부한 아코에게는 별로 볼 수 없는 차가운 음색.

"······아코?"

"마지막, 인가요?"

그렇게, 작게 중얼거리는 게 들렸다.

"다들 퀘스트를 클리어하려고 굉장히 노력했고······ 그래도 그 이상으로, 자신답게 클리어한 지금이 굉장히 기뻐 보여서······."

스테이터스 포인트 투자에 고민하는 일행들을 바라본 아코가 시선을 내렸다.

"전부 해냈다는 표정으로······. 이걸로 끝이라고······."

"아코······."

우연이지만, 나와 세가와의 목표가 마지막으로 달성된다.

여러 모습으로 스샷을 찍고 싶다, 캐릭터를 완성시키고 싶다. 모두 환생해서 레벨을 올리면 반드시 이루어지는 목표다.

이제 달성되는 건 거의 틀림없어졌다.

이제는 평온하게 LA에서 시간을 보내면, 후회 없이 졸업할 수 있을, 거다.

그런 마음이 우리의 태도로 드러난 건 틀림없다.

"다들 LA를 은퇴하는 건가요? 끝내도 되는 건가요?"

"좋지 않아. 우리도 LA가 끝나지 않는다면 그만둘 생각이 없어."

"······그래도."

아코는 느릿느릿 고개를 들었다.

울먹이는 눈동자를 내게 돌리고는, 어딘가 피로와 체념이 섞인 목소리로 말했다.

"끝나는 거죠. 레전더리 에이지는."

"······응. 끝나."

모두의 목표 달성을 돕고, 후회를 없애기 위한 노력을 하고.

그렇게 시간을 보내면 아코의 마음도 정리가 될지도 모른다고 생각했다.

이렇게 마지막 목표에 손을 닿고, 승리와 동시에 결정된 끝을 받아들이는 우리를 보자, 그녀도 마침내 이해하게 되었다.

"그렇죠······. 그런, 거죠······."

"괜찮아, 아코. 무리해서 이해하지 않아도 돼."

"괜찮아요. 저는 저한테 이겼잖아요? 불리한 대면에서 대승리했어요. 환생해서 LA가 끝나기 전에 좀 더 힘낼 수 있는 저로 만들어야······."

아코는 마우스에 손을 올리고 커서를 조작했다.

그러나 그대로 가만히 화면을 바라보며 움직이지 않았다.

"아코, 정말 무리하지 않아도······. 오늘은 일단 이쯤 하고, 다시 시간을 두고."

내 말을 가로막고는.

"이걸 누르면 환생하는 거죠?"

"으, 응. 환생할 수 있지만······."

"제가 죽고, 다시 태어나고, 다시 레벨 1부터 시작할 수 있는⋯⋯."

"진짜 의미로 죽는 건 아니거든?"

환생이라는 액면만 보면 그렇지만.

"스테이터스 보너스도 있고 스킬 레벨 상한도 조금 올라가니까 더 강해질 수 있고⋯⋯ 아코?"

말하는 도중에 깨달았다.

아코의 낌새가 본격적으로 이상하다.

움직이지 않는다거나 목소리가 떨린다거나 그런 레벨이 아니다.

입술이 하얗다.

호흡이 멀다.

눈동자의 움직임이 멈추지 않는다.

"괜찮아? 몸이 안 좋으면 잠깐 누워서⋯⋯."

"괜찮아요. 저도, 마지막까지 모두와 함께."

마우스를 쥔 손이 떨리면서 이질적인 소리를 냈다.

"정말로 레전더리 에이지가 끝난다면."

손만이 아니다. 팔이, 다리가, 몸이 떨리고 있다.

"죽는 것도 다시 태어나는 것도, 저도 함께⋯⋯."

헉, 하고 강하게 숨을 들이쉰 순간, 아코의 표정이 변했다.

"저, 도, 저도!"

지금까지 떨리던 어깨가 크게 오르내렸다.

계속 앉아있었는데 장거리 달리기를 끝낸 뒤처럼 거친 호흡.

"아코, 잠깐. 이거 괜찮지 않잖아!"

"헉, 헉, 헉."

괴로운 듯 격렬한 호흡을 반복한 아코가 나와 컴퓨터 화면을 교대로 바라봤다.

뺨은 상기되어 붉게 물들었지만, 입가는 창백하게 떨렸다.

"숨이, 괴롭고, 이상해서, 루시안!"

아코는 격하게 호흡하면서 가슴을 누르고, 필사적으로 공기를 들이쉬려고 했다.

큰일이야, 큰일이야. 뭐가 어떻게 된 거야?! 나는 어떻게 해야 하지?!

"아코?! 왜 그래?!"

"타마키?!"

다른 멤버도 알아채고 달려왔다.

"아코의 상태가 이상해서! 어쩌지? 구급차?!"

"잠깐만, 보여줘. 타마키? 숨을 못 쉬겠니?"

"네, 에! 헉, 헉!!"

"이건…… 과호흡이네."

"네."

오히려 차가울 정도의 시선으로 아코를 바라보던 선생님과 아키야마가 고개를 끄덕였다.

"니시무라. 타마키의 손을 잡아줘!"

"아코의 어깨를 안고! 괜찮다는 얼굴로, 밝은 표정으로!"

직후, 선생님과 아키야마가 영문 모를 지시를 내렸다.

얼굴?! 표정?! 그걸로 뭐가 된다는 거야?!

"네?! 제가 그런 얼굴을 해봤자 아코는 전혀."

"됐으니까 해!"

"선배 빨리!"

"넵!"

세가와와 후타바까지 재촉했기에, 이제 쓸데없는 생각을 하는 건 그만뒀다.

떨리는 그녀의 손을 강하게 잡고, 모든 게 괜찮다는 표정을 지으며―

"괜찮아, 아코. 괜찮으니까. 진정해."

마우스를 굳게 잡고 있던 아코의 손을 잡으며, 반대쪽 팔로 어깨를 받쳐주듯 안았다.

"루시안. 으, 아."

"아코, 괴롭더라도 천천히, 천천히 숨을 쉬어!"

"아코. 루시안의 얼굴을 봐라. 호흡에 맞춰서 같은 타이밍에 숨을 쉬는 거다. 루시안과 동시에. 알겠지?"

아키야마와 마스터의 목소리에 몇 번이고 끄덕인 아코가 내 입가에 시선을 보냈다.

그에 맞춰 나도 거칠어질 것 같은 호흡을 억지로 참고, 아코보다 조금 천천히 호흡을 반복했다.

"하악…… 하악……."

"괜찮아. 천천히. 천천히."

거칠었던 아코의 호흡이 조금씩 조금씩 평온하게 잦아들었다.

"괜찮아, 아코. 잘하고 있어, 잘하고 있어."

"다행이야. 다행이야, 아코……!"

아코는 아직 빠른 호흡을 필사적으로 억누르면서 고개를 내저었다.

"죄송해요, 죄송해요……."

"뭘 사과하는 거야. 다들 화내지 않았고 곤란하지도 않았어."

"네…… 네……."

휘청거리는 몸을 지탱하려던 거겠지. 아코는 가슴을 누르던 손을 책상에 올렸다.

그 손끝이 키보드 끝에 걸려서 딸칵, 하는 가벼운 소리를 냈다.

짜잔, 이라는 효과음과 함께 눈앞의 모니터가 밝게 빛났다.

"아……."

"어?"

화면 속에서 캐릭터 아코가 초기 장비, 초기 레벨로 돌아갔다.

YES/NO 버튼에서 대기 상태였던 환생 선택이, 엔터키를 눌러서 결정된 거다.

"저, 어, 죽었―."

아코의 몸이 휘청 기울어졌다. 받쳐주고 있던 내 품에 쓰러지면서 그대로 꿈쩍도 하지 않았다.

"아코?! 아코?!"

눈을 감은 그녀에게서는 아무런 대답이 없었다.

힘이 쭉 빠진 몸은 마치 죽은 것처럼 무거웠다.

6장

"평생 후회 하 라 고"

다행이었던 건 양호 선생님이 보건실을 열어두고 있었다는 거였다.

나와 고양이공주 씨, 마스터 세 사람이 아코를 옮겼고, 밖에는 세가와와 세테 씨, 후타바가 기다리고 있다.

"호흡은 안정되어 있고, 맥박, 혈중 산소 농도도 문제없음. 조금 지나면 눈을 뜰 거예요."

아코의 몸 상태를 확인한 선생님이 그렇게 말했다.

"정말인가요? 진짜로 구급차 같은 거 안 불러도 괜찮나요?"

"물론 일어나면 병원에 가는 걸 추천해요. 하지만 머리를 부딪치거나 하지 않았다면 구급차를 부를 정도는 아니에요."

"그런 말씀을 하셨다가 아코에게 무슨 일이 생기면 책임질 수 있나요?!"

"아뇨, 그건……."

선생님의 말이 막혔다. 역시 자신 없잖아!

갑자기 쓰러졌다고. 아코에게 무슨 일이 생겼는지도 모르면서!

"진정해라. 야마모토 교사에게 잘못이 있는 건 아니다."

"그렇지만!"

"야마모토 선생님. 이후에는 제가……."

"아, 네. 그럼 사이토 선생님. 잘 부탁합니다."

선생님은 재빨리, 라고 표현하는 게 올바른 움직임으로 아코가 잠든 침대에서 떠났다. 그리고 그대로 보건실을 나가버렸다.

"저런 무책임한……!"

"냉정해지라고 했잖나. 양호 교사는 의사가 아니다. 결과에 책임을 질 수 있을 리가 없어."

어? 보건실 선생님은 의사가 아니었어? 그럼 더더욱 모르잖아!

"그럼 구급차를 불러서 제대로 된 사람에게……. 그렇게 생각하는 게 잘못된…… 거야?"

진정하라는 말을 들었으니까 조금 냉정해지기는 했다.

확실히 아코는 보기에는 잠들었을 뿐이고, 몸 상태가 나빠 보이지는 않는다.

그러나 쓰러지기 전의 모습은 명백하게 평범하지 않았잖아.

"선생님은 부활동 연습이 격해서 기절한 아이를 몇 번이고 봐왔어. 우선 타마키는 틀림없이 걱정할 것 없는 타입의 기절이야."

걱정할 것 없는 기절이라니 그런 게 있어?! 일상에서 흔한 일이 아니잖아?!

"선생님의 부활동은, 저기……."

"대학에서는 레슬링부였죠."

"응. 부의 매트가 단단해서 말이지? 그라운드 기술로 실신, 태클로 기절. 익숙하다고까지는 말할 수 없지만, 가끔 있었어."

선생님은 자신 있게 끄덕였다.

"교직 과정에서 배우는 거지만, 사춘기의 과호흡은 드문 일이 아니야. 구급차를 불러도 올 무렵에는 잦아드는 게 일반적이야."

"그런……가요."

두 사람이 차분하게 있는 걸 보고, 조금 힘이 빠졌다.

"과호흡에서 다시 쇼킹한 영상을 봐서 정신적으로 펑크가 난 모양이야. 적어도 몸은 괜찮으니까 니시무라도 안심해."

"네, 네에……."

"물론 눈을 뜨면 책임을 지고 집으로 보내줘야겠지."

"감사합니다."

선생님에게는 마지막까지 폐를 끼치기만 하네.

아니, 선생님만이 아니다. 방금 보건 선생님에게도 실례되는 일만 저질렀다.

"보건 선생님에게 사과해야겠지……. 화풀이를 해버렸어……."

"갑작스러운 상황에 혼란스러웠던 거다. 야마모토 교사도 신경 쓰지 않을 거다."

그래도 선생님은 전혀 잘못이 없으니까.

물론 쓰러진 아코가 잘못한 것도 아니다. 함께 따라와준 마스터와 고양이공주 씨도.

"전부 내 잘못이야. 알아채고 있었는데. 아코의 낌새가 이상하다는 건 바로 알았는데."

환생이니 뭐니 하는 걸 당장 중지했다면 이런 일은 일어나지 않았다.

"고생해서 퀘스트에 성공하고, 다들 무척 기뻐해서, 아코는 받아들이게 된 거야. LA가 끝난다는 걸. 그걸로 쇼크를 받아서, 그런데도 내가 느긋하게 환생을 말해서……."

LA의 세계가 진짜 세계라고 생각하던 아코에게 환생 시스템은 가벼운 게 아니다.

지금까지 살아온 자신의 레벨이 1로 돌아가고 모두 다시 시작한다는 말을 들으면 간단히 결단할 수 있을 리가 없다.

"신부이니 뭐니 떠들어댔으면서 이런 꼴이야……. 아코에게 뭐라고 사과하지……."

환생하자는 말을 꺼낸 건 나다. 남은 미련을 함께 해결하면서 점점 섭종을 받아들이면 좋겠다고 생각해서 아코를 몰아세운 것도 나다.

아코와 지내면서 후회했던 일은 종종 있지만, 이런 대실패는 처음이다.

아니, 아니다. 지금까지 운이 너무 좋았던 거다.

아코를 상처입힌 적은 몇 번이고 있었다. 그게 큰일로 이어지지 않았던 건 우연에 불과하다.

"역시 현실의 나는 정말로 못 써먹을 쓰레기야……. 아코에게 잘난 척 말할 처지냐고……."

"그만둬라, 루시안. 지나치게 책임을 짊어지지 마라. 오히려 이번에는 나의 죄가 무겁다."

마스터가 내 어깨에 손을 올렸다.

"애초에 마지막 활동을 하자고, LA에 후회를 남기지 말자고 말한 건 나다. 그렇게 마음의 정리를 하려던 게 오히려 아코 군을 몰아세운 거다."

"환생하자고 말한 건 나야. 그게 없었다면 이렇게까지 나빠지지는 않았어."

"최종 목적을 정한 건 나다. 그 시점에서 이렇게 되는 건 정해져 있었던 거다."

"그럴 리가 없잖아. 내가 캐릭터를 완성시킨다고 하고, 아코에게도 같이 하자고 권해서……."

"……두 사람에게 묻고 싶은데."

잠든 아코의 옆에서 의자에 앉은 선생님이 부드러운 목소리로 말했다.

"온라인 게임이 종료할 때 말이지. 게임을 줄곧 즐기던 플레이어들은, 어느 타이밍에 이 게임이 끝나는 걸 납득한다고 생각해?

"언제, 라니…… 어……?"

갑자기 무슨 이야기를 하는 건가 싶었지만, 상관없는 이야기 같지도 않았다.

굳이 언제냐고 대답한다면.

"……서비스 종료가 발표되었을 때, 일까요?"

"고쇼인은?"

"실제로 서버를 닫을 때……일까요. 납득하지 않을 수 없겠죠."

"응. 두 사람 모두 정답. 그런 사람도 많이 있겠지."

하지만, 하고 쓴웃음을 지은 선생님이 우리를 다정한 시선으로 바라봤다.

"의외로, 서비스가 종료된다는 현실감이 없어서 서버가 닫혔는데도 납득하지 못하는 사람이 많아."

"끝났는데도 여전히 납득하지 못하는 건가요?"

"응."

선생님은 쓴웃음을 지으며 뭔가를 떠올리듯 말했다.

"서버가 닫히고, 로그인하지 못하게 되고, 그래도 납득할 수 없어서. 다음 날에 아아, 이 게임은 이제 할 수 없다고 생각하고……. 다음 날에도 또 그 생각을 하고…… 일주일이 지나고, 한 달이 지나고…… 그런 오랜 시간이 지나야 겨우 조금 납득하게 되지. 그런 사람도 많이 있어."

"긴 시간을 들여서, 겨우……."

나도 그런 사람과 다르지 않을지도 모른다.

LA가 끝나게 되니까 마지막 시간을 유의미하게 쓰자는 목표를 세워서 해왔다.

하지만 실제로 끝나면 납득할 수 있느냐고 묻는다면 그런 자신은 전혀 없다.

그리고, 그건 나만이 아니다.

"아코는 분명 그런 타입이겠지……."

"그렇겠지."

"선생님도 그렇게 생각해."

부드러운 표정으로 잠든 그녀의 뺨을 살며시 어루만진 선생님이 말했다.

"하지만 타마키는 이상한 부분에서 성실하니까, 제대로 납득하려고 하겠지."

"받아들여야 한다고 생각하게 될까요."

"환생한다, 제로로 돌아간다는 게 그녀에게는 자신이 다시 태어나는 순간으로 느껴졌을지도 몰라. 되살아나야 한다, 제로부터 다시 시작해야 한다고."

LA에서의 환생은, LA에서 다시 제로부터 시작한다는 뜻이다.

그러나 지금 이때 아코의 눈에는 그렇게 보이지 않았을지도 모른다.

LA에서 죽고, 현실에서 다시 태어나야 한다는, 그런 감각으로 느껴졌을지도.

"사실은 긴 시간을 들여서 무리 없이 받아들이면 되었을 텐데. 지금 당장 해야 한다고 생각한 거겠지. 그렇게 무리하지 않아도 되는데."

"역시 제가 무리하게 만든 거겠죠……. LA가 끝난다고 몇 번이나 말했으니까, 아코도 마지막에는 같이 받아들이려고 해서……."

아코는 이 게임은 끝나지 않는다고 말했었는데.

"모두와 같은 마음으로 마지막 시간을 보낼 수 있다고, 그런 자기만족으로 아코를 몰아세워서."

"……그건 반성이 좀 과도하네."

내 어깨를 토닥토닥 두드린 선생님은 잠든 아코를 바라보라고 재촉했다.

"타마키 본인이 누구보다도 따돌림당하는 걸 무서워하는 아이잖니? 혼자 마음대로 하라고 말하면 어떻게 되었을 것 같아?"

"그건…… 더 궁지에 몰렸을지도 모르지만요."

혼자서 섭종 항의 운동에 몰입해서 과격한 행동에 나서고, 어딘가에서 문제를 일으켰을지도 모른다. 배신당해서 더더욱 상처받았을지도 모른다.

"그래도……. 그럼 저는 어떻게 했어야 하는데요……."

전혀 모르겠다. 정답이 보이지 않는다. 올바른 공략법은 뭐였냐고.

해답을 원하는 나에게 선생님은……

"니시무라. 인생은 어찌할 수 없는 일이 많이 있어."

한없이 다정한 목소리로, 냉혹한 진실을 말했다.

"아무리 노력해도 자신의 힘과 상관없는 곳에서 실패로 끝나는 일은 얼마든지 있어. 노력해도 성과가 나오지 않는 일도 드물지 않아. 학교에서도 시험이나 부활동, 연애를 통해 배우는 일이지만……. 레전더리 에이지는 마지막에 좋은 공부를 하게 해줬네."

피할 수 없는 절망. 그게 LA가 주는 경험이라는 건가.

그런 쓸데없는 마음 씀씀이는 필요 없어. 언제나 즐거운 세계를 주면 그걸로 충분했는데.

"어떻게 해야 할지 모르는 일은 많이 있어. 그럴 때는 무리하게 해결하려고 하는 게 아니라. 곁에서 함께 넘어서면 되는 거야."

"……네."

알겠다는 말밖에 할 수 없었다.

나에게 책임이 없다고 생각하지는 않는다. 아코의 곁에 머물 자신감이 점점 줄어들고 있다.

그래도 선생님의 말은 확실히 받아들여야 한다. 그렇게 생각했다.

◆아코 : 기절이라니. 인생에서 처음 경험했어요.

명랑하게 웃음 감정표현을 꺼낸 아코가 그런 채팅을 쳤다.

◆슈바인 : 너 왜 웃으면서 말하는 거야.

◆루시안 : 이 녀석 뭐야?(전율)

◆아코 : 한 번 정도는 기절해 보고 싶다는 마음도 없지는
않았거든요.

이 녀석, 기절을 좋은 추억으로 삼고 있어……!

나는 진짜로 걱정해서 나 때문이라고 궁지에 몰렸었는데!

아니, 우리에게 책임을 지우지 않으려고 애써 기운차게 행
동하고 있을 가능성도—.

◆애플리코트 : 숨을 쉬지 못해서 기절한다는 건 꽤 괴로
운 일이라고 생각한다만…….

◆아코 : 생각보다 픽 가버리더라고요.

◆루시안 : 가지 마.

아, 이거 적어도 기절한 건 전혀 신경 쓰지 않는 것 같네.

◆세테 : 인간은 꽉 조이면 의외로 금방 기절하니까.

◆슈바인 : 실제로 체험해 본 것처럼 말하지 마. 무서우니까.

당연한 듯이 말하는 세테 씨도 그런대로 무섭다.

◆루시안 : 그래서, 아무 일도 없었던 거지?

◆아코 : 네. 식욕도 있고 체온도 정상, 루시안 덕분에 머리

도 안 부딪혀서 정밀검사도 필요 없대요.

◆슈바인 : 너 도움이 됐잖아.

◆세테 : 장해!

　◆루시안 : 숨을 쉬어서 장하다는 레벨로 칭찬하지 말아줬으면 하는데.

　◆아코 : 사춘기에는 자주 있는 일이니까 걱정하지 말라고 했어요.

　◆애플리코트 : 사이토 교사의 말대로군.

　◆루시안 : 으~음. 선생님은 선생님이네.

아무튼 건강하다면 정말로 다행이다.

다행이다. 정말로 다행이다.

그렇다고 내 책임이 사라진다거나, 신경 쓰지 않아도 되는 건 아니다.

　그런 것하고는 상관없이 아코가 무사하다는 건 기뻤다.

　◆아코 : 그렇게 되었으니까, 폐를 끼쳐서 죄송해요.

　◆루시안 : 사과해야 하는 건 이쪽이야. 정말로 미안.

　◆애플리코트 : 아코에게는 무리를 강요하고 말았구나.

　◆아코 : 아뇨아뇨아뇨.

아코는 고개를 붕붕 내저었다.

　◆아코 : 제가 정말로 좋지 않았던 거예요. 아아, LA는 끝나는구나. 그런 생각이 드니까, 아무래도 모두와 헤어지고 싶지 않다고 생각하게 되어서요. 그래도 다들 환생해서, 두근

두근한 게 멈추지 않아서……

우물쭈물하는 모션을 보이던 아코를 세테 씨가 끌어안았다.

◆세테 : 괜찮아. 환생하든 안 하든, 서비스가 끝나든 안 끝나든, 언제나 함께니까!

◆아코 : 세테 씨……!

◆세테 : 아코……!

한동안 얼싸안은 뒤, 아코는 슬그머니 떨어지면서 말했다.

◆아코 : 그래도 세테 씨하고는 적당한 거리감 정도로…….

◆세테 : 정말~. 이제 와서 그런 건 안 믿거든~.

◆아코 : 아아아. 안 통하게 되었어요!

아아, 정말 평화로운 대화다. 아코가 쓰러진 뒤라고 생각하지 못할 정도다.

◆루시안 : 학교도 이제 얼마 안 남았으니까, 일단 천천히 쉬고 있어.

◆슈바인 : LA에서 할 일도 대부분 끝났으니까.

◆아코 : 네. 쉬게 되어서 다행이에요.

아, 그래도 내일은 일단 예정이 있기는 한데.

◆루시안 : 내일은 체험 수업이 있는데, 그쪽은 쉬겠지?

일요일. 사실은 아코도 갈 예정이었던 입시 학원에 가는 날이다.

◆아코 : 아…….

내 채팅을 본 아코는 잠시 침묵하고는 말했다.

◆아코 : 그러네요. 죄송하지만 못 갈 것 같아요.

◆루시안 : 어쩔 수 없지, 어쩔 수 없어.

◆슈바인 : 어떤 느낌이었는지 돌아오면 가르쳐 줄 테니까.

무리해서 온다고 말해도 말렸을 거다.

자신에 대해서 잘 알고 싶다고 말해준 게 오히려 안심된다.

◆루시안 : 뭣하면 나도 쉬고 아코네 집에 갈게. 뭔가 할 수 있는 건 아니지만.

◆아코 : 아뇨아뇨! 저는 정말 괜찮으니까 입시 학원 챌린지하고 오세요!

◆루시안 : 전력으로 거부하는 것도 슬픈데.

◆아코 : 돈도 들고, 저 때문에 쉬면 더 죄책감이 드니까요!

그렇게까지 말하면 곤란하다. 쓰러졌던 아코에게 더 부담을 주고 싶지도 않으니까.

◆루시안 : 으~음. 알았어. 그럼 제대로 듣고 와서 프린트라도 받아올게.

◆아코 : 네. 기대……하지는 않겠지만, 기다리……지도 않겠지만요.

◆루시안 : 가고 싶지 않고 흥미도 없는 거지? 그런 거지?

◆슈바인 : 안심해, 아코. 쉬어도 온라인 강의로 몇 번이든 다시 볼 수 있게 되어있으니까.

◆아코 : 도망칠 수가 없잖아요오오오오오!

체험이라고 해도 신청은 했으니까 도망치지 말았으면 좋겠다.

◆애플리코트 : 아무튼 좋든 나쁘든 전원이 환생했다. 레벨을 올리기로 할까.

◆세테 : 그러게! 지금이라면 팍팍 렙업할 수 있어!

아무래도 전원이 노비스 상태. 레벨 1.

어떤 적을 쓰러뜨려도 금방 레벨을 올릴 수 있는 보너스 타임이다.

◆아코 : 마지막이니까 스테이터스와 스킬을 멀쩡한 힐러로 올릴까요?

◆루시안 : 멀쩡한 아코라니 위화감이 있네~.

◆아코 : 저도 그래요!

억지로 기운을 내는 것처럼 보이지는 않는다. 아코는 정말로 즐거워 보인다.

그러나 그 태도에 어딘가 위화감이 들기도 한다.

평소의 아코라면 걱정하지 않아도 되지만 집에 와준다면 대환영이에요! 라고 말할 것 같은데 말이지.

그러나 죄책감이 드니까 안 와도 된다고 이상하지는 않으니까—.

약간의 의문을 품었지만, 그런대로 플레이하고 해산한 그날 밤. 내가 로그아웃한 순간에도, 아코는 마지막까지 로그인해 있었다.

"으음, 충실한 수업이었네~. 아코도 오면 좋았을 텐데."

"쓰러지자마자 바로 입시 학원에 오면 걱정되니까 어쩔 수
없잖아."

"본인은 땡땡이칠 수 있어서 좋아했었지. 그래도 온라인
강의에서는 도망칠 수 없어……."

세가와가 입시 학원의 교재와 프린트, 노트와 펜 케이스
가 들어간 작은 가방을 흔들며 말했다.

세가와와 둘이서 봄방학에 열리는 새 3학년용 체험 수업
을 받고 돌아오는 길이다.

발을 옮긴 입시 학원은 커다란 빌딩 한 채를 통째로 쓰는
규모가 큰 학원이었지만, 거의 만석에 가까운 상황이었다.

이렇게 많은 사람이 수험을 위해 공부하고 있다고 생각하
니 역시 초조한 마음도 꽤 있다. 아마 대학에 가는 사람과
안 가는 사람은 정신적인 차이가 있지 않을까.

"그나저나 첫날이라서 그렇겠지만, 진짜로 지쳤어. 90분
수업은 진짜 길구나……."

"보통은 50분 수업으로도 힘든데 단번에 두 배를 하니까."

입시 학원의 수업은 평소의 두 배에 가까운 시간이 걸린
다. 솔직히 집중력이 못 버틴다.

수업 도중에도 조금 휴식 시간이 있었지만, 정말로 녹초

가 되어 눈을 감고 보냈다.

"그런데 니시무라. 첫 입시 학원, 감상은?"

나를 권유한 사람이 세가와가 한 손에 든 가방을 내 팔에 툭툭 두드리며 물었다.

"말로 하기에는 어렵지만, 뭐랄까. 그게."

적절한 단어가 떠오르지 않는다. 억지로 찾아보면 아마도.

"정말로, 공략 정보라는 느낌이었던 것 같아."

"그렇지! 이해해!"

세가와도 「알지 알지!」라면서 텐션을 올렸다.

역시 그렇단 말이지.

"진짜로 시험을 클리어하기 위한 정보만을 때려 박는다는 느낌이었어."

"학문을 즐긴다! 라든가 사고를 넓힌다! 같은 명분은 무시하고, 시험이라는 보스를 공략하는 순서만을 가르친다니까."

"왠지 인터넷 게임 공략 동영상에 가까운 느낌이 있었지."

"일본사 공략은 각 시대 문화의 밸런스 붕괴 분야고, 현대사를 이수하느냐 마느냐로 종합 DPS에 차이가 나지만, 클리어만 할 뿐이라면 무시해도 상관없다, 같은 식이었지."

"학교 수업은 공식 방송처럼 어떤 스킬도 모두 중요하다고 가르쳐주지만, 입시 학원에서는 쓰레기 스킬은 쓰레기 스킬이라고 확실히 말하더라."

"니시무라는 이런 수업 어때?"

"……이렇게 말하면 고양이공주 씨에게 미안하지만."

즐겁고 알기 쉽고, 장래를 위해 도움이 되는 수업을—. 학교 선생님은 이렇게 생각해 주고 있는데 정말로 미안하지만, 그래도 이런 생각이 든다.

"나는 학교 수업보다 입시 학원 쪽이 좋아……."

"그렇지? 그럴 줄 알았어!"

세가와는 그래서 권유했다면서 자랑스럽게 끄덕였다.

"문제를 풀기 위해 필요한 것만 가르쳐주니까 게이머한테 잘 맞는단 말이지."

"잔말은 됐고 공략법만 가르친다. 패턴을 찾아서 최저한의 조작으로 밀어붙인다. 그런 수업이란 말이지."

나도 사실 좋지 않다고 생각하거든?

학문으로서 제대로 이해해야 하고, 시험을 위해서만 공부하는 건 나중에 도움이 되기 힘들다. 알고는 있다.

그건 알고 있지만.

"공략법을 기억하고 그대로 해서, 결과적으로 간단히 쓰러뜨리면 된다는 게 온라인 게이머의 성미에는 맞으니까……."

"그야 그렇지. 대미지 계산식을 알려줄 테니까 알아서 생각하라고 하는 건 귀찮잖아."

"우와~, 그거 힘들지. 나는 이상적인 무기를 직접 생각하는 것만으로도 토할 것 같아."

예를 들어 LA에서 공략 사이트의 정보를 그대로 이용하지 않고 직접 생각할 경우.

만약 광속성 천사족 중형 몬스터와 싸울 때 이상적인 무기는 무엇인지 알아내는 게 과제라고 치자.

천사족 특공 인첸트라면 대미지 50% 증가, 광속성 특공 인첸트라면 40% 증가, 중형 특공이라면 30% 증가 효과가 있다.

그럼 천사 특공 인첸트를 다수 쓰는 게 강하냐면 그런 것도 아니라, 같은 계통 인첸트와 다른 계통 인첸트의 계산식이 다르다. 천사천사천사의 트리플 안티 엔젤릭 인첸트보다 천사 광 중형의 안티 엔젤릭 보이드 미들 킬러 쪽이— 아니 이런 걸 알겠냐! 못 해먹겠어!

정말 전부 직접 계산해서 생각하는 건 힘들다.

그래서 로열 가드의 대 천사 무기는 더블 엔젤, 미들을 인첸트한 암속성 한손검! 이게 이상! 그렇게 적어주는 게 고맙단 말이지.

입시 학원 선생님은 시험 문제는 이렇게 공략하는 거다! 라고 가르쳐 주니까 그 개념이 익숙하고 이해하기 쉽다.

그래서 긴 수업도 어떻게든 버틸 수 있었다.

"애초에 수험은 공부, 모의고사, 공부, 모의고사, 공부, 당일! 이런 주회 플레이니까, 매번 기믹을 생각하는 건 낭비가 많다고 생각했어."

"그거 저번 보스에서 한 적이 있어! 처음 봤는데 몸이 마음대로 움직여! 이게 이상이지~."

"어쩌면 우리는 생각을 내던진 채로 시험 문제를 풀고 싶은 걸까."

"이런 건 무의식 클리어가 최강인 거야."

이런 막장 인간의 발상에도 빨리 정답을 맞힌다면 그래도 좋다! 라고 보장을 붙여주는 공간이었다. 솔직히 보람이 있다.

"퀘스트를 공략할 생각으로 하면 수험도 괜찮으려나······. 조금 의욕이 생겼어."

"수업 이후니까 그렇게 생각할 뿐이고, 집으로 돌아가면 교재 던져버릴 거잖아. 나는 잘 알거든."

"그런 느낌이 드니까 말하지 마."

이렇게나 잘난 척 말하지만, 돌아가면 즉시 LA를 켤 것 같은 느낌밖에 들지 않는다.

그야 어쩔 수 없잖아. 섭종 직전이니까.

"뭐, 오늘은 애썼으니까 넘어가고. 어쩔래? 그대로 돌아갈래?"

"으음. 어떻게 할까."

어딘가 들른다면 어울려 준다고 말하고 있다는 건 입 밖으로 나오지 않아도 전해진다.

강의가 끝난 건 아직 오후가 된 지 얼마 안 되어서 놀다 돌아가기에 딱 좋은 시간이다.

"조금 멀리까지 나왔으니까 샛길로 빠지고 싶은 기분도 들지만······."

세가와가 함께라면 어딘가로 슬쩍 빠져서 돌아다니는 것
도 즐겁겠지.

우리 동네에는 없는 오타쿠 가게를 들르거나, 게임 센터에
서 그다지 원하지는 않는 프라이즈 게임에 열기를 올리거나,
중고 게임 가게에서 옛날 게임을 뒤져보는 등, 뭘 하더라도
신나게 할 수 있을 거다.

하지만 그걸 알면서도.

"오늘은 그만둘게. 아코와 입시 학원에서 돌아오는 데이
트를 하자고 약속했거든."

"그걸 먼저 말했어야지. 하마터면 지뢰를 밟을 뻔했잖아."

"잠깐 샛길로 빠졌다가 돌아오는 정도는 화 내지 않겠지."

말이야 이렇게 했지만, 아코가 남자와 둘이서 샛길로 빠
졌다가 돌아오면, 아무리 친한 남사친이라도 미묘한 기분이
들 거다. 그쪽을 고려하면 바로 돌아가는 게 좋다.

"슬슬 진정됐을 테니까, 돌아가면서 아코네 집에 병문안이
라도 갈까. 역시 갑자기 가면 민폐려나?"

"몸이 안 좋으면 얼굴이 말이 아니니까 누구와도 만나고 싶
지 않다는 애도 꽤 많지만, 아코라면 딱히 상관없지 않아?"

"얼굴이 말이 아닌 건 서로 봤으니까."

그럼 선물이라도 사서 지금부터 가도 될지 아코에게 연락
을— 그렇게 스마트폰 화면을 만지다 알아챘다.

익숙하지 않은 계정에서 몇 건의 메시지가 와 있었다.

"어라? 이건…… 아코의 어머니한테서 온 거네."

"연락처 교환했구나."

"뭐, 일단은. 그래도 연락이 온 적은 전혀 없었는데."

아무리 어머니라고 해도 자기 남편과 연락하면 용서할 수 없다는 아코의 감정을 제대로 알고 있는 어머니는 용건이 있을 때는 아코를 통해서 이야기하는 게 대부분이다.

왠지 불길한 예감을 느끼면서 조심조심 메시지를 열었다.

"……."

"왜 그래? 아코에게 무슨 일 있어?"

"……있었던 모양이야. 미안, 세가와. 바로 가봐야겠어."

"……오케이. 나도 바로 움직일 수 있게 해둘 테니까, 무슨 일이 있으면 그쪽에서 LA로 연락해줘."

"고마워. 자세한 건 나중에."

사정을 듣지 않고 그렇게 말해준 세가와에게 감사를 표한 나는 역으로 가는 길을 달렸다.

아코의 어머니에게서 온 메시지는 그렇게 길지 않았다. 하지만 그렇기에 놀랄 만큼 무게가 느껴졌다.

—아코에 대해 잠깐 상담할 게 있어. 최대한 빨리, 가능하면 오늘 와 줄 수 있겠니?

"그 녀석, 역시 무슨 일 있었잖아……!"

내가 오길 바라지 않는 이유가, 느긋한 성격인 아코의 어머니가 최대한 빨리 와달라는 말을 할 정도의 사정이.

아직 쌀쌀한 3월의 바람보다 훨씬 차가운 땀이 등을 타고
흐르는 걸 느꼈다.

††† ††† †††

"갑자기 불러내서 미안해, 히데키."

"마침 입시 학원이 끝난 무렵이어서요. 그래서…… 아코에
게 무슨 일 있나요?"

입시 학원 교재가 든 가방을 안고 역에서 타마키 가로 서
둘러 왔다.

그 아코 이상으로 나긋나긋한 어머니가 바로 와달라고 한
거다. 심상치 않았다.

내가 아코에 관해 묻자, 어머니는 본 적도 없는 슬픈 표정
으로 고개를 숙였다.

"히데키라면 금방 알 수 있을 테니까…… 아코와 잠시 이
야기를 해줄 수 있을까?"

"어……. 그냥 이야기해 주셔도 괜찮지 않나요? 몸이 안
좋다든가."

"일단 걱정할 건 없어. 그러니까, 부탁해."

그렇게 말한 뒤, 어머니가 커다란 목소리로 2층에 외쳤다.

"아코~, 히데키가 병문안 왔어~."

"루시안?! 딱히 몸이 안 좋아서 쉬던 건 아닌데요?!"

위층에서 아코가 허둥지둥 돌아다니는 소리가 들렸다.

목소리와 행동을 보면 건강한 것 같은데—.

"가보렴."

"아, 네."

아코의 어머니를 보니 도저히 낙관할 수가 없었다.

"건강한데 군이 오게 해서 죄송해요."

나를 방에 들인 아코는 시무룩하게 고개를 숙였다.

"뭐, 학교가 아니고 입시 학원이니까 출석일수 같은 건 없어. 쓰러진 이후니까 쉬어도 돼."

나갔다가 쓰러지면 더 큰일이니까.

선생님의 말로는 몇 번이나 되풀이하지는 않는다고 하지만, 그런 리스크를 짊어질 필요도 없다.

그나저나, 응. 평범하다.

아코는 피지컬적으로 강한 편은 아니니까 몸이 안 좋으면 금방 알 수 있다.

그런 의미에서는 문제없어 보이는데…… 역시 멘탈 쪽인가?

"입시 학원은 어땠나요? 역시 어려웠나요?"

"어? 아……. 으음. 그렇지도 않았어."

"에? 학교보다 간단한가요?"

"간단하다고 해야 할지 효율적이라고 해야 할지. 나한테는 학교 수업보다 상성이 좋을지도."

"그렇게 다른가요?"

"다르더라. 그래. 잠깐 기다려봐……. 컴퓨터 잠깐 치워도 될까?"

"아……. 네. 쓰세요."

책상 위에 놓여있던 노트북, LA를 플레이 중이던 그걸 옆에 놓고는 입시 학원 교재를 폈다.

"예를 들어, 오늘 수업에서는 영어 장문 독해가 있었거든. 이 영문 모를 영어 장문을 읽고 해석해야 하느냐는 말이 절로 나왔단 말이지."

"아닌가요? 읽고 해석해서 문제를 푸는 거잖아요?"

"그게 말이지. 가장 먼저 나온 말이, 처음으로 본문부터 읽는 녀석은 떨어집니다! 부터더라. 먼저 문제를 읽고 무엇을 묻고 있는지 확인한 뒤에 무엇을 주목해서 읽어야 할지 생각해야 한다더라고."

"흠흠."

"게다가 당연히 문제는 일본어니까, 출제 시점에서 말도 안 되는 선택지 같은 것도 꽤 있어서 그 꽝 선택지 내용에서부터 본문을 더욱—"

그렇게 교재를 가리키며 이야기하는 도중, 아코의 벌어진 오른손이 미약하게 떨리는 게 눈에 들어왔다.

"……. 아코, 추워? 온도 올릴까?"

"앗……. 아뇨, 전혀! 그보다 여기 제 방이거든요!"

아코는 「자기 방에서 춥다니 대체 뭔가요~」라며 웃었다.

그래도 오른손을 누르면서 띄운 그 미소가 묘하게 굳어진 것처럼 보여서, 무척 불길한 에감이 들었다.

어머니가 말했던 건 이건가? 아코에게 무슨 일이 생겼나?

"왠지 이상하네, 아코. 정말로 괜찮아? 역시 몸이……."

"아뇨아뇨, 건강하거든요. 수업 이야기를 해요!"

"아코가 공부 이야기를 들으려고 하는 게 무엇보다 이상하잖아! 자각 없는 거냐고!"

"하웃!"

역시 이 녀석 뭔가 숨기고 있구나!

그렇게 추궁하려던 그때, 갑자기 아코의 어깨가 크게 오르내리기 시작했다.

명백하게 호흡이 거칠어지고 전신이 이상한 맥동을 일으키는 게 보였다.

"헉…… 헉……!"

"어, 잠깐, 아코? 정말로 왜 그래?! 숨 쉬고 있어? 일단 눕는 게 좋지 않아?"

"괘, 괜찮아요. 그래도 죄송해요……"!

아코는 휘청휘청 책상 옆으로 손을 뻗었다.

아까 닫았던 노트북을 책상 위에 올려놓고 뚜껑을 열었다. 슬립 모드에서 복귀해서 자동으로 화면이 표시되었고, 로그아웃 상태인 LA가 비쳤다.

"아니, LA를 보고 있을 때가……."

멈추려고 어깨에 손을 올리자 불안정하게 덜덜 떨리고, 거친 호흡을 반복하는 걸 알 수 있었다.

이건 절대 보통 일이 아니다. 당장 병원에—.

"후우, 진정됐어요. 이제 괜찮아요."

띠리리리링~, 하고 LA의 BGM이 들린 순간 떨림이 스르륵 사라진 것처럼 멎었고, 순식간에 호흡도 돌아왔다.

어? 어라? 이제 괜찮아 보이네?

"지, 지금 이건 어떻게 된 거야? 괜찮아?"

아코의 몸은 분명 이상했었다.

이렇게 바로 잦아들 줄은 몰랐는데.

"설마 어제 쓰러진 뒤에 정기적으로 똑같은 증상이 나오게 된 게……!"

"아뇨아뇨아뇨. 그렇게 큰 문제는 아니에요!"

아코는 얼버무리듯이 손가락으로 자기 뺨을 어루만졌다.

"아~, 그게 말이죠. 대단한 건 아닌데요."

"무조건 대단한 일이니까 말해봐. 부탁이니까."

내가 진지하게 묻자, 아코는 힐끔힐끔 내 표정을 엿보면서 더듬더듬 말했다.

"부실에서 쓰러진 뒤부터인데요……. 왠지 저, LA의 화면을 안 보면 몸이 이상해지는 것 같아서……."

"뭐어?!"

LA 화면을 안 보면 몸이 이상해진다고?

그건 대체 무슨 현상이야?! 뭐가 일어난 건데?!

"이상하다니 방금처럼? 그건 힘들잖아!"

"아뇨아뇨. 고작 몸이 떨리거나 조금 숨이 괴로워질 뿐이니까요."

"그건 고작이라고 말하지 않아!"

명백하게 이상한 일이 일어나고 있잖아. 이건 입시 학원에 갈 수 없다고 말할 만하지!

"자세히 이야기하자면 말이죠."

아코는 LA 화면을 띄운 채 그 앞에 메모장 윈도우를 살짝 켰다.

"어떤 조건으로 일어나는지 조사해 봤는데요. LA 화면을 보지 않고 5분에서 10분이 지나면 손이 떨리고, 거기서 3분마다 대미지가 강화, 30분이면 한계가 와서 즉사한다는 느낌이에요!"

"뭘 조사한 거야!"

즉사 직전까지 조사하지 말라고!

"이상한 버그가 일어나면 발생 원인을 조사하는 건 저희의 버릇이잖아요!"

"자기 몸으로 하지 마! 더 소중히 여기라고!"

"아, 졸리면 은근히 완화되니까요! 때때로 일어나서 화면을 보고 잘 수는 있어요!"

"우와아아아아아아아!"

농담처럼 말하지만 장난이 아니다.

5분 동안 LA 화면을 안 보면 손이 떨려? 30분이면 한계? 자는 동안에서 몇 번이고 일어나서 화면을 본다고?

이대로 가면 학교에 갈 수 없고, 애초에 제대로 잘 수도 없으니까 문제는 심각하다.

하지만 그 이상으로 앞으로 2주일 정도 지나면 LA는 서비스 종료한다고.

그 후에도 증세가 남으면 어쩔 거야?

"곤란하네요~. 합법적으로 계속 LA를 할 수밖에 없다니."

아코는 아하하~, 하고 웃었다.

지금부터는 아코를 지켜주자. 이 이상 상처입히지 말자. 그렇게 생각하던 나는 너무나도 물러터졌다.

현실을 버티지 못하고 쓰러진 그날, 이미 아코는 망가져 있었던 거다.

††† ††† †††

"오늘 아침, 아는 정신과 선생님에게 진단을 받았어."

아코에게는 쉬라고 말하고, 거실에서 어머니의 이야기를 들었다.

언제나 즐거워하는 표정이던 아코의 어머니가 침통한 표

정으로 이야기했다.

"그랬더니. 잠시 쉬면서 안정을 취하면 나을 테니까 약을 먹거나 입원하거나, 그렇게 어렵게 생각하지 않는 게 좋다고 진단하더라."

"병명 같은 건요……?"

내가 묻자, 어머니는 살짝 고개를 내저었다.

"사춘기에 생기는 사소한 마음의 동요에 호들갑스러운 병명을 붙이면 오히려 악화될 뿐이래. 반년 후에는 우스갯소리가 될 테니까 괜찮다더라……."

"그런……가요……"

확실히 강박성 어쩌고라든가 심리적 외상 어쩌고 같은 말을 들으면 심각한 증세라고 생각하게 될 것 같다.

의사가 보기에는 사춘기 학생의 강한 집착으로 문제가 일어났을 뿐이니까 금방 나을 것……이라고 생각할지도 모른다.

언젠가 낫는다면 그래도 상관없다. 우스갯소리가 되는 것도 고맙다.

"그래도 저희한테 반년이라는 시간은 없어요…… 2주일 후에는, 이미……."

이게 무슨 일이야.

"저 때문에…… 정말 죄송합니다……."

"그렇지 않아. 우리의 이해가 부족했던 게 문제니까."

어머니는 뺨에 손을 댔다.

"나는 잘 모르지만, 서비스가 끝난다는 건 만화 연재가 끝난다거나 좋아하는 가수가 은퇴한다거나, 그런 이야기지?"

"아, 그렇죠. 그렇게 이해하셔도 돼요."

사람에 따라서는 정말로 장난이 아닌 상처가 될 때도 있는, 그런 사례다.

"그럼 어찌할 수가 없네……. 간단히 잊어버릴 수도, 그만두라고 부탁할 수도 없고……."

피할 수 없는 이별은 반드시 온다. LA는 마지막에 그걸 가르쳐주었다.

고양이공주 씨는 그렇게 말했지만, 이별에 견딜 수 없는 사람도 있는 거다.

"어떻게 해야……."

"곤란하네……."

"우우~."

그때, 낮게 신음하는 목소리가 들렸다.

시선을 돌리자, 문틈에서 아코가 이쪽을 빤~히 노려보고 있었다.

왜 거실에 온 거야?! LA 화면을 보지 않아도 괜찮아?!

"루시안. 엄마하고 무슨 이야기를 하는 건가요……."

"아코에 대해서야! 다른 문제가 있겠냐!"

"이상한 말을 하는 건 아니겠죠……?"

아코의 마음과 몸이 이상해진 이야기를 하고 있었어!

"그럴 리가 없잖니? 이제 히데키도 돌아갈 테니까 아코는 방으로 돌아가렴."

"돌아간다면 같이 배웅하는 것만이라도오."

"히데키에게 걱정 끼치면 안 되잖니."

"네에⋯⋯."

아코는 나중에 LA에서 만나자면서 돌아갔다.

아아, 정말. 조마조마하네.

"본인에게 자각이 없는 게 제일 무서워⋯⋯. 정말 어떻게 해야 좋을지⋯⋯."

"으~음. 역시 히데키가 와줘서 다행이네."

"네? 저는 아무것도 못했는데요?"

어머니는 슬픈 듯 고개를 내저었다.

"저 아이, 어제부터 뭘 할 때마다 컴퓨터를 들고 돌아다녀서⋯⋯. 밥 먹을 때도 목욕할 때도 화장실에 갈 때도 떼어놓질 않더라. 그런데 지금은 평범하게 아래로 내려와서 이야기까지 하고⋯⋯. 역시 히데키가 있으니까 다르네. 고마워."

"⋯⋯그런, 저는 아무것도."

내가 있으면 약간 기운이 난다?

그런 게 무슨 도움이 된다는 거야.

어쩌지? 내가 뭘 할 수 있지?

LA가 없어지면 부부조차 아니게 되는 나와 아코에게, 뭐가 남아있을지도 알 수 없는데.

그래도 뭔가 하고 싶다. 어떻게든 하고 싶다. 그런 초조감만이 몸을 맴돌았다.

아코의 사적인 일이긴 하지만, 숨겨봤자 별수 없다.
나는 귀가하자마자 모두에게 연락을 넣었다.

◆슈바인 : LA 의존증이라는 거야? 좀 장난이 아닌데.

◆세테 : 그럴 수가, 아코…… 어쩌지…….

◆애플리코트 : 심상치 않은 사태로군.

◆미캉 : 걱정.

후타바조차도 걱정하는 레벨. 심각한 문제다.

◆고양이공주 : 의사의 진단은 평범하게 지내는 거였지?

◆루시안 : 네. 봄방학 전이니까 이대로 쉬고, 걱정하지 않아도 새 학기까지는 좋아질 거래요.

◆슈바인 : 입원 같은 게 필요 없는 건 다행이지만…….

◆애플리코트 : 새 학기 전에 서비스 종료가 없었다면 차분히 기다릴 수 있었겠군.

◆루시안 : 문제는 그거야.

낫지 않은 채로 정말로 섭종을 맞이하면 어떻게 될까.
눈을 감으면, 품에서 아코의 힘이 빠져나가는 감각이 되살아난다.
그런 공포는 이제 두 번 다시 맛보고 싶지 않다.

◆세테 : 모두 함께 놀러 가서 기운을 차리게 하는 건 어때?

◆슈바인 : 아코는 반대로 신경 쓰지 않을까? 어떻게든 나아야겠다면서.

◆고양이공주 : 타마키가 편안하게 지낼 수 있는 환경으로 해줘야겠지?

◆루시안 : 아코가 제일 편한 환경……. 그렇겠죠…….

뭐지? 나와 함께 있을 때 아코는 언제나 즐거워 보이니까, 선뜻 떠오르지 않는다.

그런 나에게 다들 줄지어 말했다.

◆애플리코트 : 아무도 없이 혼자 있을 때가 제일 편하겠지.

◆슈바인 : 자기 방이겠지. 둥지에 틀어박힌 다람쥐처럼 식량을 모아두고 안 나오는 게 최고 아니야?

◆고양이공주 : 좀 더 건전하게 치료하고 싶다냐.

그리고, 세테 씨가 내 쪽으로 이동했다.

◆세테 : 분명 아코가 제일 마음 편히 보낼 수 있는 건 니시무라와 둘이 있을 때야.

그렇지? 라면서 머리 위에 꽃 마크를 띄웠다.

◆슈바인 : 아……. 그러게. 언제나 흐물흐물해지고.

◆애플리코트 : 루시안만이라도 아코 군의 집에서 묵게 해볼까?

◆루시안 : 생각은, 해봤지만…….

아무튼 곁에 있어 주는 게 어떨까.

고양이공주 씨도 말했으니까, 내가 할 수 있는 건 그것뿐인가 싶기도 했다.

◆루시안 : 그래도 내가 아코네 집에 묵고, 거북한 상황에서 열심히 같이 있는다고 해도.

◆루시안 : 그걸로 아코가 기운을 차릴까……?

◆슈바인 : 조금 신경 쓰이겠네.

◆아코 : 기쁘긴 하지만 죄책감이 들겠죠.

◆세테 : 아코니까.

어떻게 해야 좋을까. 역시 모두와 상담해 봐도 좋은 해답이 나오지 않는다.

이것도 정답이 없는 문제인가? 할 수 있는 게 없는 슬픈 현실인가.

그보다 화제에 본인이 끼어들었잖아! 뭐, 길챗으로 평범하게 이야기하고 있으니까 당연하지만!

◆아코 : 다들 슬슬 렙업하러 가요. 포와링 섬은 오늘로 졸업이에요!

◆슈바인 : 시끄러워! 네 상담을 하고 있으니까 조용히 있어!

◆애플리코트 : 소란 부리지 말고 평온하게 보내라!

◆세테 : 맞아, 아코! 압박감 없이 편안하게! 편안하게 있어!

◆아코 : 채팅의 압박이 무서운데요?!

◆미캉 : ㅋ

◆루시안 : 아아, 정말. 시리어스해지지 않네…….

웃을 때가 아닌데도 웃고 만다.

이런 동료가 함께 있는 거다. 포기하지 않고 고민해 보자.

내가 뭘 할 수 있지? 나는 어떻게 해야 하지? 뭘, 어떻게—.

††† ††† †††

아코는 렙업을 하러 가자고 말했지만 그럴 분위기는 아니었다.

그렇게 다들 모여서 모임장에서 이야기를 나누던 중, 나는 혼자 그 자리를 떠났다.

생각이 뒤죽박죽 엉켜서 정리되지 않는다.

내 잘못이다.

하지만 아무것도 할 수 없다.

섣부른 행동을 했다가 아코가 더 상처받으면 돌이킬 수가 없다.

LA가 끝난 뒤의 우리가 어떤 관계가 될지도 모르는데, 뭔가 할 권리가 있는지 자신이 없다.

그런 조각조각 흩어진 사고가 뒤죽박죽 회전하면서, 솔직히 말해 꽤 이상한 생각을 하고 있는 것 같기도 하다.

최종적으로, 나는 굉장히 간단한 사고에 도달했다.

만약 어떻게 해야 할지 모르는 일이 생기면 눈앞에 있는 상자에 물어보면 된다고, 그렇게 생각한 거다.

◆루시안 : 그런고로 힘을 빌려줬으면 좋겠는데.

◆유윤 : 갑자기 무슨 일이야?

◆이가스 : 뭔가 곤란한 일이라도?

◆디 : 듣기만 하는 걸로는 제일인 디 씨를 원하는 거냐?ㅋ

나보다 인생 경험이 풍부해 보이는 사람을 불러서 상담한다는, 아마 멀쩡한 내가 보면 뿜어버렸을 수단을 쓰고 말았다.

◆루시안 : 이건 내 친구 이야기인데.

◆유윤 : 루시안 이야기네.

◆루시안 : 내! 친구! 이야기인데!

머리가 빙글빙글 돌아가던 나도 바로 하지 말 걸 그랬다고 생각했다.

진짜로 이 녀석들은 흔들림이 없네. 시리어스한 분위기를 조금이라도 좋으니까 느껴줬으면 좋겠다.

◆루시안 : 현실과 게임 양쪽에서 친한 상대가, LA가 끝나는 걸로 굉장히 쇼크를 받아서.

◆디 : 흠흠.

◆루시안 : 정신적인 쇼크를 받아서 집에서 나오지 못하는 상태인 것 같더라고.

◆이가스 : 아~, 그건 괴롭겠네요.

◆유윤 : 병들었네~.

◆루시안 : 어떻게든 힘이 되어주고 싶은데…… 그래도 내가 뭘 할 수 있을지…….

어딜 봐도 미덥지 못한 멤버지만, 그래도 경험치는 나보다도 풍부할 거다.

뭔가 조금이라도 도움이 될 이야기를 듣는다면—.

◆이가스 : 아~, 이야기는 알겠어요.

즉, 이라는 전제를 두고.

◆이가스 : 아코 씨가 쇼크로 병들었으니까 어떻게든 하고 싶다는 거죠.

◆루시안 : 어째서 알아챈 거야?

◆유윤 : 당연히 알아채지ㅋ

◆디 : 그것 말고 있겠냐ㅋ

에에잇, 이제 됐어.

친구 이야기라는 전제를 한 시점에서 다 들켰으니까.

◆이가스 : 그런 건 역시 초조하게 움직이는 것보다는, 차분하게 지켜보는 게 좋지 않을까요?

◆루시안 : 역시 그럴까…….

◆이가스 : 루시안은 평온하게 지켜봐 줘야죠. 너무 몰입하면 자신도 질질 끌려가게 되니까요.

◆루시안 : 하긴, 내가 끌려가면 의미가 없나…….

아무래도 초조해져서, 확실히 냉정함이 부족했다.

어쩌면 내가 아코보다 더 몰려있었을지도 모른다. 본인은 겉보기로는 평범하게 지내고 있는데.

◆루시안 : 어른의 어드바이스라는 느낌이네……. 감사합니다.

물어봐서 다행이라고 납득하려고 했는데.

◆디 : 무르네~. 그래서는 아깝잖아.

디 씨가 잘난 듯 어깨를 으쓱하며 말했다.

아깝다니, 무슨 뜻이지?

◆루시안 : 시간이 아깝다던가 그런?

◆디 : 아니아니, 잘 생각해 보라고.

칫칫칫, 하고 손가락을 흔들더니.

◆디 : 상상해봐. 걔는 지금 괴로운 마음을 안고 혼자 힘들어하고 있잖아?

◆루시안 : 그렇다니까. 그래서 힘이 되어주고 싶은 거야.

아코가 힘들어하고 있다. 그 원인 중 하나는 나에게 있다.

그런데 내가 할 수 있는 게 없다. 있다고 해도, 해도 좋을지 자신이 없다.

그런 나에게, 디 씨가 머리 위에 하트 마크를 띄웠다.

◆디 : 엄청 기회잖아. 거기서 함락시키지 않으면 아깝다고.

◆루시안 : 뭐?

엥? 이 녀석 무슨 소리를 하는 거야.

◆디 : 약해진 여자는 생각지도 않은 다정한 말을 걸어주면 한 방이라고.

◆루시안 : 디 씨한테 기대한 내가 바보였어…….

◆디 : 그야 그렇잖아? 루시안은 그 병든 애하고 기회를 만들고 싶잖아.

◆루시안 : 잠깐 하반신을 제거하고 나서 채팅을 쳐줘.

머리로 생각하고 말해주실래요?

◆디 : 가능하다면 연예인하고 얼굴만 교환하고 싶어.

◆이가스 : 상반신도 갈지 않으면 의미 없잖아.

◆유윤 : 하반신도 갈아버려. 숏다리니까.

◆디 : 위도 아래도 갈아치우면 내 요소가 없잖아.

◆유윤 : (필요)없잖아.

네. 귀중한 이야기 감사합니다.

◆루시안 : 그럼 시간 빼앗아서 미안. 다음에 또 답례할 테니까.

◆디 : 이거 빙 둘러서 돌아가라는 거지?

◆유윤 : 직구 아냐?

◆루시안 : 저기 말이야. 나는 진지하다고.

그런 저질 이야기를 하고 싶은 건 아니야.

◆이가스 : 그래도 루시안, 전부 못 써먹을 건 아니에요.

◆유윤 : 그래그래. 사귀는지는 넘어가더라도 그걸 원하는 건 틀림없어.

◆디 : 그래! 그런 거야! 어디까지나 여자아이의 괴로움을 풀어주는 게 메인! 결과적으로 기회가 따라오는 거지.

◆루시안 : 좋은 말처럼 들리긴 하지만 말이지.

◆유윤 : 뭐, 상대는 과정을 원하고 있고, 우리는 결과를 원하고 있을 뿐인 거야.

◆루시안 : 그러니까 쓰레기인 거잖아.

이 사람은 어째서 자신만만하게 이런 의견을 내는 거야.

◆디 : 응? 최고의 어드바이스라고 생각하는데~.

◆유윤 : 결국 그게 연결이라는 거지. 소중히 여기고, 사랑해 주면 어지간한 일은 괜찮은 법이야.

◆루시안 : 그런 간단한 이야기인 게…….

◆디 : 간단해. 인간이 힘들어 할 때는 대체로 누군가 다정히 대해주길 바라는 법이야. 말해주길 바라는 게 있다고. 그럼 다정하게 말해주면 우승이지.

◆유윤 : 그럴 때 있었지. 부모가 쓰레기라서 가출한 애를 다정하게 감싸주니까 완전히 의존해 버려서 도망치기 힘들었다고.

◆루시안 : 이 녀석들은…….

좀 더 인선을 고려했어야 했다.

그래도 나와 아코에 대해 실제로 모르니까 어쩔 수 없기는 하지만.

알고 있는 건 나뿐이니까, 내가 할 수 있는 일을 해야겠지.

아니, 그래도— 아코는 어떻게 생각하고 있을까?

곁에서 뒷받침해줬으면 좋겠다. 연결이 필요하다. 가족은 이해하지 못하는 괴로움을 나와 공유하길 바란다. 그렇게 생각하고 있을까?

그렇다면…… 어? 어라? 디 씨의 말이 맞나?

◆루시안 : 아니, 그럴 리가. 거짓말이지?

아코를 위해서 같은 배려의 마음이 아니라.

내가 하고 싶다는 이기적인 마음만으로 아코에게 다가갔을 때, 그게 그녀의 힘이 되어줄 수도 있는 건가?

◆유윤 : 오? 루시안. 끝났냐?

◆루시안 : 그만둬, 그 단어가 제일 마음에 꽂히니까.

그래도, 그래도, 그치만, 이라고 생각하고 있다는 건 안다고! 알면서도 움직이지 못하는 때가 있잖아. 인간이니까!

◆루시안 : 하지만, 응……. 조금은 알게 되었을지도 몰라.

◆디 : 보라고. 역시 기회 있잖아.

◆유윤 : 솔직한 게 최고야.

◆이가스 : 이거 절대 그런 이야기가 아니잖아.

정말 감사를 표하고 싶지 않지만, 귀중한 말이었다는 건 틀림없다.

평소에 현실에서 인연이 있는 사람에게서는 절대 나오지 않을 독선적인 말이 조금이나마 등을 밀어주었다.

요컨대.

뭘 할 수 있느냐, 뭘 해야 하느냐, 책임이라든가, 그런 이야기가 아니라.

내가, 아코의 곁에 있고 싶은 거다.

◆루시안 : 미안, 불러내 놓고 미안하지만 지금부터 갔다 올게!

◆유윤 : 오~, 청춘~.

◆이가스 : 젊음이란 좋네.

◆디 : 기회 따내면 보고 부탁.

아아, 짜증 나 이 녀석을 ※※※※면 좋을 텐데!

루시안을 그 자리에 방치한 나는 방을 뛰쳐나갔다.

아코네 집은 자전거로도 갈 수 있는 거리다. 전철을 타는
것보다 그게 빠르다.

자전거에 타고 뛰쳐나간 순간, 넘어질 뻔했다.

"아…… 거짓말이지? 이럴 때!"

공기가 빠져서 흐물흐물해진 앞바퀴가 한심한 소리를 내
며 삐걱거렸다.

한동안 아코와 함께 하교해서 자전거를 쓸 기회가 없었
다. 전혀 확인하지 않았다.

아니, 됐어. 달려서 갈 수 있는 거리야.

길은 기억한다. 아코네 집을 향해 발을 내디뎠다.

3월의 쌀쌀한 공기를 들이쉬면서, 아무 생각 없이 발을
움직였다.

아코와 몇 번이나 걸었던 길을 가로질렀다.

쇼핑을 했던 편의점을 지났다.

이대로 빨간 신호가 이어지기를 원했던 교차로를 건넜다.

아코에게 고백했던 공원을 지나가려— 했던 지점에서, 제대로 운동하지 않은 몸에 한계가 왔다.

"헉, 헉, 헉……."

그날의 아코가 얼마나 괴로워했는지 생각하면 이 정도로 지친다고 말하면 안 된다.

쉴 때가 아니야. 아코한테 가야 해.

가서, 그래서— 뭘 하지?

뭐라고 말하지?

해결책은 전혀 없지만, 같이 고민해 보자고? 그러면 내 마음이 편하다고 말할까?

사실은 내가 원인인데, 자기 욕망만으로?

"아……. 이제…… 젠장, 부족하다고. 다들……."

휘청휘청 공원 벤치에 앉았다.

모처럼 등을 떠밀렸는데, 최악의 말이었지만 기운이 나서, 움직여 보려고 했는데.

그러나 그 도움만으로 계속 움직일 만큼 자신의 강함이 충분하지 못했다.

아무리 버프를 받아도 본체가 약하면 아무런 변화도 없다.

내가 아코를 정말로 상처입혔다는 현실이 너무나도 무겁다.

잘 대해주는 아코의 부모님이, 이 녀석이 딸을 상처입혔다고 생각하는 게 아닐까 상상하게 된다.

아코가 나 때문에 이런 일을 당했다고 생각하는 게 아닐까 생각하게 된다.

책임은 틀림없이 나에게도 있다. 이런 녀석이 잘난 듯이 반성도 하지 않고 옆에 있고 싶다는 말로 들이닥치는 건, 아무리 그래도 너무 후안무치한 녀석이지 않냐며 환멸하지 않을까.

이제 곧 온라인 게임의 연결도 사라져서 남이 된다고, 그렇게 생각하고 있지 않을까.

그런 불안감도 제쳐놓고 아무 생각 없이 아코에게 가고 싶다. 그러지 않으면 후회할 거다. 그걸 알지만, 그냥 전부 내던지고 편해지고 싶은 마음도 사라지지 않는다.

애초에 나는 LA가 끝나는 것에 괴로워하고 있는데, 왜 내가 전부 짊어지고 아코만 돌봐줘야 하는 거냐고.

이럴 때 정도는 아코가 나를 구해줘도 되잖아—.

"그만둬, 생각하지 마. ⋯⋯젠장⋯⋯."

썩어가는 듯한 감정이 마음속 깊은 곳에서 흘러나오려던, 정말로 한심한 나에게.

"너, 이런 곳에서 뭐 하고 있어?"

뒤에서 목소리가 들렸다.

나를 향한 부름.

다정함과 배려와, 조금의 불안도 담긴 음색.

한마디로 알 수 있을 만큼 긴 시간을 함께 보내왔다.

"……세가와, 어째서."

"일단 죽지는 않은 것 같네."

천천히 걸어온 그녀는 의아한 듯한, 불안한 듯한, 그래도 조금 안심한 표정으로 나를 바라봤다.

"……세가와는, 가끔 히어로 같은 타이밍에 나오네."

"실례네. 슈바인 님은 언제나 영웅이야."

나에게는 없는 자신감이 담긴 목소리로 말한 세가와는 내 앞에 섰다.

"슈바인 님은 영웅이고, 주인공이고, 언제든 너를 구하러 와준다고."

"……농담으로 안 들린단 말이지."

저물어 가기 시작한 저녁놀을 받은 그녀는 그야말로 히어로처럼 보였다.

"……뭐, 여기에 들른 건 우연이었지만."

세가와는 농담처럼 말하고는 몸을 빙글 돌려서 옆에 앉았다.

"네가 LA 쪽에서 안 움직이는 걸 봤거든. 준비하고 아코네 집에 간 것 같아서 나도 낌새를 보러 갔는데, 안 왔다고 하잖아."

그건 이상하다고 생각해서 우리 집 방향으로 오다가 결과적으로 이 공원에서 발견했다고 한다.

아코네 집에는 세가와의 집 쪽이 훨씬 가깝다. 아마 타이밍이 어긋나서 여기서 마주친 거겠지.

"그러니까 우연. 구하러 온 건 아니야."

"그런 건 우연이라고 말하지 않아."

내가 집에서 썩어가더라도 세가와는 틀림없이 왔을 거다. 그건 완전히 히어로잖아. 이 녀석은 나하고는 다르다니까.

"그래서, 왜 너는 여기서 우울하게 있는 거야?"

"……저쪽 벤치에서, 전에 아코한테 차였었거든."

"갑자기 왜 그래?"

여기가 아니라 저기? 라면서 어이없어한 뒤.

"작년? 재작년?"

"재작년 쪽이야. 고등학교 1학년 여름이니까."

"꽤 옛날이네. 너하고 아코의 관계도 오래됐잖아."

팔꿈치로 내 옆구리를 찌른 세가와가 웃으며 말했다.

"우리의 관계도, 그렇고."

"LA에서만 알던 시절도 포함하면 4년이 되니까……."

"꽤 오래됐네~."

세가와는 손가락을 1, 2, 3 하고 굽혔다.

"난 네 살부터 기억이 남아있는데, 그렇게 생각하면 철이 든 이후부터는 3분의 1 이상을 너희하고 함께 보내온 셈이네."

이제는 끊어지려야 끊어질 수준의 인연이 아니다.

그만큼의 시간을 함께 보냈고, 변한 것도 있지만 변하지 않은 것도 있다.

"시간은 지났지만, 여기서 아코에게 고백한 마음은 변하지 않았어."

좋아한다고, 연인이 되어 달라고 말했다가 바로 거절당했다.

그때의 충격은 지금도 선명하게 기억한다.

"지금에 와서는 게임에서 만났다든가, 나와 루시안은 다르다든가, 그런 일로 고민할 생각은 없어."

"……응."

"만남이 온라인 게임인 건 상관없어. 나는 아코에게 가고 싶은 거야."

걸쭉걸쭉한, 자신도 이름을 붙일 수가 없는 감정을 세가와에게 토해냈다.

그녀는 그런 나를 조용히 지켜봤다.

"하지만…… 생각하게 돼. 내가 아닌 게 낫지 않았을까, 하고."

"……무슨 뜻이야?"

"지금까지는 내가 아코를 어떻게든 해야 한다고 생각했어. 역시 아코는 어딘가 귀찮은 점이 있으니까."

"그야 그렇지. 아코는 귀엽고 착한 아이지만, 그런 독특한 애는 좀처럼 없어."

세가와는 그렇게 말하고는 태연한 시선으로 나를 바라봤다.

"뭐, 너도 은근히 이상한 녀석이지만."

"부정할 생각은 없습니다."

이런 걸 진지하게 고민할 필요는 없을 거다.

귀여운 애와 알게 되어서 다행이다, 좋은 분위기가 되었으니까 럭키라고 생각하면 된다.

그런데 간단히 그렇게 생각할 수가 없다.

"나는 아코가 완벽하지 않은, 결점이 있다는 것에 안심하고, 그래서 나라도 곁에 있을 수 있다고 생각하던 부분이 있다고 생각해."

"짚신도 짝이 있다고 하잖아. 끼리끼리라 좋지 않아?"

"끼리끼리가 아니었을지도."

그게 제일 마음에 걸린다.

"아코는 나 때문에 마음에 상처를 입었어. 그렇잖아?"

"너만 그런 건 아니야. 우리 모두에게 원인이 있어."

"그럴지도 몰라. 모든 게 다 나 때문이라고 말하는 건 오만이라고 생각, 하긴 하지만."

그래도 생각하게 된다.

나만큼은 아코의 편을 들어줘도 되지 않았을까.

"아코와 함께, LA는 끝나지 않아요! 라고 말했다면, 아코는 그 장면에서 괴로워하지 않아도 되지 않았을까."

"그런 건 시간 벌기잖아. 정말로 섭종하는 날에 더 쇼크를 받을 테니까."

"그래도 한동안 마음의 준비는 할 수 있었을 거야."

애초에 중요한 건 그게 아니다.

"딱히 이번뿐인 이야기도 아니야. 지금까지 나는 정말로 아코의 편이었을까?"

"네가 그 말을 하는 거야?"

세가와는 어딘가 짜증이 담긴 목소리로 강하게 말을 이었다.

"너만큼은 언제나 줄곧 아코의 편이었잖아. 실패하든, 도중에 포기하든 절대 버리지 않았고. 아코가 좋아하는 건 너의 그런 점이니까. 설마 부정할 생각은 아니지?"

아코의 편이었다고, 그렇게 생각하고 싶다. 나는 그렇게 생각하고 있었다.

하지만 정말로 그렇게 단언할 수 있을까.

"아코는 조금씩 변했어. 현실과도 절충하게 되었고, 반에서 이야기하는 상대도 늘었지."

"좋은 일이잖아. 우리 덕분이거든?"

"하지만, 좀 더 여유가 있고 좀 더 포용력이 있는 녀석이었다면, 아코를 아코인 채로 두고 행복하게 해줄 수 있지 않았을까?"

나처럼 자신에게 맞는 아코가 되어 달라고 밀어붙이는 게 아니라. 아코가 원하는 아코로 있게 해줄 수 있지 않았을까.

적어도 아코의 부모님은 아코가 스스로 정하고 성장하기를 기다려 줬는데.

"나에게는 아코가 제일이야. 아코도 나를 좋아해줬어. 그래서 변해가는 게 기뻤지. 하지만, 그게 좋은 일이었을까?"

하지만 지금, 내가 변하게 만든 탓에 아코가 괴로워하고 있다.

지금까지의 일이 전부 그렇다고는 생각하지 않는다.

그래도 몇 가지는, 내가 쓸데없는 짓을 하지 않는 게 아코를 위해 더 낫지 않았을까.

"LA가 끝나고, 아코와 나의 가장 깊은 연결이 사라져. 그런데 앞으로도 내가 아코를 속박해도 되는 걸까? 좀 더 아코에게 어울리는, 진정한 의미로 행복하게 해줄 녀석이 어딘가에 있지 않을까 하는 생각이 사라지지 않아."

언제나 자신에게 자신감이 없다. 현실에서도 아코가 좋아해 준다는 자신이 없었다. 아코에게 계속 사랑받을 자신이 없었다.

그래도 넘어섰다. 아코가 나를 좋아한다는 것, 좋아해 준다는 건 의심하지 않는다

그러나 나는 아코에게 상처를 줬다. 실은 계속 자기만족으로 상처를 줬을지도 모른다.

"아코를 상처입힌 내가, 누구보다도 아코를 행복하게 해주겠다고 말할 자신이 없어. 아코의 곁에 있는 사람이 나라도 괜찮을까? 아코에게는 좀 더 여러 선택지가 있지 않을까?"

그리고 그중에서, 나를 선택해 줬으면 좋겠다.

그런 한심한 마음이 있었다.

아~, 젠장. 세가와에게 이런 썩어빠진 이야기를 들려주다

니, 나는 대체 뭐냐고.

제멋대로 투덜거려서 조금 냉정해졌는지, 갑자기 부끄러워졌다.

투덜거리는 말을 듣는다고 불쾌해질 타입은 아니지만, 세가와에게도 아코는 절친이다.

아코와 친해져 놓고서 새삼스럽게 이런 말이나 늘어놓다니.

무슨 한심한 소리를 하냐면서 화낼까?

"아니, 미안. LA가 끝나기도 하고, 아코가 쓰러지기도 하고, 여러 일이 있어서 멘탈이 약해졌을 뿐이라고 생각하지만……"

변명을 늘어놓으며 고개를 들었다.

옆에서 나를 가만히 바라보는 작은 눈동자와 눈이 마주쳤다.

그녀는 화내지도 않았고, 슬퍼하지도 않았다.

"……있잖아, 니시무라."

그저 뭔가 고민에 잠긴, 절박한 감정이 눈동자에서 넘쳐나고 있었다.

"너한테 하나만 묻고 싶은 게 있어."

아까와는 조금 다른 자신 없는 어조. 묻고 싶다고 말하면서도 멈춰주기를 바라는 것으로도 들리는 음색이었다.

"그야, 뭐든 물어봐도 되는데."

"……너와 아코, 물론 앨리 캣츠의 모두도. 평생 가는 질긴 인연이 될 거고…… 그렇게 만들 생각이지만. 그래도 이 이야기는 정말 한 번밖에 안 할 거야."

"어, 어어."

그런 호들갑스러운, 이라는 말은 하지 않았다.

그녀의 말에는 그만큼 진실미가 있었다.

"아코가 줄곧 니시무라에게 붙어 다니던 이유, LA에서 부부라고 하는 건, 서비스가 끝나면 사라지잖아."

"그렇게 되겠, 지만."

"너는 이 기회에 아코와 떨어지는 편이 그 아이의 행복으로 이어질지도 모른다는, 그런 생각을 하게 됐고."

"한심하지만, 맞아."

아무리 서로 좋아하더라도, 서로에게 상처를 주면 의미가 없다. 그래서 여기서 발을 멈추고 말았다. 간단한 일을 하지 못했다.

그런 나를 격려해 주려는 줄 알았지만, 세가와는 완전히 다른 말을 했다.

"반대로 기회라고는 생각하지 않았어?"

"……기회? 아코를 자유롭게 해준다는 거?"

"반대라고 말했잖아."

세가와는 살며시 고개를 돌리더니, 그래도 이쪽을 곁눈질로 바라보며 말했다.

"이 기회에 귀찮은 그 아이와 헤어지고, 네가 자유로워진다는…… 그런 선택지도 있다고, 조금은 생각하지 않았어?"

"……내가, 자유롭게?"

LA가 끝나면 아코와 이어져 있던 관계의 근본이 사라진다.

그러니 이 기회에 아코와 헤어진다.

게임에서 부부니까 현실에서도 부부라고 주장하며 내 곁에 있던 아코를, 서비스 종료를 이유로 떼어놓는다.

그건, 가능하냐 불가능하냐 묻는다면 불가능하지는 않아 보였다.

아코가 LA에서 부부라는 걸 절대시했기에, 오히려 그녀에게는 약점이 된다.

세가와의 이야기는 이해할 수 있었다. 이해하면서도 생각하는 거지만.

"내가 자유로워진다는 생각은 전혀 하지 않았어. 그래서 무슨 이득이 있는데?"

LA가 끝나고, 아코도 잃으면, 모든 게 없어지잖아.

내가 순수하게 묻자, 세가와는 손가락을 빙글빙글 돌리면서 어딘가 우회적으로 말했다.

"이득이야 있지. 예를 들어 저기…… 좀 더 귀찮지 않은, 평범한 애하고 사귄다든가?"

"아코 말고 대체 누가 나랑 사귀어 준다는 거야."

"아코밖에 안 보고 있을지도 모르지만, 1학년 때하고는 달리 네 주변에도 여자아이가 늘어났잖아."

"친구는 늘긴 했지만."

그게 여친 후보라는 건 아니지.

그렇게 생각한 나와 겹쳐서…….

"생각해봐. 예를 들면 나나코라든가—."

세가와는 그렇게 말하려다 바로 고개를 내저었다.

"—그건 무리일지도 모르지만."

"안 되잖아."

뭘 어떻게 생각하더라도 아키야마에게 플래그가 서지는 않았다는 건 말할 것도 없다.

"나한테 아코 말고 다른 여자아이라는 선택지는 안 나왔다고. 제로냐 아코밖에 없잖아."

"잠깐만. 예시가 좋지 않았어. 좀 더 있을 법한, 그래. 고양이공주 선생님이라든가."

"한 번 프러포즈했다가 차였는데."

애초에 교사이기도 하고, 학생은 좀 아니지 않나?

세가와는 으음으음, 하고 입가를 우물거렸다.

"미캉은 어때? 후배지만 친하잖아. 플래그는 섰을지도."

"없어. 그건 친구의 오빠라든가, 학교 선배니까 따르는 쪽이야."

"그런 건 모르지."

"아니, 알 수 있어."

원래부터 플래그 같은 건 생각하지 않았지만, 최근 타인의 시점에서 보고 잘 깨달았다.

"미캉이 나를 대하는 느낌하고 바츠를 대하는 느낌이 똑같거든."

"······그건 확실히 사랑은 아니네······."

"거봐."

나에게 플래그 같은 건 없는 거다.

아, 왠지 슬퍼졌다.

"그럼 조금 진지하게 말하는데."

그때, 지금까지 조금 자신감 없던 말투에서 어조가 확 강해졌다.

"마스터는 어때? 교제 상대로는 이상적이잖아."

"마스터는 나에게 연애 감정을 갖지는 않잖아."

평소에 앞뒤가 있는 삶을 살아서 그런지, 우리에게는 본심을 보여주는 사람이다.

서로 강한 호의가 있지만, 그건 사랑은 아니라고 생각한다.

"그래도 틀림없이 사랑은 있을걸? 네가 진심으로 바란다면 평생 곤란함 없이 지켜주지 않을까?"

"얀데레 루트 그만둬."

자금력이 있는 얀데레라니, 멈출 방법을 모르겠잖아.

게다가 마스터는 선택지가 애초에 파탄났다.

"만약 그렇더라도, 마스터는 아코에 대한 모든 게 상처가 될 거야."

"그건······ 그러네. 그럴지도."

세가와도 마지못해 수긍했다.

마스터는 어쩌면 나 이상으로 아코의 편을 들어주는 사람이다.

설령 어떤 이유가 있더라도, 아코에게서 나를 빼앗는 일이 벌어지면 평생 자신을 용서하지 않겠지. 게다가 딱히 나를 좋아하는 것도 아닌데.

근데 뭔가 말다툼처럼 되고 있는데, 딱히 세가와를 말로 꺾을 필요는 없지 않나.

"그러니까, 나한테는 선택지라든가 그런 건……."

"—그럼, 나는?"

세가와의 한마디가. 나의 다음 말을 뭉개버렸다.

아까까지 어딘가 무책임하게 타인을 추천하던 말과는 모든 게 달랐다.

"아코와 헤어지고 나와 사귀는 건?"

말은 짧고, 단적으로.

그러나 불타오르는 열량이 목소리에 담겨 덮쳐왔다.

"아, 어?"

설마 자신을 예시로 들 줄은 생각지도 못해서 사고가 따라잡지 못했다.

곤혹스러워하는 나에게 세가와가 말을 거듭했다.

"나는 니시무라를 빼앗은 뒤에도, 그 아이와 어울릴 자신이 있어."

"그건…… 나는 잘 모르겠지만."

그러나 논리를 빼더라도, 확실히 세가와라면 어떻게든 될 것 같다고 생각했다. 생각하고 말았다.

"네가 손을 놓는다면, 마스터도 나나코도, 지금보다 훨씬 아코에게 친밀해지지 않을까?"

"……그럴지도 몰라."

두 사람 모두 나보다는 훨씬 멀쩡한 사람이다.

아코를 진정시키고, 혼자 두지 않고 곁에 머물면서, 분명 나 같은 녀석보다 훨씬 잘 일으켜 세워줄 거다.

"앞으로도 아코와 둘이서 있으면 여러모로 고생할걸? 수험도 취직도, 간단하게는— 어차피 평범한 사람처럼 나아가지는 못할 거야."

"각오는 하고 있었어."

그러나 큰일이라는 건 예상된다.

나 혼자서도 고생하는 인생의 중대사를 아코의 등까지 밀어주면서 하는 건 결코 간단하지 않다.

"나라면 함께 수험 공부하고, 같이 대학에 가고, 같이 게임도 하고…… 괜한 일로 고민하지 않아도 되고, 평범한 연애를 할 수 있을 것 같지 않아?"

"그럴지도 모르, 지만……."

그건 몹시 매력적인 상상이었다.

서로 조금 피곤하면 게임으로 도피하려는 나와 세가와가 각자 감시하면서 억지로 책상에 앉아 참고서를 노려보는 광경이.

같은 대학에서 어느 강의를 들을지, 어느 동아리에 들어 갈지를 온라인 게임의 빌드를 생각하는 것처럼 둘이서 고민 하는 모습이.

종종 싸우고, 그래도 금방 화해하고, 한층 인연을 다져가는 우리의 모습이, 스스로도 놀랄 만큼 리얼하게 상상이 갔다.

그러나 이런 건 그저 가정에 불과하다.

세가와에게 나와 사귈 마음이 없다면, 생각해봤자 허망한 망상이다.

그러니 의미는 없다. 쓸데없는 생각이다— 그렇게 말하려 했지만, 입 밖으로 떨어지지 않았다.

이렇게 말하며 간단히 부정할 만큼 태평하지는 않다.

가벼운 마음으로 이런 말을 하지 않는다는 정도로는 그녀 를 이해하고 있으니까.

"……세가와는, 은근히 나를 좋아하는구나."

그래도 확신은 전혀 없다.

설마 세가와가. 나를 기분 나쁘다고 했으면서. 아코와 나 를 잘 알면서. 그런 마음에 브레이크를 걸고, 애매하게 말을 흐리기만 했다.

"……그렇지."

내던진 듯한 말이었지만, 지금까지 나와 눈을 마주치고 있 던 세가와는 살짝 시선을 돌렸다.

세가와의 눈동자가 몇 번이고 흔들리며 시선이 마주칠 때마다 들어졌다.

"네가 아코와 헤어지자고 생각할 만큼, 나를 좋아한다면."

그래도 나와 확실히 눈을 마주하고.

"그렇게나 사랑하던 아코보다도, 나를 좋아한다고 말해준다면."

드센 말과는 반대로 떨리는 목소리로, 하지만 화상을 입을 것 같은 열기를 담아.

"평생 어울려 줄 수도 있겠다고 생각할 정도로는— 너를 좋아해."

언제나 나의 편이고, 곁에서 싸워온 파트너가, 나에게 평생을 맹세할 수 있다고 말했다.

저물어 가는 태양빛에 주홍색으로 물들어, 진지한 사랑을 속삭인 소녀.

그녀를 대신해서 스크린샷에 남기고 싶을 만큼 반짝이게 보였다.

"……세가와, 그건……."

믿을 수가 없는 말에 호흡이 얕아졌다.

세가와는 동료에게 비밀은 가지더라도, 상처받을 거짓말은 하지 않는다.

지금 이 순간, 좋아해, 사귀어줘! 라고 외친다면 정말로 생애의 파트너가 될 수도 있을 거다.

그리고 앨리 캣츠의 모두와도 거북해지지 않게 함께 애써 주겠지.

아무것도 변하지 않고, 나는 아코와 함께하는 인생을 잃고 세가와와 함께하는 인생을 얻는다. 그것 말고는 변함없이 지금이 이어진다.

전혀 생각하지 않았던 선택지가 그녀의 손으로 만들어졌다.

"……좋아, 하니까."

"─으!"

전제 같은 게 없는 직접적인 말이 나에게 꽂혔다.

몇 번이고 나를 구해주었던 믿음직한 파트너가, 작은 몸으로 불안하게 나를 응시했다.

이제 와서 새삼 말할 필요도 없지만, 세가와는 깜짝 놀랄 만큼 귀여운 여자아이다.

취미도 맞는 부분과 전혀 다른 부분 양쪽 모두 있어서 이야기할 때 질릴 일이 없다. 나에게 빠져있는 사회성을 확실히 가지고 있어서, 현실에서도 게임에서도 언제나 구해주었다.

지금도 이렇게 나를 위해 달려와줬다.

나에게는 아까울 정도의 상대다.

나는 누군가를 행복하게 해줄 자신이 없다. 확신을 가질 수 없다. 그럼 함께 애써준다고 말해주는 세가와를 선택하더라도 전혀 이상하지 않다.

그래도 이상하네.

그런데도, 고를 수가 없다. 버튼을 누를 수가 없다.

있어야 하는 선택지가 그곳에 존재한다고 생각되지 않는다.

공략 사이트에 적혀있는데도 어째서인지 안 나오는 루트처럼.

표시는 되어있는데 어둡게 색이 변해서 고를 수 없는 커맨드처럼.

지금의 나는 아코와 헤어지고 눈앞의 그녀를 사랑하자는 생각이 떠오르지 않았다.

그야 그렇잖아?

내가 아코에게서 멀어진다면, 확실히 아코는 행복해질지도 모른다.

마스터가 받쳐주고, 세가와가 등을 밀어주고, 아키야마가 이끌고, 후타바가 도발할지도 모르고, 선생님도 이정표가 되어주겠지.

나 혼자 달리는 것보다는 훨씬 좋은 결과가 될 거다.

하지만, 그렇게 되면.

아코가 이후에 괴로운 일이 생겼을 때, 누군가를 의지하고 싶다고 생각할 만큼 괴로울 때, 달려가는 사람이 내가 아니라고.

언젠가 만날 가공의 누군가가 행복하게 해주지 않을까—그런 애매한 공상이 아니라 현실의 동료이기에 더욱 또렷하게 상상할 수 있었다.

가장 신뢰하고, 믿음직하고, 마음을 맡기는 상대가 내가 아니게 되는 거다.

그 상대는 마스터인데도, 아키야마인데도, 믿을 수 있는 동료인데도, 그렇게 상상한 광경이 내가 생각해도 놀랄 만큼 화가 난다.

분하다. 납득할 수 없다. 용납할 수 없다.

아코의 제일은 내가 아니면 안 된다. 그게 아니라면 싫다.

논리 같은 게 아니라, 그저 감정이 외친다.

아코를 행복하게 해주는 게 내가 아닌 건 싫다.

그게 설령 길원이라도 넘겨줄 것 같냐! 웃기지 마!

"……그렇구나."

그 짜증이, 불쾌감이, 마음에 묵직하게 내려왔다.

처음에 고양이공주 씨에게 무모한 프러포즈를 했을 때.

아직 꼬마였던 나는 자신에게 다정하게 대해주던 그 사람과 결혼하면 즐거울 것 같다는, 그런 이기적인 생각밖에 하지 않았다. 상대의 마음을 고려하지 않고 내 사정만 밀어붙였다가 처참한 실패를 맛봤다.

그로부터 줄곧 결혼은 상대의 마음이 중요하고, 책임이 동반되고, 장래도 고려해야 하고, 그렇게 둘이서 행복해져야 한다고 생각했다.

그러나 그것만은 아니다. 더 독선적이고 이기적인 부분이 분명히 있다.

그날의 내가 품었던, 이 사람을 독점하고 싶다는 마음을 부정한 채로 납득할 수 있을 리가 없었다.

언제나 아코를 신부라고, 부부라고, 그렇게 생각하지 못했던 건 나의 더러운 마음이 납득하지 못했기 때문이겠지.

하지만, 그래도 괜찮다.

꼴사납고 더러운, 자신의 가장 근원적인 욕구는 확실히 있어도 되는 거다.

그런 게 없다면 이런 고생을 하고, 상대에게 폐를 끼치는데도, 그럼에도 함께 있고 싶다고 생각할 리가 없으니까.

"……고마워."

분명 사과보다도 감사를 전하는 게 좋을 거다.

그렇게 생각해서 말하자, 세가와는 살짝 고개를 내저은 뒤 물었다.

"뭔가 알게 됐어?"

그 목소리는 뜻밖에도 부드러웠다.

그에 이끌려서 나도 차분하게 입을 열었다.

"잘 말할 수는 없지만, 좀 더, 이렇게……."

확실히 한다든가, 책임이라든가, 올바르다든가, 그런 게 아니다.

"내가 제멋대로 해도 될지도 모른다고, 그렇게 생각했어."

"조금은 자신이 생겼다는 거야?"

"아니, 자신은 전혀 없어."

세상에는 무한하다고 생각될 만큼 인간이 많다. 나보다 아코를 행복하게 해줄 사람은 분명히 있을 거다. 그런 건 당연하다.

그래도 양보할 수 없다.

나다. 나라고. 다름 아닌 내가 아코를 행복하게 해주지 않으면 납득할 수 없다.

그런 자기만족을 밀어붙이고, 그럼에도 행복하다고 생각하는 두 사람이 맺는 약속이 결혼인 거다.

깨끗하기만 한 것도 아니고, 그렇다고 더러운 것도 아니다.

자신의 전부와 상대의 전부가 뒤섞이고, 좋은 부분도 나쁜 부분도 받아들인다.

결혼이란 그런 거다.

"자신이 없더라도, 다른 어떤 선택지가 있더라도, 나는 언제나 아코와 함께 있을 거야. 아코가 싫다고 말하지 않는 한 누구에게도 양보하지 않아."

세가와가 나를 행복하게 해주더라도, 나는 아코와 함께 고생하는 길을 고를 거다.

아코에게 훨씬 행복해지는 길이 있더라도, 나와 둘이서 작은 행복을 추구했으면 좋겠다. 추구해 주리라 믿는다.

"아코는— 내 신부야."

온라인 게임이라든가, 현실이라든가. 그런 말을 붙이지 않고, 겨우 진심으로 그렇게 말할 수 있게 된 것 같다.

"……다행이네."

세가와는 후우, 하고 숨을 내쉬고는 내게서 고개를 돌렸다.

나에게 보이지 않는 위치에서 조금 움직인 오른손이, 살며시 눈가를 닦는 것처럼 보였다.

"너, 아코를 좋아하지?"

"좋아해."

"나도 말이지. 좋아해."

천천히 이쪽으로 고개를 돌린 세가와는 나만이 아니라 그 옆에 있는 누군가를 보는 듯이 웃었다.

"너와 아코가 기분 나쁠 정도로 친하게 있고, 그걸 보면서 웃는 걸 좋아해. 그러니까 다행이야. 정말로."

"……그렇구나."

그러니까 사과하지 마라. 강한 시선이 마지막까지 등을 밀어줬다.

그녀가 진심이었는지, 아니면 나를 일으켜 세워주려고 어느 정도 거짓말을 건지는 모른다.

아무튼 틀림없는 건.

"이 이야기…… 한 번밖에 하지 않는 거였지?"

"당연하잖아."

로드해서 선택지를 다시 고르는 건 불가능하다는 거다.

세가와는 부드럽게, 그러나 건방진 어조로 말했다.

"나는 말이지. 니시무라나 아코와 달리 몇 번이고 몇 번이고 차일 만큼 자존심을 버리지 않았어."

"말이 심하네."

"아까운 짓을 했다고 평생 후회하라고. 돌이킬 수 있다는 생각은 절대로 하지 마."

"그건 정말로…… 아깝네."

거짓 없이 그런 생각이 들었다. 아쉽고, 아깝고, 지금도 정말 괜찮은 건가 싶다.

그러나 후회는 없다. 미련도 없다.

앞으로 후회하지도 않는다. 이 최고로 멋있는 파트너에게 보답해줘야 한다.

"그래. 정했어. 할게. 할 수 있는 일은 뭐든지 전부, 지금 당장!"

"그 마음가짐이야. 애초에 너, 목적을 위해서 수단을 가리는 타입이 아니잖아?"

"무슨 아코도 아니고."

"자각이 없는 게 아코보다 악질인 거야……."

그때, 세가와의 휴대전화가 딩동 소리를 냈다.

"음. 마침 잘됐네."

저기 보라면서 세가와가 공원 입구를 손가락으로 가리켰다.

시선을 옮기자, 숨을 헐떡이며 달려오는 두 사람의 모습이.

"문제가 생긴 거냐, 루시안! 뭐든 말해라! 내가 어떻게든 해주마!"

"니시무라! 아코하고 무슨 일 있었어?! 괜찮아?!"

"마스터, 아키야마."

어째서? 라는 말이 입 밖으로 새어 나왔다.

"너를 찾자마자 바로 연락했거든 나 혼자서 감당하지 못하면 곤란하잖아."

"그래도 그 표정, 아카네가 어떻게든 해준 거야?"

"니시무라 따위한테 고생할 내가 아니라고."

세가와는 흐흥, 하고 살짝 가슴을 폈다.

"세가와…… 굉장하네, 정말로."

애프터케어까지 완벽하잖아.

결의한 지 1분 만에 후회하게 만들지 말아줘.

"등을 밀어주는 역할은 슈바인이 해냈다고 해도, 우리에게도 할 일은 있겠지."

한쪽 발로 공원의 흙을 탁 밟은 마스터가 힘차게 주먹을 쥐었다.

"무엇이 곤란한 거냐? 무엇을 원하는 거냐? 내가 가능하다면 힘을 빌려주마."

"마스터……."

힘을 빌려준다. 언제나 마스터는 그렇게 말해왔다.

물론 믿음직스럽기는 하지만, 그렇다고 응석을 부리면 안 된다. 절도는 지켜야 한다고 생각했다. 아니, 지금도 생각한다. 그러지 않으면 친구로 있을 수 없으니까.

그걸 알면서도, 지금만큼은.

"그럼…… 잠깐, 부탁하고 싶은 게 있어."

부탁이 있다. 그런 매달리는 말을 듣자, 마스터는 활짝 핀 표정으로 대답했다.

"一! 음, 맡겨둬라! 뭐든지 말하도록!"

"……지금, 뭐든지 말하라고 했지?"

원래는 뭐든지(뭐든지라고 하지는 않았어)라고 반박하는 패턴이지만, 그녀는 조금의 망설임 없이 단언했다.

"음! 뭐든지 해주도록 하마!"

7장

"결혼해 주세요"

도망치지 않겠다고 결심하고, 하겠다고 결의하고, 내가 할 수 있는 건 뭐든지 했다.

내가 할 수 없는 것도 누군가에게 부탁할 수 있다면 부탁하고 또 부탁했다. 평생의 부탁이라는 개념이 실제로 있다면, 요 며칠 동안 전원에게 다 썼을 거다.

예정대로 된 것도 있었다. 역시 막힌 것도 있었다.

그래도 마지막으로, 나는 여기까지 왔다.

이미 해도 저문 늦은 밤.

차가운 복도에 서서 추위와 긴장감으로 떨리는 오른손을 강하게 움켜쥔 나는 눈앞의 문을 두드렸다.

똑똑, 생각보다 커다란 소리가 집 안에 울렸다.

"네~? 아직 안 자고 있는데요?"

맥 빠지고 느긋한 어조.

귀에 닿는 것만으로도 진정되는, 좋아하는 아코의 목소리.

"이런 시간에 미안. 나— 루시안인데."

"네헷?!"

아마 키보드에 손이 부딪쳤겠지. 플라스틱과 콱 부딪히는 소리가 들렸다.

놀라는 것도 어쩔 수 없고, 미안하다. 이런 늦은 시간에 연락도 없이 들이닥치리라고는 생각도 하지 않았겠지.

"루루루루시안? 어째서 집에, 이런 시간에, 엄마랑 아빠는요?!"

허둥지둥 방 안을 돌아다니는 소리가 들리고, 천천히 문이 열렸다.

틈새에서 살며시 고개를 내민 아코가 말했다.

"저, 정말로 루시안이네요! 저의 망상으로 목소리가 들린 줄 알았어요!"

"미안하지만 본인이야."

그야 심야에 갑자기 목소리가 들리면 가짜라고 생각하겠지.

"언제 와도 괜찮지만, 조금 놀랐어요."

후우, 하고 숨을 내쉰 아코가 황급히 문을 크게 열었다.

"아, 춥죠? 들어와요."

"고마워."

초대받은 아코의 방은 본인이 나태하게 산다고 하는 것치고는 언제나 깔끔하다.

잡다한 물건은 많지만 대부분 본 적이 있고, 아코의 마음속이 그대로 방이 된 듯한 분위기.

"그래서 이런 시간에 어쩐 일이에요?"

"아~, 그전에 잠깐 괜찮을까."

"네에?"

멍하니 고개를 갸웃한 아코가 모니터로 시선을 돌렸다.

그 동작을 최대한 신경 쓰지 않으며 물었다.

"아코에게 일어난 LA 의존증……이라고 잠재적으로 부르겠는데, 증상은 좋아졌어?"

"솔직히 말해서 별로요. 어제는 15분 참았지만, 오늘은 10분 정도여서……."

"또 실험한 거야?"

"그야 조사하지 않으면 좋아지는지 알 수가 없잖아요."

아코는 책상 위에 놔둔 노트북으로 시선을 돌렸다.

"루시안에게도 가족에게도 폐만 끼치고……. 빨리 나아야 하는데……."

그렇, 겠지.

그런 식으로 생각할 것 같았어.

"원인은 마음에 부담이 걸렸기 때문이니까, 초조해하지 말고 편한 상태로 보내면 좋아지지 않을까…… 그런 이야기였잖아."

"네. 의사 선생님은 그렇게 말했었어요. 조만간 나을 거야~, 라고."

의사는 사춘기에 생기는 돌발적인 이변에 이런저런 병명을 붙이지 않는 게 좋다고 했다는 모양이다. 아무튼 편하게 지내라는 건 우리도 잘 알 수 있는 이야기다.

"그래도 아코, 지금 정말로 편하게 지내고 있어?"

"그건, 그치만, 학교도 쉬고 있고, 갈 예정이었던 입시 학원도……."

"가족들이 지켜보는데 계속 집에 있는 거, 실은 꽤 압박 감이 있지 않아?"

"……루시안은 치사하네요."

아코는 「어째서 알아채는 건가요」라며 시선을 내렸다.

"밥을 먹을 때도 컴퓨터를 들고 가야 하고…… 제가 잠깐 화면을 볼 때마다 두 분이 슬픈 표정을 지어서……."

"……그렇구나."

아코의 부모님은 틀림없이 딸을 사랑한다. 그러나 그게 무 거운 짐이 된다.

부모의 책임이라든가 자식을 향한 애정 같은 것이니까, 아코에게 압박감 느끼지 말고 편하게 지내라고 하는 게 역 시 어렵다.

아코는 그걸 느끼고 어서 기운을 차려야 한다, 빨리 LA에 서 벗어나야 한다고 정신에 부담을 주고 있다. 악순환이다.

아코의 방에서 이야기를 들었을 때부터 위험하다고 생각 했었다.

아무리 게이머라고 해도 자기 몸으로 상태 이상 실험을 하는 멘탈이 건전할 리가 없다.

이런 말까지 들었으니 이제 주저할 이유가 없다.

아니, 원래부터 무슨 수를 써서라도 하겠다고 결심하고 여기에 왔다.

"고마워. 그럼 본론이야. 실은 중요한 이야기가 있어서 왔어."

"중요한?!"

아코가 자세를 확 다잡은 뒤.

"머, 먼저 묻자면 이혼이라든가 그런 이야기는……."

"그런 건 아닙니다."

"듣기로 하죠!"

아코는 헤벌쭉 자세를 풀고 이혼이 아니라면 뭐든 듣겠다며 내게 몸을 기울였다.

"으으음. 갑작스럽고, 나의 어리광이고, 정말로 무모한 부탁이지만."

"네."

스~읍, 숨을 들이쉬고, 그 공기가 아코의 기운으로 가득 찬 것에 안도하면서, 나는 천천히 입을 열었다.

"지금부터 나와, 사랑의 도피를 하지 않겠어?"

"……."

아코가 멍하니 굳어졌다.

"사랑의 도피."

"그래. 사랑의 도피야."

"둘이서 도망치는, 그런 사랑의 도피."

"그 사랑의 도피야."

심야에 들이닥쳐서, 지금부터 사랑의 도피를 하자! 라고 말하는 고등학생.

뭔가 정말 굉장히 위험하달까, 내가 말하는데도 이 녀석 답이 없다는 생각이 든다.

"가족이 압박감이라고 했잖아. 분명 아코가 이대로 집에 있어봤자 별로 좋아지지 않을 거야. 그러니까 집이나 가족에게서 떨어져서, 전부 버리고 나와 사랑의 도피를 가지 않겠어?"

치료해야지, 기운을 차려야지, 걱정을 끼치지 않게 해야지.

그런 압박감에서 도망치기 위한 도피행. 상당히 이상한 형태지만 사랑의 도피이기는 하다고 생각한다.

"그건……. 저기, 엄마 대신 루시안에게 폐를 끼칠 뿐인 게……."

"그럴 것 같아?"

내가 아코와 둘이서 보내는 것에 무슨 민폐가 된다는 거야.

그렇게 간단한 말을 하려다가, 디 씨한테서 받은 떠올리고 싶지 않은 쓰레기 같은 어드바이스가 뇌리를 스쳤다.

배워서는 안 되는 의견이지만, 참고가 되는 부분은 조금 있었다.

"좋아하는 애하고 둘이서 느긋하게 보내는 건데 그냥 포상이지. 나를 위해 함께 있어줘."

"하읏!"

내가 그랬듯이 아코에게도 듣고 싶은 말이 있을 거다.

쑥스럽다든가 부끄럽다든가, 그런 마음을 억누르고 상대에게 와닿을 말을 골라야 할 상황이다.

변변찮은 어른이 가르쳐준 몇 안 되는 금언이다.

"저, 저도 좋아하는 루시안과 함께 있을 수 있다면, 그것만으로도 행복해요."

그래도그래도, 라며 뺨에 손을 댄 아코가 살짝 나를 올려다보며 물었다.

"사랑의 도피라니, 큰일이잖아요? 정말로 괜찮나요? 같이 데려가 주는 건가요?"

"꼭 아코가 와줬으면 좋겠어."

아코를 위해, 같은 말을 해봤자 무모한 이야기라는 건 안다.

이런 걸 간단히 납득할 수 있을 리가 없다.

"갑작스러워서 놀라는 건 이해해. 그래도 제발―."

그래도 어떻게든 수락을 받아내야지.

"알겠습니다! 바로 나가죠!"

"나를 믿고 따라와 주는 거구나……."

미덥지 못한 나지만, 어떻게든 믿을 보람이 있다고 생각할 수 있도록―.

어라? 지금 뭐라고 했어?

"이런 날이 오지 않을까 해서 준비해 놨어요. 귀중품만 확인할게요!"

"……아, 네……."

순식간에 판단했잖아. 믿을 보람이 어쩌고 같은 말이 나올 시간도 없었다.

그보다 오히려, 이런 날이 온다고 생각하길 바라지는 않았어!

"아, 실내복이라면 곤란하겠죠. 바로 갈아입을게요!"

"아, 아아. 밖에 나가 있을게."

"아빠랑 엄마한테 들키면 큰일이잖아요! 그대로 있어도 괜찮아요!"

"내가 괜찮지 않은데!"

일단 뒤를 돌아서 보이지 않게 하고 기다렸다.

뒤에서 옷을 벗는 약간의 옷깃 스치는 소리가 들려서 자연스레 심장 고동이 빨라졌다.

"지금부터 사랑의 도피! 루시안과 사랑의 도피! 두근두근하네요!"

"나는 다른 의미로 두근두근하거든."

뒤에서 딸깍, 하고 뭔가를 잠그는 소리가 들렸다.

뭔가, 라고 말했지만 그게 속옷이거나, 그게 아니더라도 봐서는 안 되는 거라는 건 상상이 간다.

지금부터 사랑의 도피를 떠날 상대한테 이렇게 쑥스러워할 때가 아니건만.

"아코, LA 쪽은 일단 노트북 접속을 테더링으로 바꿔서 이동 중에도 확인할 수 있게 해둘게."

"감사합니다. 근데 회선이 괜찮을까요?"

"이번 달은 이제 와이파이만 안 쓸 거야."

부스럭부스럭, 푸석 하고 옷을 갈아입는 기척이 이어진 뒤, 아코는 옷장을 마구마구 뒤졌다.

"이것하고, 이것하고 이것하고…… 네. 괜찮아요!"

"준비 빠르네!"

몸을 원래대로 돌리자, 따스해 보이는 후드 코트를 걸치고 한 손에 백을 든 도망 태세의 아코가 기다리고 있었다. 완벽하네.

"정말로 언제든 사랑의 도피가 가능하잖아…… 진짜냐……."

"사실 꿈꾸기까지 했어요."

그런 꿈을 꾸지 마, 진짜로.

"그럼 이동은 전철인가요? 아, 그래도 이 시간에는 이제 안 다닐지도."

"아니, 물론 차야."

"택시인가요?"

아코의 준비가 바로 끝난 건 고맙다.

문을 찰칵 열고 방 밖에 말을 걸었다.

"준비 끝났어요~!"

"어머, 빠르네. 고마워, 히데키."

"엄마?!"

기다리던 아코의 어머니가 타닥타닥 계단을 올라왔다.

아코는 황급히 내 등을 밀었다.

"들키면 안 되잖아요! 숨어요!"

"사랑의 도피니까 그런 시간은 없어. 바로 이동하자."

"그래, 아코. 서둘러야지."

"엄마도 공범인가요?!"

아코는 눈을 깜빡이며 나와 아코의 어머니를 교대로 바라봤다.

"당연하지. 어머니의 허가도 안 받고 딸을 데려갈 수 있을 리가 없잖아."

"준비 만전이잖아요!"

"자, 가자."

내가 손을 당기며 뚜벅뚜벅 걷자, 아코가 순순히 따라왔다.

계단을 내려서 신발을 신고, 현관으로 나오자 이미 밖에는 차가 기다리고 있었다.

"어, 어라? 우리 집 차인데요?"

"됐으니까 자, 어서 타."

어리둥절한 아코를 뒷좌석에 밀어 넣고, 나는 그 옆에.

어머니가 조수석으로 들어올 때 운전석에 말을 걸었다.

"예정대로예요. 잘 부탁합니다."

"알았다. 바로 출발할 테니 두 사람도 안전벨트를."

진중한 목소리가 대답했다. 으~음. 나와 달리 굉장히 믿음직스럽다.

"아빠?! 어째서 당연하게 타고 있는 건가요?!"

"설마 딸이 떠나는 사랑의 도피에 입회하게 될 줄이야……
인생이란 무슨 일이 생길지 알 수가 없군."

"정말 우리 자식이라니까~."

"숙연해지지 말아 주세요! 부모님이 보내주는 사랑의 도피
라니, 뭔가요?!"

"있기는 하잖아. 조부모라든가 친척의 반대로, 라든가."

"할머니는 어서 손주의 얼굴을 보고 싶다고 했었는데요?!"

"아코네 집은 정말 아코네 집이네."

그분은 틀림없이 외할머니, 아코의 어머니의 어머니겠지?

그리고 곧바로 차가 스르륵 움직여서 심야의 주택가를 빠
져나왔다.

상황에 당혹스러워하던 아코도 나쁜 짓을 하는 게 아니라
는 걸 눈치챈 모양이었다.

"잘 모르겠지만, 혼나는 사랑의 도피는 아닌 거죠?"

"물론."

"그건…… 다행이네요."

무릎 위에 올린 노트북 화면을 힐끔 바라본 아코는 후우,
하고 숨을 내쉬었다.

압박감을 주지 않고, 평온하게 지내주길 바란다고 했는데
부모의 동의 없이 억지로 데려갈 리가 없잖아.

그런 것에 생각이 가지 않을 만큼, 아코 쪽도 상당히 몰려 있는 거겠지.

반사된 유리창에 비친 그녀의 옆얼굴이 그 숨결로 하얗게 뒤덮였다.

한동안 달린 차는 어딘지 모를 주차장에 도착.

"자, 도착했다."

"감사합니다. 가자, 아코."

"어, 아, 네."

자, 내려내려.

차에서 내려 어두운 주차장으로 나오자, 아코도 조심조심 밖으로 나왔다.

조수석에서 내려온 어머니가 아코를 꼬옥 안아줬다.

"잘 지내야 해. 히데키와 행복하게."

"네, 물론이죠!"

그런 아름다운 모녀를 배경으로, 아코의 아버지가 운전석에 앉은 채 창문을 열었다.

"딸을 잘 부탁한다."

"네."

그 말에 고개를 끄덕이며 답했다.

"여러모로 걱정을 끼치게 되겠지만…… 아코는 제가 반드시 행복하게 해줄 테니까요."

"……괜찮아."

아버지는 살짝 쓴웃음을 짓고는 핸들을 잡은 손을 천천히 떼어내고는 내게 내밀었다.

"너도 아코와 함께 행복해지거라."

"……네."

뻗어 나온 오른손을 꽉 잡았다.

나보다도 두세 배는 큰 손에, 부탁받은 무게가 느껴졌다.

돌아가는 차를 배웅한 나는 다시금 아코의 손을 잡았다.

"좋아, 가자. 아코."

"네……. 근데 저기, 이런 곳에 뭐가 있나요?"

아코는 거리 안이라서 불빛은 있지만 그래도 어두운 주차장을 불안한 듯 돌아봤다.

"설마 여기에 저를 버리고 간다거나 그런 건……."

"그럴 리가 없잖아. 여기서 또 이동해야 해."

"이동이라니, 하지만 아빠도 가버렸는데—."

"두 사람 다 잘 왔다!"

잘 울리는 목소리가 들렸다.

"마스터?!"

"미안, 기다렸지!"

"빠른 정도이고말고. 마침 준비가 끝난 참이다!"

말하자마자 키이이이잉 하는 높은 구동음이 들렸다.

"어, 저기, 뭐가 어떻게 돌아가는 건가요? 어디 가는 건데요?"

하하하. 이런 탁 트인 곳에서 타는 시끄러운 탈것이란 대체로 상상이 가잖아?

"이동은 하늘이야. 헬기로 가자."

"헬리콥터인가요?! 이, 인생에서 처음 타는데요!"

"뭘 숨기겠어. 나도 마찬가지야."

"루시안도요?!"

인생에서 헬기에 탈 기회는 거의 없지.

사실 비행기도 거의 탄 적이 없다고.

"이야~, 엄청 무섭네. 이거 캡콤제는 아니겠지?"

"무서운 말은 하지 말아 주세요! 비행기에 타기 전의 메이데이하고, 헬기에 타기 전의 캡콤은 금지 카드라고요!"

"걱정하지 마라. 떨어졌다는 클레임은 지금으로서는 받은 적이 없다."

"클레임을 걸기 전에 죽어서 그렇잖아요!"

웃으면서 블랙 기업 같은 말을 하는 마스터를 보자 아코가 울상을 지었다.

내가 혼자서 이런 준비를 할 수 있을 리가 없지—. 아니, 죽을힘을 다해 노력하면 가능할지도 모르지만, 이런 걸 독단적으로 진행하면 어디에 균열이 생길지 모른다.

제대로 모두와 상담하고, 확실하게 협력을 받았다.

"이번에는 출자, 플래닝, 교섭 모두 마스터의 전면 협력을 받았으니까 안심하라고."

"아무것도 걱정할 필요 없다! 맡겨둬라!"

"에에엑?! 마스터에게 의지해도 되나요?!"

"전혀 좋지 않아! 좋지 않지만 괜찮아!"

일단 이동할 돈은 제대로 보호자가 지불했으니까 괜찮아.

헬기에 타기 위해 허가를 받아야 해서 덤으로 부탁했습니다. 의외로 싸더라고요. 헬리콥터.

그러나 가격이 싸든 말든, 가족에게 굉장히 폐를 끼치게 되고, 이후에도 마스터에게 대단한 빚이 생겼다.

평생을 들어도 갚지 못할지도 모르는, 갚을 수 있을지도 알 수 없는 빚이다.

그래도 한다. 하는 거다.

이번에는 전혀 사양하지 않고 모두를 의지할 거다.

타인의 힘도 포함한, 내게 가능한 모든 것을 써서 도전한다.

그렇게까지 해서라도 원하는 게 있다고, 파트너가 가르쳐 줬다.

"자, 가도록 하자! 어서 자리에 앉아라!"

"벌써 간다고요?! 당장이요?!"

허둥지둥하는 아코의 등을 마스터가 밀었다.

그렇게 멀지 않은 곳에 소형 헬리콥터가 기다리고 있었다.

아코는 곤혹스러워하면서도 순순히 자리에 앉아 벨트를

고정했다.

"……좋아."

이 틈에 할 일을 해야겠지.

몰래 노트북 설정을 전환해서 비행기 모드로. 대신 USB 메모리를 꽂고 영상을 재생.

서두르자 서둘러, 하지만 당황하지 마, 시간은 있어. 차분하게, 확실하게.

영상을 확인하고 전체 화면으로. 모임장에 앉은 아코 같은 캐릭터의 플레이 영상을 녹화한, 대략 30분 정도의 동영상이다. 멀리서 보면 충분히 속일 수 있을 거다.

"아코, 컴퓨터는 케이스에 넣어서 볼 수 있는 곳에 놔둘 테니까."

"감사합니다!"

화면을 볼 수 있게 클리어 케이스에 넣어서 화물칸에 놨다.

스태프에게도 사정을 설명했다. 통신 기능을 꺼두면 상관없다는 든든한 말을 들어서 정말 고마웠다.

"……."

"……."

마스터와 말없이 고개를 끄덕이고, 우리도 좌석에 앉아 벨트를 고정했다.

비행에 대한 간단한 설명을 듣고, 그리 오래 지나지 않아 문이 닫혔다.

『그럼 목적지까지 20분 정도 비행하게 됩니다. 도쿄의 야경을 천천히 즐겨 주세요.』

휘잉휘잉 돌아가는 프로펠러 소리가 가속했다.

그리고 잠깐의 부유감, 압박감이 연속해서 들어왔고, 창밖의 경치가 아래로 움직였다.

생각보다 흔들림은 적었고, 게임에서 조작하는 헬리콥터처럼 강하게 기울어져서 이동하지도 않았다. 의외로 탑승감은 좋았다.

소리가 너무 커서 목소리가 안 들리니까 대화는 할 수 없었지만, 나도 아코도 긴장해서 조용하다.

마스터만큼은 기분 좋게 야경을 바라보고 있었다.

예정대로 20분 정도 날아간 헬기는 약간의 광원이 있는 초원에 내려섰다.

"후와, 왠지 아직도 다리가 휘청거려요."

"한동안 하늘에 있었으니까~."

이렇게 지상에 있으면 아까까지 날고 있었던 게 믿기지 않을 정도다.

"루시안, 현재 타임라인은 순조롭다."

"고마워. 지금부터 이동은 어떡하지?"

"걱정할 것 없어. 이미 왔다."

뿌뿌, 하는 가벼운 클랙슨 소리.

승용차 한 대가 옆쪽 길가에 멈춰있었다.

"자, 다시 이동하자."

"이번에는 택시인가요?"

"좀 더 편한 탈것이야."

내가 말한 동시에, 운전석에서 고개를 내민 여성이 잘 울리는 목소리로 말했다.

"세 사람, 시간이 없거든? 어서 타렴."

"고양이공주 선생님?!"

운전 잘 부탁합니다. 고양이공주 씨!

한동안 이동했다.

도착한 곳은 심야에서도 아련하게 빛나는 해안가의 리조트 호텔.

그리고, 그 옆에 있는 세련된 디자인의 교회다.

지금까지 두 번 온 적이 있지만, 전에 왔던 건 1년 이상 이전이다.

기시감과 함께 조금 그리움이 있었다.

"여기는…… LA의 교회인……."

"모델이 된 곳이야. 전에 왔었지."

"이렇게 금방 올 수 있나 보네요~."

아코는 호에~, 하고 눈을 동그랗게 떴다.

차로 이동한다면 몇 시간은 걸리는 거리다.

그러나 평범하게 이동한다면, 그동안 LA 접속이 끊어질 거라는 불안감이 있었다.

 동영상으로 얼버무리더라도 차로 이동하면 직접 조작도 가능하니까.

 그래서 1초라도 빨리 이동하기 위해 헬기를 써서 억지로 데려왔다.

 "사랑의 도피를 하러 온 곳이 여긴가요?"

 "미안, 여기가 아니야."

 미안! 그렇게 양손을 딱 맞댔다.

 "사랑의 도피를 떠나기 전에 꼭 해야만 하는 일이 있어서……정말로 미안하다고 생각하지만, 여기까지 오게 된 거야."

 "해야만 하는 일이라니…… 설마…….'"

 상황을 어느 정도 상상하게 된 건지, 어둠 속에서도 알 수 있을 만큼 아코의 뺨이 주홍빛으로 물들었다.

 그런 조금 분위기 있는 무드는 한 방에 부서졌다.

 "잘 왔네, 아코! 기다리느라 지쳤어!"

 "구체적으로 말하자면 여섯 시간 정도 기다렸어!"

 교회 문이 쾅~! 하고 열리더니 드레스 차림의 여성 두 명이 뛰쳐나왔다.

 프릴 달린 원피스를 입은 세가와, 시크한 드레스에 볼레로를 걸친 어른스러운 복장의 아키야마다.

 "슈? 세테 씨도!"

"오래 기다리게 해서 미안!"

"여러모로 준비도 있었으니까 딱 좋아. 자, 아코. 서둘러 준비하자!"

"유이 선생님도 준비 부탁해~!"

"그래그래, 서둘러야겠네."

"루시안?! 뭐가 어떻게 되어가는, 살려줘요!"

"아코를 부탁한다~!"

세 사람에게 끌려간 아코가 건물 뒤로 사라졌다.

폐를 끼치겠지만, 뒷일은 맡길 수밖에 없다. 잘 부탁합니다.

"아코 군보다 시간은 걸리지 않겠지만, 루시안도 준비를 부탁한다."

"오케이. 장소는?"

"이쪽이다. 준비는 되어있다."

교회 뒤쪽 대기실로 안내받았다.

심야지만 불빛이 켜져 있고, 안에는 간소하나마 갈아입을 준비가 되어있었다.

"사이즈는 맞겠지만, 다소의 위화감은 참아다오."

"물론. 준비해준 것만으로도 고맙지."

턱시도를 받아서 구석에 있던 칸막이 뒤에서 갈아입기 시작했다.

나도 예정을 세우던 쪽이었지만, 떠밀리는 듯한 진행에 놀랄 정도다.

"지금까지는 예정 밖의 일이 전혀 일어나지 않았네. 역시 마스터야."

"전부 순조롭다. 돌발적인 계획인데도 스피디하면서 세이프티. 내가 생각해도 감탄하지 않을 수 없군."

"정말로 고마워."

어느 것이 아니라, 하나부터 열까지 다.

"이 빚은 반드시, 평생을 들여서라도 갚을 테니까. 돈은 좀 기다려 달라고 할 수밖에 없지만."

"걱정할 것 없다. 루시안이 생각하는 것만큼 돈도 노력도 들지 않았어."

칸막이 너머에서 손을 휘적휘적 흔드는 기척이 났다.

"그 해킹 피해 일로 지배인과 연결이 생겼기에, 비어있는 시간에 쓰게 해줬을 뿐이다. 의상도 기성품 대여라서 그리 수고는 들지 않았어."

"……태연하게 말해도 말이지."

마스터는 간단하다는 듯 말했지만, 내가 개인적으로 호텔과 교섭한다면 이야기조차 들어주지 않을 거고, 우리에게 맞춘 의상을 빌려주는 연줄도 있을 리가 없다.

무리한 부탁을 들어준 건, 무슨 일이 생기면 고쇼인이 책임을 진다는 신뢰가 있기 때문이다.

나한테는 아무런 실적도 뒷배도 없다. 혼자서는 절대 불가능한 계획이었다.

"본심을 말하자면 거절당해도 이상하지 않다고 생각했었어."

칸막이로 막혀서 보이지 않는 걸 구실 삼아, 조금 본심을 흘렸다.

"LA 의존증에 걸린 아코를 어떻게든 여기로 데려오고 싶다. 잠시라도 좋으니까 교회를 쓰고 싶다. 그럴싸한 의상도 준비하고 싶다……. 부탁이 엉망진창이었으니까."

"가급적 빨리, 라는 요망이 빠져있구나."

"거듭거듭 고맙습니다."

최대한 빨리 부탁한다고 전달했는데 고작 이틀 만에 모든 준비가 끝났다.

내가 이야기하지 않은 부분의 계획까지 미리 세워줘서 정말 고개를 들 수가 없다.

"하지만, 그래. 나도 솔직히 말하자면 조금쯤은 설교를 해도 되지 않을까 생각하고 있었다."

모습이 보이지 않는 마스터가, 그렇게 말하면서 이쪽으로 걸어왔다.

"자금의 중요함, 인맥의 귀중함, 그것에 편승하는 것이 어떤 의미를 가지는가. 그런 말을 거침없이 늘어놓으면서 생색을 내면서 맡을까 했었다."

"아무리 설교를 하더라도 진지하게 들었을걸. 왜 말하지 않았던 거야? 마스터."

오히려 설교하면서 안 된다고 하더라도 아무런 불평도 하지 않았을 거다.

그만큼 무모한 상담이었다는 자각이 있다.

"루시안이 각오를 다졌다는 게 하나의 이유다. 무엇을 희생하더라도 아코의 마음을 움직이겠다고 결심한 남자에게 굳이 촌스럽게 말할 필요는 없겠지."

"정말로 미안해."

변명은 하지 않겠지만, 미안하다고 생각하고 있습니다. 정말로.

"그리고 또 하나……. 의미가 없다고 생각했으니까."

"나한테 설교해봤자 듣지 않을 테니까?"

마스터의 말이라면 제대로 들을 생각이었는데.

"그런 뜻이 아니다."

홋, 하고 웃는 기척이 칸막이 바로 건너편에서 났다.

"어떠냐? 루시안. 다 갈아입었나?"

"넥타이를 잘 모르겠네. 이거 어떻게 매는 거지?"

"아, 크로스 타이였지."

마스터가 칸막이를 돌아서 안으로 들어왔다.

드레스가 아니라 고급스러운 느낌이 있는 정장, 이 자리를 맡은 책임을 짊어진 의상이었다.

"줘봐라. 이건 매는 게 아니라 앞에 여미기만 하는 타이니까."

마스터는 정면에서 내 목에 손을 대고는 반대쪽으로 타이를 가져갔다.

바로 눈앞에 그녀의 가슴팍이 다가왔고, 언제나 달콤한 아코의 냄새와는 다른, 산뜻한 세가와의 냄새와도 다른, 차분한 어른의 냄새가 났다.

　"······결국은."

　넥타이의 길이를 조절하고 한가운데에 핀을 꽂으면서.

　"내가 루시안의 부탁을 거절하는 일은 앞으로도 없을 거다. 그게 아무리 무리이고 제멋대로인 일이라도 말이지. 그럼 잘난 듯이 설교해봤자 의미가 없어. 그런 이야기다."

　"그렇지 않다니까. 내가 나쁜 짓을 도와달라고 말하면 도와주지 않을 거잖아."

　"너는 그런 일은 하지 않아."

　단호하게 말한 마스터는 핀 뒤쪽의 금속구를 꾹 눌렀다.

　"네가 나에게 부탁할 때는, 그게 꼭 필요하고 사실은 자기 힘으로 해내고 싶을 때다. 나의 힘을 빌려서라도 불가능을 가능으로 만들고 싶을 때니까."

　넥타이의 위치를 꽉 눌러서 정돈하자, 바로 근처에 있던 마스터의 얼굴이 더욱 가까워졌다.

　그녀는 서로의 뺨이 닿을 듯한 거리에서, 내 귓가에 속삭이듯이 말했다.

　"그러니 절대 거절할 일은 없을 거다. 앞으로도 필요하다면 언제든 부탁해라. 나의 힘은 너의 힘이라고 생각해라."

　그녀는 나에게 자신감을 주려는 듯이 어깨를 꾹 안으면서 말했다.

"나는 언제든 루시안의 편이다. 기억해둬라. 나의 오른팔, 서브 마스터여."

"—뭐야. 식전 전에 눈물 나는 소리 하지 말라고."

"식전 전에 조금 좋은 말을 해주는 게 유능한 선배라는 것 아니냐?"

천천히 떨어진 믿음직한 길드 마스터는 내 등을 살짝 밀었다.

"다음은 화장이다. 저기 거울 앞 의자에 앉아라."

"……응? 아니, 나는 그런 건 됐으니까."

"이것도 예정에 들어가 있었다. 잠자코 앉아라. 시간이 없어."

"……네."

그거, 내가 짠 예정에는 안 들어있었는데—.

신랑이 늘 그렇듯이, 내가 먼저 교회에 들어갔다.

심야지만 안은 밝고, 춥지 않은 정도의 온도를 유지하고 있다.

원래는 가족이나 친지가 늘어서야 하는 자리에는 노트북이 한 대 멀뚱히 놓여있고, 아코가 혼자 앉아있는 게임 화면을 소리 없이 비추고 있다.

강단 앞에는 익숙하지 않은 턱시도를 입은 나, 그리고 정장을 입고 주례 역할을 맡은 마스터만이 서 있었다.

정숙만이 교회를 감쌌다. 나도 마스터도 한마디도 하지 않고 때를 기다렸다.

조용히 노래가 들리기 시작했다.

몇 번이나 들은 적이 있는 BGM. LA에서 결혼식을 열 때 흐르는 곡이다.

그리고 문이 천천히 열렸다.

처음에 눈에 들어온 건 순백과 칠흑이었다.

백색으로 통일된 웨딩드레스를 입은 흑발의 여성이 문 너머에서 암흑을 등지고 빛나고 있다.

기성품으로 보이지 않을 만큼 그녀의 분위기에 맞는 드레스. 양 사이드의 머리만 뒤로 묶었고, 그 중앙을 흐르는 검은 흑발이 한 걸음 다가올 때마다 부드럽게 흔들렸다.

줄곧 신부이니 아내이니 부인이니 말했던 아코가 정말로 신부가 된 모습은, 내 상상을 뛰어넘을 만큼 아름다웠다.

버진 로드를 걷는 아코의 팔은, 드레스 차림의 세가와와 아키야마가 양쪽에서 받쳐주고 있다.

익숙하지 않은 드레스를 입고 천천히 다가오는 아코.

그리고 두 사람이 나에게 그녀를 보내줬다.

얇은 비단 아래에서 웃으며 나를 바라보는 그녀.

살며시 베일을 벗은 안쪽에는 익숙할 터인, 그러나 처음 보는 게 아닌가 싶을 만큼 어른스럽고 아름다운 아코가 있었다.

나는 그렇게 멋대로 감동했지만.

갑자기 이런 상황에 끌려들어 왔으니까 분명 불평 한마디쯤은 하고 싶겠지.

그렇게 아코의 말을 기다리던 나에게 들려온 것은.

"루시안…… 근사해요. 정말 잘 어울려요."

"—으."

첫마디가 상상과는 전혀 달라서 무심코 숨을 삼켰다.

"나 같은 녀석하고는 비교도 안 될 만큼, 아코는 아름다워."

"현실에서 입는 건 처음이라 전혀 자신이 없는데요……."

옆에서 후후후, 하고 웃는 목소리가 들려왔다.

"사이가 좋은 와중에 미안하지만, 진행해도 괜찮을까?"

"네."

"부탁합니다."

설명도 없이 이야기가 진행되었지만, 아코는 의문도 내지 않고 고개를 끄덕였다.

그리고 주례 신부 역할을 맡은 마스터가 한 손에 든 성서로 시선을 내렸다.

"지금부터 우리 아버지 앞에서, 두 명의 남녀가 인연을 맺고자—"

그러다가 도중에서 말을 멈추고는, 책을 탁 닫았다.

"……내가 이렇게 말해도 상관은 없겠지만, 하고 싶은 말이 있는 건 내가 아니겠지."

그렇지? 라며 웃은 마스터가 나를 바라봤다.

고마워. 괜찮아. 확실히 말할 수 있어.

나는 눈앞에 선 아코가 너무나도 아름다운 걸 최대한 의식하지 않게 조심하면서, 몇 번이고 얕은 호흡을 반복했다.

"갑자기 이런 자리로 데려와서 미안. 그리고 이기적인 말이지만…… 아코에게 꼭 묻고 싶은 게 있었어."

"……네."

사실은 한참 전에 말했어야 했다.

LA가 끝나는 걸 알게 되자마자 바로 말했어야 했다.

그러나 나에게 용기가, 결의가, 어쩌면 욕망이 부족했다.

그래서 늦어지게 된 말을, 지금 전하고 싶다.

"우리의 관계는 전부 레전더리 에이지에서 시작됐잖아. 만남도, 시간을 보낸 것도, 좋아하게 된 것도, 모든 게 그 세계 안에서였어."

"네. 굉장히 근사한 시간이었어요."

그리고 실제로 만난 아코는 굉장히 귀엽고, 함께 있으면 행복해서, 훨씬 훨씬 좋아졌다.

그러나 게임에서 만나지 않았다면 나를 좋아하게 될 일이 없었던, 손이 닿지 않는 상대이기도 했다.

"만남이 게임 속이었으니까 부부이니, 부부가 아니니, 그렇게 계속 말다툼도 했었지."

"루시안이 고집불통이어서 그래요."

그건 피차일반입니다.

"부부가 된 장소. 결혼하고, 언제나 함께 있자고 맹세한 장소. 시작의 장소인 레전더리 에이지는…… 이제 곧 끝나."

"……네."

하얀 장갑을 낀 아코의 오른손을 꽉 쥐었다.

그 손이 약간 떨렸고, 그녀는 나에게 보이지 않게 왼손으로 덮어 가렸다. 줄곧 그렇게 자신의 상처를 내가 보지 않게 하고 있었던 거겠지.

"레전더리 에이지가 없어지고, 우리의 루시안과 아코도 사라져. 그러면 역시 부부라고는 말할 수 없게 되겠지."

"그, 그럴지도 모르지만…… 그럼 옛 부부라든가…… 그래도 헤어진 것 같아서 더 싫을지도……."

아코는 허둥지둥 시선을 돌리며 내가 꺼낸 말의 의미를 찾고 있었다.

괜찮아. 금방 알 수 있으니까. 알 때까지 몇 번이고 말할 테니까.

"아코 씨— 타마키 아코 씨."

"네, 넷."

만난 지 4년, 정말로 여러 일이 있었다.

고생한 적도 많았지만 둘이 있었기에 넘어설 수 있었다.

의견이 맞지 않은 적도 있었다. 그래도 생각이 다르다고 해서 갈라지지는 않았고, 언제나 제대로 이야기를 나누며 서로 이해할 수 있었다.

부부다, 부부가 아니다, 그렇게 몇 번이고 말다툼을 했지만, 그것도 점점 서로 절충할 수 있는 관계로 변해갔다.

"나는…… 나와……."

말을 꺼내려다가 숨이 막혔다.

말하고 싶다, 말할 수 없다, 말하는 게 무섭다.

순간적으로 동료들을 떠올렸다.

세가와나 마스터, 세테 씨에 고양이공주 씨. 모두를 생각하며 용기를 내려고 했다.

그러나 그건 아니다.

이때만큼은, 지금 이 자리에서 무엇을 말하고, 어떤 마음을 전하는지는, 내가 나만의 의지로 해야만 한다.

그 결과가 결실을 맺지 않더라도, 내가 용기를 쥐어 짜내는 건 그녀를 위해서여야만 한다.

"루시안……?"

나를 바라보는 사랑하는 여성의, 미약한 속삭임만으로도, 나는 언제든 앞으로 내디딜 수 있다.

"나는…… 아코를 좋아해."

"네, 네에."

"사랑하고 있어."

"저저저, 저도 그래요."

아코는 상기된 목소리로 몇 번이나 더듬거리면서도 수긍

해줬다.

그러다 제일 말하고 싶은 건 이게 아니다.

"이 마음은 레전더리 에이지가 끝나고, 부부가 아니게 되고, 우리의 시작이 없어지더라도 변하지 않을 거야."

성당의 빛을 반사하는 눈동자를 바라보며, 죽을 만큼 뜨거워진 자신의 뺨을 눈치채지 못한 척하고, 떨릴 듯한 목소리를 강제로 억눌렀다.

"앞으로도 언제나, 언제나, 나는 아코를 좋아할 거야."

"—."

지금까지 아코는 조금 허둥대면서도 내 말에 대답해줬다.

그러나 지금은 눈을 크게 뜨고는, 아무 말도 하지 못하고 멈췄다.

내 말을 평소처럼 쉽게 받아들이지 않는 것에 위화감은 없었다. 신기하게도 안심감조차 든다.

"저, 는……."

작은 입이 한마디 한마디, 쥐어 짜내듯이 움직였다.

"현실에서는, 회복 같은 건 못해요."

"함께 있어 주기만 해도 나는 언제나 치유되고 있어."

"LA처럼 귀여운 옷을 고르는 센스도 없어요."

"아코는 뭘 입어도 귀여워."

"잘하는 것도 전혀 없고, 아무리 시간을 들여도 레벨은 하나도 안 올라요."

"아코에게도 특기는 많이 있어. 옛날에는 하지 못했던 것도 조금씩 할 수 있게 될 거야."

"그래도…… 저는…….."

아코는 입술을 떨면서 말을 잇지 못했다.

그녀의 불안감을 몇 번을 부정해도 안심시켜 줄 수 없다.

아코가 나에게 원하는 말을 해주고 싶다. 그러나 뭐라고 말해야 좋을지, 모든 걸 이해할 수는 없다.

그럼 반대는?

나는 어떻게 생각하지?

나는 아코에게 어떤 말을 해주고 싶지?

"—알았어."

"……네?"

아까까지 부정하던 내가 갑자기 수긍하자 놀랐는지, 아코가 고개를 들었다.

"그럼 아코가 아무것도 하지 못하고 전혀 귀엽지도 않고 노력도 성장도 못하는, 그런 사람이 되었다고 하자."

현실에 지쳐서, 정말로 그렇게 되는 일이 있더라도.

"그래도 나는, 아코를 사랑해."

"그래, 도요……?"

"아코가 아코로 있어준다면 아코를 계속 사랑할게. 그러니까—."

주머니에 넣어둔 상자를 꺼내서 살며시 열었다.

아코가 농담처럼 말했던 반지 사이즈는, 물론 똑똑히 기억하고 있었다.

"타마키 아코 씨. 저와— 결혼해 주세요."

"루시안……."

현실의 이름을 부른 나에게, 아코는 캐릭터명으로 답했다.

우리는 언제나 그렇게 어긋나 있었다. 하지만 그렇기에, 더할 나위 없이 딱 맞게 되었다.

나는 반지에 손을 뻗는 걸 주저하는 아코에게 말했다.

"거절해도 돼."

"네……?"

"나는 아코의 프러포즈를 몇 번이고 거절했잖아. 나도 몇 번이고 프러포즈하겠어."

각오는 다졌다.

이건 프러포즈를 하기 위한 각오가 아니다. 차일 각오도 아니다.

설령 보답받지 못하더라도, 몇 번이든 사랑을 전할 각오다.

"내가 온라인 게임의 결혼에 트라우마가 있듯이, 아코는 현실의 자신에게 상처가 있으니까. 그럼 자신감이 생길 때까지, 납득할 때까지 언제라도 기다릴게. 이렇게 몇 번이고 프러포즈를 하겠어."

매번 매번, 이 정도의 규모를 준비할 수 있을지는 모르겠지만 내가 그렇게 쑥스럽게 말하자—.

"……루시안."

아코는 살며시 반지 케이스에 손을 올렸다.

"저는…… 자신에게 자신감을 가질 수 있는 게 하나도 없어요. 루시안을 행복하게 해주고 싶지만, 해줄 자신이 없어요."

내가 뭔가를 말하기 전에, 「그래도」라며 말을 이었다.

"하나만큼은 누구에게도 지지 않는 게 있어요."

아코가 심플한 반지를 들며 미소 지었다.

"당신을— 니시무라 히데키 씨를 좋아해요. 사랑해요. 모든 세계의 누구보다도, 제가 가장."

반지를 들고, 그걸 오른 손바닥에 올려서 내민 그녀가 말했다.

"저도 당신과 부부가 되고 싶어요."

그녀의 왼손, 약지에 끼운 반지는 조금 헐렁했다.

반지가 빠져서 떨어지지 않게 손을 꼬옥 움켜쥐고.

언제나 뒷받침해주는 동료들이 지켜보는 가운데, 나와 아코는 영원한 사랑을 맹세했다.

에필로그

"이대로 낫지 않는 게 행복하지 않을까요"

And you thought there is Never a girl online?

두 번째로 타는데도 전혀 익숙해지지 않는 헬기.

두근두근하면서 시간을 보내고, 내려선 건 처음에 탔던 곳. 역에서 조금 떨어진 헬리포트였다.

"여기서 사랑의 도피 장소까지는 택시 이동이야. 벌써 와 있으니까."

"이제 놀라기만 해서 오히려 차분해졌어요. 어디라도 데려가 주세요!"

"미안해, 미안하다니까."

"결혼식을 당일까지 몰랐던 신부는 저뿐일 거예요. 분명히!"

아코는 딱히 불만도 아니라는 듯 오히려 포근하게 웃으며 항의했다.

"미안. 아코를 위해서라는 변명거리를 내세우며 절차 없이 사랑의 도피를 떠나는 건 싫었거든. 나의 어리광 때문에 폐를 끼쳤네."

"정말이지, 루시안에게 역대 최고로 휘둘린 것 같아요."

아코는 그렇게 말하면서도 약지의 반지를 살며시 매만졌다.

"그래도 오늘의 저는 세상에서 제일 행복하니까, 뭐든 허락할게요!"

"귀엽네, 젠장."

왠지 행복으로 가득한 아코에게는 전혀 들킬 염려가 없었기에, 컴퓨터는 케이스에 넣고 영상만 틀어둔 채 이동했다.

찾아간 곳은 익숙한 마에가사키 역 근처에 있는 어느 맨션이다.

5층 건물로 조금 작지만, 겉보기에는 굉장히 고급스럽다.

"여기가 사랑의 도피처입니다."

"까, 깔끔하네요! 좀 더 너덜너덜한 아파트를 상상했어요."

"그렇지 그렇지?"

나도 처음에는 그럴 예정이었으니까!

"게다가 여기, 우리 집에서 가깝지 않나요?"

"헬기 이동은 결혼식을 위해서였으니까!"

사랑의 도피뿐이라면 차를 타고 금방 올 수 있었다는 건 비밀이니까 알아채지 말아줬으면 좋겠다.

"그리고 들어가는 법 말인데. 열쇠를 전자자물쇠에 꽂으면 돼."

"네."

전자자물쇠로 된 문이 열렸다.

현관으로 들어서자, 이미 엘리베이터가 도착해서 기다리고 있었다.

"엘리베이터에 타면 여기서도 열쇠를 꽂아야 해."

"엄중하네요오."

엘리베이터에도 열쇠 구멍이 있어서 거기에 열쇠를 꽂았다.

그리고 문을 닫자, 아무 버튼도 누르지 않았는데 5층을 향해 움직였다.

"저, 저기, 이 제대로 된 느낌, 집세가 굉장히 비쌀 것 같은데요."

"그 점은 일단 걱정할 것 없……을 거야."

그리 오래 지나지 않아 엘리베이터가 열리자, 그곳은 이미 실내였다.

엘리베이터 직통 건물인 거다.

"벌써 방?! 1층을 전부 써서 한 방인가요?! 원 플로어?!"

"굉장하네~. 편리해 편리."

"어째서 루시안은 그렇게 가벼운가요! 너무 호화롭지 않나요?!"

하하하. 뭔가 이제 여러모로 마비됐으니까!

현관은 깔끔했지만, 물건이 적어서 약간 살풍경했다. 조금은 사랑의 도피 같은 분위기다.

"시, 실례합니다~."

"다녀왔다고 하면 되지 않을까. 아마도."

"그, 그러게요!"

짐을 현관에 놓은 아코는 스~읍 숨을 들이쉬면서 말했다.

"다, 다녀왔어요. 루시안!"

"어서 와, 아코. 자, 일단 안으로 들어가자."

복도를 지나서 거실로 안내했다.

내부는 꽤 넓다. 다이닝 테이블과 다리 여덟 개 달린 의자가 놓여있고, 낮은 테이블도 있는데 아직도 공간이 남는다.

짐을 옮기면서 아코의 노트북을 조작했다.

거실의 대형 모니터에 접속해서 화면을 동기화했다.

심야에 집을 나와 이동하고 결혼식까지 했지만, 그렇게 시간이 오래 지난 건 아니다.

이동은 차와 헬기로 해서 무척 빨랐고, 결혼식은 나와 아코가 이야기만 나눴을 뿐이라 대단한 시간이 필요하지는 않았다.

그렇지만 정신적으로 꽤 지쳤겠지.

"일단 방의 확인만 하고 쉴까."

"아, 네~에."

코트를 벗은 아코를 데리고 복도로 나왔다.

여기는 1층에 방이 하나밖에 없기에 상당히 넓은 구조를 가졌다.

뭐니 뭐니 해도 4DLK다. 아무리 생각해도 혼자 사는 용도는 아니다.

"우선 여기가 아코의 침실이야."

거실과 가장 가까운 방으로 안내했다.

침대가 두 개 놓여있을 뿐인 살풍경한 방이다.

아직 가구가 없는 건 어쩔 수 없다. 준비가 늦었다.

"루시안도 이 방에서 같이 자는 거네요."

"그럴 리가 없잖아."

"어, 그래도 침대는 두 개 있는데요?"

"그건 나중에 설명할 테니까 다음으로 가자."

옆방의 문을 열자, 서늘한 공기와 함께 미약한 모터음이 들렸다.

수냉, 듀얼 수냉 특유의 조용한 물소리도.

불을 켜자, 넓은 방에 몇 대나 되는 컴퓨터 책상이 늘어선 광경이 눈에 들어왔다.

"여기가 컴퓨터실이야."

"어, 넓네요! 굉장하지 않나요?!"

듣기로는 이 층에서 가장 큰 게 이 방이라고 한다.

물론 부실보다는 훨씬 좁지만, 컴퓨터와 책상이 여덟 대가 들어있으니까 충분하고도 남는다.

"이 컴퓨터로 LA를 켜고, 영상만 분기시켜서 거실 TV로도 켜면 평범하게 생활할 수 있게 될 거야."

"뭐, 뭔가 굉장하네요…… 돈이 많이 들었을 것 같은데……."

"들었겠지."

남 일처럼 말하고는 복도 반대편으로.

"여기가 내 침실 겸 창고야."

"뒤죽박죽이네요!"

지금까지 봐온 방이 깔끔했던 반동이 온 것처럼, 이 방은 정말 뒤죽박죽이었다.

열지도 않은 골판지 상자나 청소도구 등이 잡다하게 들어가 있고, 빈 공간에 이불이 하나 놓여있다.

"나는 여기서 잘 테니까 무슨 일이 생기면 부르라고."

"아직 정리가 전혀 끝나지 않았는데요?!"

"그건 차차 할 겁니다. 계약된 내용이라서."

"계약……?"

신경 쓰지 마, 신경 쓰지 마.

"이후에는 간단히. 여기가 화장실, 옆이 욕실과 세면대. 세탁기는 건조 기능이 붙어서 편리하다고."

"도움이 되네요!"

"가사 분담은 상담하기로 하고. 최대한 공평하게 하자."

"제가 할 건데요?"

"반대로 거북하니까 확실하게 나누자고."

그런고로 안내는 이상.

이야~, 넓은 맨션이네. 관리하기 힘들 정도야.

그런고로 거실로 돌아와서.

"정말로 아무런 불만도 떠오르지 않아요……. 이런 방, 어떻게 준비한 건가요?"

"말했잖아. 내가 할 수 있는 건 뭐든 했다고."

타인의 힘을 빌리는 것도 포함해서, 정말로 뭐든지 했다.

"지금까지 말하지 않았던 나의 마음도 전부 이야기하고

프러포즈했어. 아코는 받아들였지. 가족도 길원도 납득하고 응원해 주고 있어. 장소도 준비했어. 아코는 아무 걱정 없이, 여기서 마음껏 행복하게 지내면서 LA 의존증을 완전히 잊어주면 돼."

내가 결의를 담아 말하자, 아코는 대형 TV에 비친 게임 화면을 힐끔 바라보며 말했다.

"혹시, 이대로 낫지 않는 게 행복하지 않을까요."

"그럴 리가 있겠냐!"

잠깐 이동하기 위해 노트북을 소중하게 안고 가야 하고, 화장실이나 목욕할 때도 고생하는 생활, 행복할 리가 없잖아.

"뭐, 아코는 걱정하지 않아도 돼."

"그런 말을 들으면, 이미 걱정거리가 얼마든지 나오는데요!"

아코는 살며시 거실 한 곳을 가리켰다.

"루시안은 전혀 언급하지 않았지만, 저기에도 방이 하나 더 있죠?"

"있지."

거실과 직접 이어진, 지금까지 열지 않았던 문이다.

"저기는 입실 금지니까 조심하도록 해."

"우리 집인데 들어가면 안 되는 방이 있는 건가요?!"

있습니다.

"게다가 말이죠! 조금 진정되니까 의문이 잔뜩 생겼어요."

아코는 머리 위에 ? 마크가 수없이 떠오른 듯한 표정으로 물었다.

"제가 쓰러지고 나서 아직 사흘 정도밖에 안 지났는데 교회도 의상도 전부 준비해 놨고, 아빠도 엄마도 납득했고, 방도 바로 빌릴 수 있는 게 아닐 텐데 이런 넓은 방에다 컴퓨터도 잔뜩 있고, 정말 뭐가 어떻게 된 건가요?! 100배속으로 신혼부부처럼 되어버렸는데요?!"

"원래는 있을 수 없는 속도로 준비된 결혼 생활…… 그 의문에 도달한 당신에게는, 여기서 SAN 체크입니다."

"성공하면 안 되는 때의 아이디어 롤인가요?!"

뭐, 농담은 넘어가고.

"눈치챘다면 어쩔 수 없지. 모든 걸 이야기해 주겠어."

"잘 부탁합니다."

이렇게 이야기하고는 있지만, 분명 아코는 눈을 돌리고 있는 현실이 있다.

아코가 지금도 시선을 보내고 있는 레전더리 에이지는, 그 세계는 머지않아 사라진다.

LA의 서비스가 끝나는 그날, 아코의 LA 의존증이 지금과 전혀 달라지지 않는다면 어떻게 될까.

아코가 쓰러진 그날의 광경이 지금도 내 머리에서 떨어지지 않는다.

새하얀 표정으로, 괴로운 듯 숨을 내쉬며 세계와 함께 끝나버릴 것만 같던 아코.

그런 경험은 두 번 다시 일어나게 둬서는 안 된다.

"조금 길어지지만 처음부터 이야기할까. 사태의 시작은 마스터의 졸업식. 레전더리 에이지가 서비스 종료를 발표한 날의 일이야—."

우리의 세계가 끝나기까지 2주일.

세계 같은 건 구하지 못하는 내가, 무엇보다 소중한 아코를 구하기 위해.

이날, 목숨을 건 신혼 생활이 시작되었다.

계속

팀 채팅으로 인사하겠습니다.

오랜만입니다. 정말로 오랜만에 뵙는 분밖에 없을 테니 그
냥 이렇게 말해도 되지 않을까요. 처음 뵙겠습니다.
키네코 시바이입니다.

저번 권에서 굉장히 굉장히 오랜 기간이 지나버린 이번 권.
다음이 최종권이라고 말했으면서도 후속이 나오지 않아
서, 완결되지 않는 게 아닌가 하는 걱정이 많으셨으리라 생
각합니다.
오랫동안 기다리면서 불안하게 만들고 말아서 죄송합니다.
그럼에도 불구하고, 이렇게 구입해주셔서 감사합니다!
이 책은 당신을, 당신을 위해 썼습니다! 아뇨, 거짓말이
아니라 정말로요!

이렇게 말하고 있지만, 이 책이 최종권이 되지는 않게 되
었습니다.

저번 권 후기에서…….

1권으로 정리되지 않아서 상하권이 되거나, 터무니없이 두꺼워질 가능성은 있겠지만, 아무튼 마지막이 예정되어 있습니다.

그렇게 실컷 플래그를 세워놓기는 했지만, 설마 하던 『터무니없이 두꺼워져서 상하권』이라는 플래그를 완전 회수하고 말았습니다.

오히려 저는 1권 구성으로 짜고 있었는지라, 2권 분량을 한꺼번에 하나의 원고로 작성했었습니다.

최종권이라면서 800페이지가 넘는 원고를 받게 된 담당 편집자님의 마음을 생각하면 고개가 절로 숙어집니다. 대단히 죄송했습니다.

그러나 이렇게나 긴 시간을 함께 보내온 그들, 그녀들의 이야기를 일단이나마 끝내려면 이 정도의 규모가 꼭 필요했습니다.

아무쪼록 양해해 주세요.

뭣하면 이 책으로도 좋은 엔딩이었다……라고 말할 수도 있는 레벨입니다만, 쓰던 제가 제일 펑펑 울었던 건 다음 권인 최종권, Lv.23이었습니다.

꼭 이 이야기와 마지막까지 어울려 주신다면 감사하겠습니다.

이미 발표된 사항이기도 하지만, 이쪽은 기다리시지 않고 바로 보내드릴 수 있으니까요!

팀 채팅 종료합니다. GG였습니다.

마지막으로 감사의 멘트를.

일러스트를 그려주신 Hisasi 씨. 따스한 협력을 받지 않았다면 이 책이 빛을 볼 일은 없었을 겁니다. 정말로 감사합니다.

담당님. 실은 최종권 타이밍에 다른 분으로 바뀌었습니다만, 20권 이상 이어져 온 책의 최종권만을 담당한다는, 누가 들어도 새파래질 법한 터무니없이 무리한 일에 응해주셔서 진심으로 감사드립니다.

독자 여러분. 오랫동안 기다려 주셨는데도 불구하고 이렇게 읽어주셔서 감사의 마음을 금할 수 없습니다. 감사합니다.

다음이 정말로 정말로 최종권. 아무쪼록 다시 만나 뵙고 싶네요.

키네코 시바이였습니다.

온라인 게임의 신부는 여자아이가 아니라고 생각한 거야? 22

초판 1쇄 발행 2023년 9월 10일

지은이_ Kineko Shibai
일러스트_ Hisasi
옮긴이_ 이경인
일본판 오리지널 디자인_ AFTERGLOW

발행인_ 최원영
본부장_ 장혜경
편집장_ 김승신
편집진행_ 권세라 · 최혁수 · 김경민 · 최정민
편집디자인_ 양우연
국제업무_ 박진해 · 조은지 · 남궁명일
관리 · 영업_ 김민원 · 조은걸

펴낸곳_ (주)디앤씨미디어
등록_ 2002년 4월 25일 제20-260호
주소_ 서울시 구로구 디지털로 32길 30, 코오롱디지털타워빌란트 1301-1308호
전화_ 02-333-2513(대표)
팩시밀리_ 02-333-2514
이메일_ lnovellove@naver.com
L노벨 공식 카페_ http://cafe.naver.com/lnovel11

NETOGE NO YOME WA ONNANOKOJANAI TO OMOTTA? Lv.22
©Kineko Shibai 2023
Edited by 전격 문고
First published in Japan in 2023 by KADOKAWA CORPORATION, Tokyo.
Korean translation rights arranged with KADOKAWA CORPORATION, Tokyo.

ISBN 979-11-278-7758-3 04830
ISBN 979-11-278-4218-5 (세트)

값 8,500원

*이 책의 한국어판 저작권은 KADOKAWA CORPORATION과의 독점 계약으로
(주)디앤씨미디어에 있습니다.
저작권법에 의해 한국 내에서 보호를 받는 저작물이므로 무단전재와 복제를 금합니다.

*잘못된 책은 구매처에 문의하십시오.